W0392576

Zum Buch:

Als freie Journalistin ist Marlene immer im Stress. Hastet von einem Interview zum nächsten und von Sondersitzung zu Fototermin. Trotzdem ist nie die richtig große Story dabei. Auch ihr Liebesleben läuft alles andere als rund. Und dann erfährt sie, dass sie sich für die Familie um einen Kleingarten kümmern muss, bis dieser verkauft werden kann. Genervt nimmt sie sich der Aufgabe an und stellt schnell fest: Die Arbeit im Garten kann richtig Spaß machen, besonders, wenn man so nette Mitgärtner hat. Als sie auch noch Marco kennenlernt, scheint ihr Glück perfekt zu sein, bis eine Nachricht eintrudelt, die alles zu zerstören droht …

Zur Autorin:

Schon als Kind wollte Johanna Forst Schriftstellerin werden. Nach einem literaturwissenschaftlichen Studium unterrichtete sie zunächst »Deutsch als Fremdsprache«, bevor sie begann, ihren Traum zu verwirklichen und Kurzgeschichten und schließlich Romane zu schreiben. Die gebürtige Westfälin lebt heute in Süddeutschland in der Nähe des Elsass.

Johanna Forst

Gartenglück mit Seeblick

Roman

HarperCollins

1. Auflage 2022
Originalausgabe
© 2022 by HarperCollins in der
Verlagsgruppe HarperCollins Deutschland GmbH, Hamburg
Umschlaggestaltung von Zero Werbeagentur, München,
unter Verwendung von Motiven von © shutterstock
Gesetzt aus der Stempel Garamond
von GGP Media GmbH, Pößneck
Druck und Bindung von CPI books GmbH, Leck
Printed in Germany
ISBN 978-3-365-00045-8
www.harpercollins.de

Klimaneutral
Druckprodukt
ClimatePartner.com/15109-2009-1001

MIX
Papier
FSC FSC® C083411

1. Kapitel

Beim Gehen verfing sich mein Schal in der Tür, und ich konnte gerade im letzten Moment noch verhindern, stranguliert zu werden. Erschrocken zuckte ich zurück, löste die Fessel um meinen Hals und suchte hektisch nach meinem Schlüssel. Ich war viel zu spät dran, es war schon … oh herrje, zwei Minuten bis zu meinem Date. Ich zog den Schal aus der Tür, knallte sie erneut zu, dann hastete ich die Treppen hinunter und konnte mich gerade noch so davor retten, über den letzten Absatz zu stolpern.

Eile ist des Teufels Bote, dachte ich an das Sprichwort, das meine Großmutter immer zitierte. Leider war die Eile meine ständige Begleiterin, und aktuell war ich ohnehin schon zu spät für mein Date mit Nils. Aber die akademische Viertelstunde, sagte man, war doch okay. Mein Bus fuhr in vier Minuten, wenn ich Glück hatte, würde ich das mit dem akademischen Viertel gerade noch schaffen.

Ich tippte schnell eine Nachricht in mein Handy, dass ich mich ein bisschen verspätete.

Wie er wohl war, der Nils? Bisher kannte ich nicht mehr von ihm als sein Foto und ein paar Nachrichten. Onlinedating! Nachdem eine Arbeitskollegin meiner Freundin Jasmin vorletzte Woche einen Mann geheiratet hatte, den sie über eine Flirt-App kannte, hatten auch Jasmin und ich uns bei solch einer App angemeldet, um uns selbst einmal umzusehen.

»Wir sind Mitte dreißig, Leni, langsam wird's eng«, entschied Jasmin, und dann begannen wir fleißig, Fotos anzuschauen und nach rechts und links zu wischen. Ich weigerte mich immer noch, Torschlusspanik zu bekommen. Oder hatte sie unterbewusst schon zugeschlagen? Jedenfalls hatte ich nun doch mein erstes Online-Date.

Selbst das Kennenlernen fand ich auf diese Art schon mühsam. Von einigen Männern hatte ich direkt in der zweiten Nachricht eine Einladung zum Oralsex bekommen und dankend abgelehnt – gut, aber immerhin wusste man da, woran man war. Andere suchten »derzeit nichts Festes« und Sven, 38, hatte »noch nie im Leben ein Date, oh bitte, bitte geh mit mir aus«. Alles nicht so recht mein Fall.

Dann kam Nils, 35. »Anwalt, kultiviert, mag Reisen, guten Wein und die schönen Seiten des Lebens.« Okay, der Text war etwas angeberisch, ich schrieb ihn trotzdem an. Seine Nachrichten klangen nett, humorvoll und authentisch. Es hatten sich ein paar witzige Schlagabtäusche ergeben, und wenn ich daran dachte, dass ich Nils in weniger als einer halben Stunde persönlich gegenüberstehen würde, dann war ich durchaus ein bisschen aufgeregt. Deshalb war ich im Übrigen auch so spät dran. Vor lauter Aufregung war mir erst der Föhn auf die Füße gefallen, dann hatte ich meinen Nagellack an den Rock geschmiert, den ich eigentlich anziehen wollte, und schließlich hatte ich mir die Finger in der Tür meines Badezimmerschranks geklemmt. Eine Verspätung von fünfzehn Minuten sollte da doch wirklich zu verzeihen sein. Dafür hatte ich mein Bestes gegeben.

Der Bus hielt an der Steinernen Brücke und ich stieg aus. Siebzehn Minuten nach acht. Ich hatte das akademische Viertel also schon um zwei Minuten überzogen. Die Bar, in der wir verabredet waren, war nur eine Querstraße weiter, hundert, maximal zweihundert Meter entfernt. Dafür brauchte ich keine vier Minuten. Schon war ich bei der Ampel, lag super in der Zeit. Und dann klingelte mein Telefon. Ich zog am Reißverschluss meiner Handtasche, der immer genau in solchen Momenten klemmte. Vielleicht hatte ich ja Glück und es war Nils, der mir sagen wollte, dass er sich ebenfalls verspätete.

Es war nicht Nils.

»Leni, deine Tante ist gestorben!«, rief meine Mutter mir statt einer Begrüßung entgegen.

»O mein Gott, Corinna ist tot?« Mein Herz blieb stehen. Corinna war die beste Freundin meiner Mutter, zu der ich schon von klein auf Tante gesagt hatte. Schwach setzte ich mich auf den Rand eines ausladenden Schaufensters.

»Oh.« Mama unterbrach sich. »Nein, Tante Anni.«

»Oh«, sagte ich ebenfalls und versuchte, möglichst betroffen und nicht nur erleichtert – Corinna ging es also gut – zu klingen, als ich hinzufügte: »Das tut mir sehr leid.« Nach einer angemessen trauernden Pause fragte ich: »Und … wer genau ist Tante Anni?«

Meine Mutter sog scharf die Luft ein. »Kind, du interessierst dich überhaupt nicht für deine Familie!«

Sie hatte also auch keine Ahnung.

»Ich gebe dir mal deinen Vater. Es geht da auch um rechtliche Konsequenzen.«

Rechtliche Konsequenzen? Und was hatte ich damit zu tun, ich kannte die Frau ja noch nicht mal?

Sie murmelte leise, dann raschelte es.

»Leni? Ja, hier ist Papa.« Er räusperte sich umständlich. Doch bevor ich ihn ebenfalls fragen konnte, wer Tante Anni war, sagte er: »Wir erben Annis Schrebergarten.«

Aha. Ich verstand noch immer nicht, warum diese Info wichtig für mich war.

»Ist das nicht toll? Am Bodensee! Er soll direkt am Ufer liegen. Du wirst so viel Spaß haben!«, hörte ich meine Mutter aus dem Hintergrund quietschen.

»Am Bodensee? Wieso werde ich dort Spaß haben?«, fragte ich entsetzt. Der Bodensee war groß und von Ulm bis zum östlichsten Ufer fuhr man bereits eine Stunde.

»Weißt du, es gibt dort einige Auflagen. Der Rasen muss regelmäßig gemäht werden, die Hecken geschnitten, dieses, jenes. Und wir dachten, da du ja nicht richtig arbeitest …«

»Ich arbeite richtig. Ich bin Freiberuflerin!« Und als Journalistin hatte ich jede Menge zu tun. Im Namen der Redaktion, die die meisten meiner Artikel druckte, hetzte ich von einem Termin zum nächsten, ganz zu schweigen von den Abenden, die ich mit Recherche verbrachte.

»Ja, wie gesagt«, Papa räusperte sich erneut. »Da hat die Familie beschlossen … Du musst dich um den Garten kümmern.«

Bitte was? Feine Familie, dachte ich. »Die arme Frau ist noch nicht einmal unter der Erde und ihr verteilt schon ihre Besitztümer.« Diese Entscheidung ließ sich doch sicherlich noch einmal diskutieren, ich versuchte es erst mal mit schlechtem Gewissen.

»Die Beerdigung war vor sechs Wochen«, erklärte mein Vater.

»Die … und wieso erfahre ich jetzt erst von Annis …« Tod? Ihrer Existenz?

Ich hörte, wie Mama Papa das Telefon wieder wegnahm.

»Der Kleingartenverein hat schon mehrfach bei Harald angerufen.« Okay, Harald war Papas Bruder. Den kannte ich immerhin. »Die sind mit der aktuellen Situation gar nicht glücklich, es muss sich jemand kümmern.«

»Und da dachtet ihr gleich an mich.«

»Du hast doch einen grünen Daumen.«

»Ich hatte in der Schule mal einen Kaktus.«

»Eben. Du wirst morgen früh um acht zum Rasenmähen erwartet.«

Ich beschloss, die Diskussion mit meiner Familie – Mama, Papa, Harald, Oma und Opa – auf später zu verschieben.

»Aha. Ich melde mich nachher noch mal bei euch. Jetzt habe ich etwas vor. Ich bin grundsätzlich eine viel beschäftigte Frau. Viel zu viel beschäftigt. Bis dann«, verabschiedete ich mich und legte schnell auf. Für mein Date war ich nun schon geschlagene dreißig Minuten zu spät. Falls Nils überhaupt noch da war. Schnell checkte ich meine Nachrichten, aber der letzte Satz stammte von mir: die

Entschuldigung, dass ich ein paar Minuten später kam – aktuell ungefähr fünfunddreißig.

Im leichten Jogging-Schritt trabte ich die Straße hinunter, um wenigstens auf den letzten Metern noch ein paar Sekunden gutzumachen. Abgehetzt sah ich ja sowieso schon aus. Ich öffnete die Tür zur Bar und blickte mich um. Außer Frauen und gemischten Gruppen gab es nur zwei einzelne Männer. Einen Endfünfziger am Tresen mit einem halb leeren und einem vollen Bierglas vor sich, dem dazu passenden Bauch und einer geröteten Nase. Wenn Nils seine Profilbilder nicht bis zur Unkenntlichkeit retuschiert hatte, musste er also der andere, etwa zwanzig Jahre jüngere Typ sein, der dort rechts an einem Tisch saß. Ich sah ihn nur im Profil, aber das gefiel mir: eine gerade Nase, dunkle, leicht verwuschelte Haare und schöne Hände, die gelangweilt das Etikett von einer Flasche Beck's knibbelten.

»Nils?« Ich schob mich auf den Stuhl ihm gegenüber und lächelte ihn an.

Er blickte hoch. Dann auf seine Armbanduhr. »Das ist jetzt nicht dein Ernst«, sagte er.

»Tut mir leid. Ich habe dir geschrieben, ich komm ein bisschen später.« Man hörte meiner Stimme das schlechte Gewissen an, sie klang quäkig.

»Ein paar Minuten.« Er zog spöttisch die Augenbrauen hoch. »Jetzt ist es gleich Viertel vor neun.«

»Die beste Zeit, um ein Bier zu trinken«, versuchte ich, das Positive zu sehen.

»Wir waren um acht verabredet.« Er nahm den offenbar

letzten Schluck aus seiner Bierflasche und knallte sie auf den Tisch.

»Dein Beck's geht auf mich«, gab ich mich immer noch versöhnlich.

Aber er stand schon auf und griff nach seiner Lederjacke, die er über die Stuhllehne gehängt hatte. Braun, wie seine Schuhe. Die Anzughose war dunkel-, das Hemd hellblau. Ich wusste nicht, ob ich seinen Stil attraktiv oder spießig finden sollte. Er betonte seine große schlanke Figur, aber als er erneut demonstrativ auf seine Armbanduhr sah, entschied ich mich für spießig. Eindeutig.

»Jetzt stell dich nicht so an.« Langsam fand ich, er übertrieb. Ja, ich war zu spät, aber ich hatte mich schließlich entschuldigt! War er überhaupt nicht neugierig auf mich? Ich mochte seinen Humor, die schlagfertigen Antworten und dachte, ihm würde es genauso gehen. Und dann wollte er uns nicht einmal eine Chance geben. Wieso war er dann überhaupt bis jetzt geblieben? Nur um mir das zu sagen?

»Ich hab um halb zehn eine Telefonkonferenz.«

»Du hast mich zwischen deine Termine gequetscht?« Ungläubig sah ich ihn an. »Ich habe eine Stunde im Bad verbracht dafür, dass du dir nicht mal eine ganze Stunde Zeit für unser Date nimmst?«

Ich meinte, einen Anflug schlechten Gewissens in seinem Gesicht lesen zu können. Dann schnalzte er mit der Zunge. »Zeit ist Geld«, sagte er. »Und weißt du, wie schwierig es ist, eine Telko mit Übersee zu organisieren? Wenn das Date ein Reinfall gewesen wäre, hätte ich wenigstens nicht den ganzen Abend vergeudet.«

Ein Reinfall? Jetzt war aber Schluss! »Ein Date mit mir ist ganz sicher kein Reinfall!«, regte ich mich auf. »Aber mittlerweile habe ich das Gefühl, ein Date mit dir ist ein Reinfall.« Ich hatte wohl ein bisschen zu laut gesprochen, zwei junge Mädels am Nebentisch schauten zu uns rüber und kicherten. Egal.

»Du bist unpünktlich, offenbar chaotisch und verpeilt. Das ist die Definition von Reinfall«, gab er zurück.

»Du scheinst die Definition von Spießer zu sein.« Und ich keine Koryphäe in Schlagfertigkeit. Aber langsam wurde ich wirklich wütend. Er war derjenige, der sich keine Zeit nehmen wollte für unser Date! »Gut, dass ich zu spät gekommen bin, so einen unflexiblen Workaholic würde ich sowieso nicht daten wollen!« Ich schulterte meine Handtasche, um in einem dramatischen Abgang abzurauschen, da kam er mir zuvor: Er warf sich die Lederjacke über die Schulter. Kurz vor der Eingangstür drehte er sich noch einmal um.

»Das Beck's geht tatsächlich auf dich.«

Na, wunderbar. Meine Tante war tot und mein Date weg. Ich sah auf die Fahrplan-App und stellte fest, mein Bus ebenfalls. Der nächste kam in einer Stunde. Unfall auf der Strecke. Seufzend ließ ich mich auf einen Stuhl fallen und bestellte einen Rotwein.

Als mein Handy mir mit einer neuen Nachricht vermeldete: Du hast ein Match!, überlegte ich, das Telefon in meinem Wein zu ertränken. Onlinedating war wohl einfach nicht das Richtige für mich. Woher wusste man denn, ob die Chemie stimmte, wenn man sich noch nie gesehen hatte? Ich hatte schließlich auch gedacht, sie würde bei Nils und mir ganz wunderbar passen, und was war? Wir hatten es noch nicht mal eine Minute gemeinsam am Tisch ausgehalten. Ich schnaubte verächtlich. Nein, dann lieber allein mit einem Wein in einer Bar sitzen und sich dort nach geeigneten Männern umschauen. Neugierig wagte ich einen Blick nach links, einen nach rechts, aber an Singlemännern saß weiterhin nur der Endfünfziger am Tresen. Du hast ein Match! Schon wieder. Und eine Nachricht gleich dazu: Thommy, 39, wollte wissen, ob ich mich auf sein Gesicht setzen wollte. Jetzt reichte es aber. Entschlossen öffnete ich die App und suchte nach der Option »Konto löschen«. Doch ganz so einfach machte man es mir nicht. Noch während ich mich durch mein Profil klickte, trudelte eine weitere Nachricht auf meinem Handy ein, diesmal über den Messenger. Sie war von Jasmin. Ruf mich an. Notfall.

Also unterbrach ich meine Suche nach der Löschfunktion. Nach dem ersten Klingeln nahm sie schon ab.

»Leni?«, fragte sie besorgt. »Was ist los? Du weißt doch, dass ich auf einem Date bin.«

»Ja, du hattest mir …« Weiter kam ich nicht.

»Was?«, rief sie erschrocken aus. »Im Krankenhaus?«

Jetzt fiel der Groschen. Musste am Rotwein liegen. Ich unterdrückte ein Grinsen, als sie kiekste: »Ich bin sofort bei dir!«

»Krankenhaus Wilmas Bar«, informierte ich sie. »Unsere Medizin: Rotwein und Tapas.« Apropos: Ich würde uns zum Trost ein paar Oliven und diese leckeren Knoblauch-Champignons bestellen.

Es dauerte keine zwanzig Minuten, dann kam Jasmin herein. Ihre roten Haare wehten wie eine Fahne hinter ihr her. Wäre ich eine weniger großzügige Person – ach, und bescheiden war ich auch, lobte mich kaum selbst –, wäre ich auf diese Haarfarbe neidisch. So aber gönnte ich ihr das Glück und wünschte mir nur manchmal, meine dunklen Haare hätten auch diesen seidigen Schimmer. Das ist bei Locken allerdings verflucht schwierig hinzubekommen.

»Das war das schlimmste Date meines Lebens«, stöhnte Jasmin, zog ihren Mantel aus und setzte sich mir gegenüber. Sie schob sich eine Olive in den Mund und nuschelte: »Du glaubst es nicht.«

»Rotwein?«, fragte ich und winkte den Kellner herbei.

Dankbar nickte sie und nahm noch eine Olive, bevor sie nach einem zweiten Besteck und Brot mit Aioli fragte. »Jetzt ist es doch auch egal, wir knutschen heute sowieso nicht mehr.«

Auch wieder wahr.

»Er ist polyamourös. Seine Frau ist eine tolle Frau, aber er ist kein Mann für die Monogamie«, erzählte sie mir dann von ihrem Date. »Deshalb haben sie eine offene Beziehung und er datet andere Frauen. Also, sobald er es geschafft hat, seiner Frau davon zu erzählen, haben sie eine offene Beziehung. Bis dahin ist es wohl der gute alte Seitensprung.«

»Wow.« Mehr brachte ich nicht heraus.

»Das wäre mal eine relevante Info im Voraus gewesen.« Sie holte ihr Smartphone aus der Handtasche. »Ich habe seine Frau übrigens bei Facebook gefunden.«

Oha. Wir wurden unterbrochen, als der Kellner Jasmins Rotwein, das Brot und die Knoblauchmayonnaise brachte.

Erwartungsvoll schaute ich Jasmin an, die sich erst einmal genüsslich mit einem Stück Aioli-Brot beschäftigte.

»Und? Willst du es ihr erzählen?«

»Einerseits denke ich: Ich würd's auch wissen wollen. Andererseits …« Jasmin zuckte mit den Schultern. »Ob sie mir überhaupt glaubt? Hinterher muss ich mir noch irgendwelche Beschimpfungen gefallen lassen, dass ich ihren Mann angebaggert hätte.«

Wir überlegten ein Weilchen. Schließlich sagte ich: »Solange er sich bei jeder Frau so blöd anstellt wie bei dir, liegt die Gefahr eines Seitensprungs doch eher bei null. Vielleicht kannst du dir den Stress einfach sparen.«

Damit hatten wir das Problem gelöst und konnten uns wieder dem Rotwein zuwenden, der wirklich ausgezeichnet war. Spanische Weine, ich liebte sie. Nicht, dass ich was gegen französische oder italienische einzuwenden gehabt hätte, nein, einen guten Rotwein nahm ich immer gern mit, ob ungarisch oder österreichisch, auch unter den deutschen gab es gute Tropfen. Aber die Spanier, die hatten es mir irgendwie angetan. Glücklich genoss ich einen großen Schluck.

»Apropos schräge Typen: Was war denn bei dir los?«, fragte Jasmin in diesem Moment.

Ich seufzte. »Nils ist ein spießiger Spießer, der abgezischt ist, weil er um halb zehn noch eine Telefonkonferenz hatte.«

»Oh.« Jasmin seufzte. »Euer Date war recht kurz, hm?«

»Unser Date war quasi nicht existent. Er ist gleich abgehauen.«

»Aber wieso denn gleich, wenn ...« Jasmin unterbrach sich und blickte mich vorwurfsvoll an. »Warst du wieder zu spät?«

»Ich hab Bescheid gesagt!«

Sie seufzte erneut.

»Und mich entschuldigt!«

»Ach, Leni.« Sie legte mir eine Hand auf den Arm und lächelte resigniert. Dann wechselte sie das Thema: »Was machst du denn am Wochenende? Wollen wir es jeweils noch mal mit einem Date probieren?«

»Oh Gott, bloß nicht!« Erschrocken zuckte ich zurück.

»Hey, du willst doch jetzt nicht aufgeben, nur weil ein Date nicht geklappt hat?«

Ein sehr vielversprechendes Date. Ich traute mich nicht, ihr zu sagen, dass ich wirklich Hoffnung gehabt hatte, mit Nils einen schönen Abend zu verbringen. Immer deine Träumereien, Leni, würde sie liebevoll sagen.

»Ich glaub, ich mach erst mal eine Pause«, sagte ich und zupfte am Ärmel meiner Bluse. »Jetzt am Wochenende habe ich ohnehin genug zu tun. Ich muss ...« Schlagartig fiel mir das Telefonat mit meinen Eltern wieder ein. »Früh aufstehen und Rasen mähen zum Beispiel«, sagte ich und stöhnte auf.

»Bitte was?«

Etwas hilflos zuckte ich mit den Schultern. »Ja, so habe ich auch reagiert. Ich habe einen Garten geerbt.«

»Ach du Scheiße.«

»Hey!« Also so schlimm sollte ein Garten doch wohl nicht sein. Dort gab es schließlich Blumen und Gemüse und Sonne und Gras, und … Vielleicht war es sogar ganz hübsch! »Es ist ja nur, bis wir ihn verkaufen können«, relativierte ich. »Aber so lange muss sich eben jemand kümmern.«

»Und warum du?«

»Meine Familie meint, als Freiberuflerin hätte ich ja viel Zeit.«

Jasmin schnaubte. Dann schürzte sie die Lippen und sagte: »Eine Festanstellung würde aber vielleicht tatsächlich etwas Struktur in dein Leben bringen. Kein Chaos, keine Unpünktlichkeit …«

»… keine Kreativität, keine genialen Reportagen«, unterbrach ich kämpferisch. Auf meine Arbeit war ich stolz und wollte daran rein gar nichts ändern. Also gut, etwas bessere Bezahlung und die Möglichkeit, mich wirklich tiefer mit einem Thema zu beschäftigen. Aber andererseits: »Kein Chef, keine Abgabezwänge …«

»… kein Geld«, ergänzte Jasmin.

»Damit Heiratsschwindler mich erst gar nicht als potenzielles Opfer sehen können.« Ich fischte die letzte Olive aus dem Schälchen. »Nein, im Ernst, es ist manchmal hektisch, aber was glaubst du, wie mein Hirn anfängt zu rattern, wenn ich auf ein neues Thema stoße?«

»Und das würde es bei einem regelmäßigen Gehaltseingang nicht tun?«

»Es ist nicht so leicht, bei einer guten Zeitung unterzukommen«, verteidigte ich mich.

»Weil Berichterstattungen über Liederkranz-Jubiläen unter deiner Würde liegen.« Jasmin schüttelte den Kopf. »Leni, wirklich, du musst aufhören, deinem Traum als Marlene Wallraff oder Todenhöfer nachzujagen.«

»Toden...?«, begann ich entsetzt, aber sie winkte schnell ab.

»Du weißt, was ich meine. Große Reportagen, weltbewegende Berichte, Enthüllungsjournalismus par excellence.«

Als sie merkte, dass mich ihre Worte irritierten, langte sie wieder über den Tisch, um nach meiner Hand zu fassen. »Ich mein's doch nur gut. Was ist, wenn du deine nächste Reportage nicht verkaufst? Und die übernächste? Bei den aktuellen Mietpreisen? Und wie willst du dir überhaupt etwas leisten, Urlaub, zum Beispiel?«

Jasmin war gerade einmal einen Monat älter als ich, aber manchmal führte sie sich auf wie meine Mutter. Schlimmer als meine Mutter, dachte ich, die war nämlich von Hippie-Eltern großgezogen worden und Selbstfindungs-Fanatikerin. Wahrscheinlich steckte ich ihretwegen im Freiberufler-Dasein fest, sie selbst war immerhin angestellt – als Lehrerin in einer Waldorfschule. Weshalb ich wiederum auf einer ganz normalen Schule gewesen war. »Bist du verrückt, Leni, weißt du, was die Eltern auf einer Waldorfschule alles machen müssen? Das tu ich mir wirklich nicht an«, hatte meine Mutter entsetzt geantwortet, als ich sie einmal danach gefragt hatte. Ich fuhr mir durch die Haare und atmete tief aus. Meine widersprüchliche Mutter war jetzt wirklich nicht Thema.

»Du hast schon recht«, gab ich zu und sah Jasmin an. »Ein regelmäßiges Gehalt, regelmäßige Arbeitszeiten, das wäre auch nicht schlecht. Andererseits …« Seufzend brach ich ab. Ach verdammt. Entschlossen hob ich mein Glas und sagte: »Weißt du was? Wir treffen eine Abmachung. Sechs Monate. Wenn sich in sechs Monaten nichts tut, wenn ich in sechs Monaten nicht weiß, was ich machen will, dann nehme ich jeden geregelten Job an, den ich kriegen kann. Aber sechs Monate versuche ich es noch.«

Jasmin sah mich lange an. Ihr Blick machte mich nervös. Skepsis konnte ich darin lesen, aber auch ein bisschen Stolz. Schließlich hob sie ebenfalls ihr Glas und wir stießen an.

»Auf die Arbeit«, sagte sie. Dann fügte sie hinzu: »Und apropos: Du machst dir keine Vorstellungen, wie viel Arbeit so ein Garten macht.«

***

»Als Erstes muss der Rasen gemäht werden. Der steht ja schon meterhoch!«

»Das Häuschen braucht einen neuen Anstrich, so gammelt es dir bis Ende des Jahres weg.«

»Das ganze Unkraut in den Beeten! Da gehört tüchtig gejätet.«

»Sie sollten den Boden vertikutieren, da wächst ja nur noch Moos statt Gras!«

»Die Rosen müssen zurückgeschnitten werden, dann treiben sie bis zur Blüte noch einmal richtig aus und werden wunderschön.«

»Haben Sie überhaupt Erfahrung? Das sieht mir ja nicht so aus! Wer kommt in solchen Schuhen in den Garten?«

Ich blickte auf meine Turnschuhe. Sie waren modisch, bequem und ... na ja gut, weiß.

Aber es war viel zu früh an einem Samstagmorgen, es war quasi noch Samstagnacht, ich befand mich einfach noch halb im Tiefschlaf. Dafür waren die Hobbygärtner um mich herum umso munterer. Allmählich bekam ich eine Vorstellung davon, wie viel Arbeit so ein Garten machte. Und wie viel mehr Arbeit die Nachbarschaftspflege.

»In den Beeten sind die Salate völlig verkümmert, da haben Sie nur noch Wildpflanzen.« Ein kleiner Mann mit Strohhut, ich schätzte ihn auf um die siebzig, verschränkte die Arme vor seinem bunt gestreiften T-Shirt, was seinen üppigen Bauch nur noch mehr betonte. »Fünfzig Prozent der Nutzfläche müssen kleingärtnerisch genutzt werden.«

»Nur fünfzig? Ich dachte, das wäre hier hundert Prozent Kleingarten.«

Er funkelte mich an. »Es müssen Obst und Gemüse zur Eigennutzung angebaut werden.«

Vor der Laube stand ein Apfelbaum, unverkennbar mit seinen weiß-rosa Blüten, unter den Sträuchern sollte bestimmt einer im Sommer Früchte tragen und in den Beeten fanden sich vereinzelte Strünke, die mir nach Gemüse aussahen.

»Und das haben Sie nachgemessen? Mit den fünfzig Prozent?«, fragte ich neugierig.

Er straffte seine Schultern, um sich größer zu machen, was bei dem Bauch und seinen im Gegensatz dazu dünnen, in Cargoshorts steckenden Beinen unfreiwillig komisch aussah. »Wenn das bis nächste Woche nicht geändert ist, fliegen Sie ratzfatz hier raus.« Sein Gesicht war mittlerweile stark gerötet und ich verkniff mir die Bemerkung, dass ich kein Problem mit einem Rausschmiss hätte, da ich nicht freiwillig hier war. Aber dann wiederum hatte ich auch keine Lust, Mama, Papa und Onkel Harald zu erklären, weshalb sie den Garten nun sofort und vermutlich zum Schleuderpreis abgeben müssten. Also nickte ich gottergeben und gähnte dann noch einmal herzhaft.

»Ich mach dir jetzt erst mal einen schönen starken Kaffee«, sagte da eine kleine Frau mit grauem Kurzhaarschnitt, packte mich resolut am Handgelenk und zog mich hinter sich her in den Nachbargarten, in dem schon jetzt im April viele bunte Blumen blühten.

»Ganzjährige Mischung«, sagte sie stolz, als sie meinen Blick auf ihre Beete bemerkte.

»Hm?«

»Acht in der Früh ist nicht deine Uhrzeit, was?«, fragte sie mitleidig, während sie mich an einen Gartentisch verfrachtete, auf dem eine gelbe Plastikdecke lag.

»Vormittags ist nicht meine Uhrzeit«, bestätigte ich, und sie lachte.

»Ich bin die Sigrid.« Ihr Händedruck war ebenso kräftig, wie ich ihn mir vorgestellt hatte.

»Marlene«, sagte ich und schaute ihr wie hypnotisiert beim Bedienen des Kaffeevollautomaten zu, der auf einem kleinen Arbeitstischchen vor dem Eingang in ein dunkles Gartenhäuschen stand. Ein bunter Streifenvorhang zwischen Tür und Gartenhaus-Wohnzimmer sollte, nahm ich an, die Fliegen draußen halten. Im schummrigen Licht konnte ich beige-braune Möbel erkennen und war froh, dass wir bei dem guten Wetter draußen saßen. Es gab einen unglaublichen Krach, als Sigrid die Milch aufschäumte, und dann stellte sie eine Tasse herrlich duftenden Cappuccino vor mich hin.

»Hmm.« Ich schnupperte ausgiebig, bevor ich einen Löffel des angebotenen Rohrzuckers über den Milchschaum rieseln ließ. Die Pause tat gut.

Nach dem Abend mit Jasmin, der noch sehr nett geworden war, hatte ich nur noch kurz mit meinen Eltern geschrieben. Sie hatten mir die Adresse geschickt und mehrfach betont, wie wichtig es war, dass ich pünktlich kam. Also war ich um kurz nach sechs aufgestanden, um rechtzeitig am Bodensee anzukommen. Eine Stunde Fahrtzeit von Ulm, einschließlich eventueller Verkehrsturbulenzen und der Tatsache, dass ich morgens grundsätzlich etwas langsam war; ich ging also um halb sieben – na gut, es wurde ein paar Minuten später – aus dem Haus. So früh war ich nicht einmal unterwegs, wenn ich zur Arbeit musste.

Jetzt trank ich einen Schluck Kaffee und spürte so etwas wie Lebensgeister in meinem Körper erwachen. Endlich Zeit, meine Umgebung wahrzunehmen: Der Garten lag tatsächlich direkt am See, von meinem Platz auf Sigrids Terrasse aus konnte ich auf den schmalen Weg blicken, der an weiteren Gärten vorbei zum Ufer führte, wo das Wasser an einen kleinen Kiesstrand schwappte. Von meiner eigenen Terrasse würde der Blick ebenso schön sein. Die Parzelle lag sogar noch dichter am Wasser.

Die Sicht war klar, die Sonne glitzerte auf dem See, und ich konnte an zwei Ausflugsschiffen vorbei bis zum Pfänder blicken, dem Bregenzer Hausberg auf der österreichischen Seite des Bodensees. Die Alpen erstreckten sich dahinter und für einen Moment war ich wirklich ergriffen von der Aussicht.

»Wow«, flüsterte ich. Ich hatte nicht gewusst, dass es hier so schön war.

Die Kleingartenanlage befand sich ganz in der Nähe von Lindau, offenbar war gerade ein Schiff im Hafen eingelaufen, es tutete, und ich fühlte mich beinahe wie im Urlaub. Nur müder.

»Was ist das denn?«, fragte ich Sigrid dann mit Blick auf eine Rasenfläche direkt oberhalb des Kiesstrands, auf der einige Plastiktische und -stühle standen, noch schmutzig vom Winter. Daneben ein Haus, deutlich größer als die Gartenlauben in den Parzellen und richtig aus Stein gemauert.

»Unser Vereinsheim«, erklärte Sigrid stolz und gab den Rest des Milchschaums auf eine zweite Tasse Kaffee.

Da könnte man richtig was draus machen, schoss es mir durch den Kopf. Ich atmete tief ein, sog den Duft nach Frühling in mich auf.

Sigrid setzte sich mit ihrem Cappuccino mir gegenüber. Beide Hände auf den Tisch gelegt, sah sie mich neugierig an. »Du bist also die Nichte von Anni. Hast ihre Nase geerbt.«

»Ach.« Unwillkürlich fasste ich mir an die Nase. Sie war weder besonders groß noch knollig oder sonst wie auffällig. Ich hatte sie immer für eine ganz normale Nase gehalten. Tante Annis Nase. Na gut, hätte schlimmer kommen können.

»Ihr hattet nicht viel Kontakt, oder?«

»Nicht sehr viel, nein«, gab ich zu, um nicht »überhaupt keinen« sagen zu müssen.

»Dachte ich mir.« Sie nickte wissend, und ich fragte mich, was sie mir vorenthielt.

»Wie viel Gartenerfahrung hast du?«, fragte sie dann.

Und nun musste ich doch sagen: »Überhaupt keine.«

»Dachte ich mir«, wiederholte Sigrid, nahm den letzten Schluck ihres Kaffees, stand auf und rieb sich die Hände. »Dann machen wir uns mal an die Arbeit.«

Ungefähr zwei Stunden später dankte ich Gott dafür, dass es Sigrid gab, und verfluchte den Teufel dafür, dass er sie mir geschickt hatte. Sie hatte mir gezeigt, wie der historische Rasenmäher von Anni funktionierte – Benzin, dass das noch nicht verboten war! – und was in den Beeten Kraut und was Unkraut war. Nun jedoch taten meine Arme weh, der Rücken schmerzte und ich entwickelte schon die dritte Blase an den Handflächen.

»Ich will nach Hause!«, jammerte ich.

Aber Sigrid schüttelte den Kopf. »Nix da! Wenn wir jetzt aufhören mit dem Unkraut, überwuchert der Giersch in drei Tagen wieder dein komplettes Beet.«

Du hast ja auch keine Blasen an den Händen, du stehst

ja hauptsächlich daneben und gibst Anweisungen, dachte ich. Ganz fair war das aber auch nicht, deshalb sprach ich es nicht aus. Sigrid opferte schließlich jede Menge Zeit für mich. Wobei, wenn ich näher darüber nachdachte, dass der alte Mann im Garten zu meiner Rechten seit einer guten Stunde in regelmäßigen Abständen über die Hecke lugte, um mir zuzusehen, dann fragte ich mich schon, ob sie nicht ganz froh war über die Abwechslung.

»Hast du selbst nichts zu tun?«, fragte ich keuchend, als ich, die rechte Hand am Rücken, vorsichtig aufstand. »Ich halte dich den ganzen Tag von deiner eigenen Arbeit ab.«

»Wenn man regelmäßig jätet, hält man das Zeug ganz gut in Schach«, antwortete sie grinsend. »Und zum Rasenmähen findet sich oft einer der Männer hier, den ich mit meinem Karottenkuchen bezirzen kann. Wenn du den Garten einmal gut in Schuss hast, dann darfst du auch mal Pausen machen.« Sie überlegte kurz. »Wie sieht das bei dir eigentlich aus? Bist du verheiratet?«

Ich schüttelte den Kopf.

»Verliebt, verlobt, verpartnert?«

Erneut verneinte ich.

»Da hast du also noch mehr Gemeinsamkeiten mit Anni.«

Na, dann passte es doch hervorragend, dass ich diejenige war, die ihren Garten geerbt hatte. »Ich hatte allerdings nicht gehofft, mit achtzig noch Single zu sein.« Ich zog die Nase kraus.

»Dann bist du wieder Single. Und froh drum.« Sigrid zwinkerte mir zu.

Bevor ich sie fragen konnte, wie bei ihr da die Lage war, wurden wir in unserem Gespräch unterbrochen. Der kleine ältere Herr mit Strohhut tauchte vor meinem Gartentor auf. Mit leicht gerötetem Gesicht blickte er nach links, nach rechts, drehte sich einmal zu jeder Seite und schürzte seine Lippen. »Da ist aber noch ordentlich was zu tun«, sagte er.

Ich schnappte nach Luft. Ich hatte so geschuftet die letzten Stunden!

»Unser Vorsitzender«, raunte Sigrid mir zu. »Sei freundlich.«

Es gab einen Vorsitzenden? Ich dachte, das wäre … mein Blick wanderte den Weg hinauf in die Richtung, in der sich der Eingang des Gartens befand. »e. V.« stand hinter dem Namensschild, richtig, ein Verein. Und ein Verein brauchte natürlich einen Vorsitzenden.

»Dann stelle ich mich jetzt noch einmal richtig vor«, sagte ich also lächelnd, zog meine Gartenhandschuhe aus und reichte ihm die Hand. »Marlene Wissmann, Annis Nichte.«

Etwas misstrauisch sah er mich an, so schnell vergab er mir unsere frühmorgendliche Begegnung wohl nicht. Aber dann ging Sigrid zu meinem Beet und holte den Eimer mit dem gejäteten Unkraut zwischen dem ganzen Gestrüpp hervor. »Das kippen wir jetzt erst einmal auf den Kompost«, sagte sie laut und überdeutlich.

Seine Miene wurde augenblicklich freundlicher und nun fasste er auch endlich meine immer noch ausgestreckte Hand. »Ich sehe, Sie geben sich ja wirklich Mühe. Wenn mal nicht alles auf Anhieb klappt, fragen Sie ruhig.« Beinahe jovial tippte er sich an den Strohhut und verschwand in Richtung seines eigenen Gartens.

»Eine Hürde ist geschafft.« Sigrid klatschte in die Hände. »Dann mal weiter mit dem Unkraut, dahinten warten noch jede Menge fieser Disteln auf uns. Und anschließend kommt dann die schöne Arbeit.«

Anschließend bin ich wahrscheinlich tot, dachte ich, aber da Sigrid sich nun ebenfalls Gartenhandschuhe überstreifte und sich zu mir ins Beet hockte, wollte ich ihren guten Willen nicht unterminieren.

***

Als ich am frühen Abend endlich zu Hause war, schaffte ich es gerade noch, meine Schuhe von den Füßen zu streifen, deren ursprüngliche Farbe schon seit Stunden nicht mehr zu erahnen war. Die dreckige Hose auszuziehen war mir dann aber doch zu viel und ich ließ mich direkt aufs Sofa sinken. Ich schaltete den Fernseher ein, aber als mir die Fernbedienung herunterfiel, brachte ich es nicht fertig, mich so weit nach ihr zu strecken, wie es nötig gewesen wäre, um den Sender zu wechseln. Also blieb das Programm genau da stehen, wo ich es gestern ausgemacht hatte. Irgendwann müsste ich aufs Klo, dann würde ich mich sowieso bewegen, dann konnte ich immer noch umschalten.

Mein Handy klingelte, zum Glück steckte es noch in meiner Hosentasche, das hervorzuholen gelang mir gerade so auch noch in meinem aktuellen Zustand. Jasmin, zeigte das Display an, und ich wischte nach rechts, um den Anruf anzunehmen.

»Hey«, begrüßte ich meine Freundin schlapp, die auch gleich wissen wollte, weshalb ich so erschöpft klang.

»Ich hatte keine Ahnung, wie viel Arbeit so ein Garten macht«, sagte ich müde.

Jasmin lachte dreckig. »Weshalb ich anrufe«, fuhr sie fort. »Es ist Samstagabend, was wollen wir unternehmen? Mir wäre nach Tanzen.«

»Bist du wahnsinnig?« Ich konnte keinen einzigen Muskel mehr rühren.

»Kino?«

»Nur, wenn die Leinwand mein Fernseher ist.«

»Gott, bist du langweilig.« Jasmin stöhnte.

»Im Fernsehen läuft …« Fußball. Dritte Liga.

»Wir finden schon was auf Netflix«, sagte Jasmin. »Wenn das mit unseren Dates im wahren Leben nicht klappt, könnten wir wenigstens eine Liebesschnulze anschmachten.«

»Solange es nicht *Grüne Tomaten* oder *Wenn der weiße Flieder wieder blüht* ist.«

»*Angriff der Killertomaten*?«, fragte Jasmin. »Ich bin in einer Stunde bei dir.«

»Klingt traumhaft«, murmelte ich zustimmend. »Und bring Pizza mit.«

Als ich mich zurück auf die Couch sinken ließ, fiel mir auf, dass ich unglaublich k. o. war, aber unerklärlicherweise auch so zufrieden wie schon lange nicht mehr.

2. Kapitel

Die Woche fing nicht gut an. Zuerst einmal hatte ich am Montagmorgen solch einen heftigen Muskelkater, dass selbst die Treppen hinunter zur Haustür ein schier unüberwindbares Hindernis darstellten, obwohl ich nur im ersten Stock wohnte. Mir taten Stellen meines Körpers weh, von denen ich nicht einmal wusste, dass es dort Muskeln gab. Außerdem regnete es seit dem Unwetter in der Nacht durchgängig, sodass meine frisch gebändigten Locken sofort anfingen, sich zu kringeln.

Im *Ulmer Tagblatt* war es auch nicht besser: Gerry, der Redaktionsleiter, brauchte mich nun doch nicht für die Pressekonferenz der Stadt zum neuen großen Bauprojekt. Anstelle eines abgerissenen Kaufhauses sollte eine schicke neue Passage gebaut werden, ich nahm an, das gleiche Prinzip, das es schon dreimal in jeder Großstadt gab.

Das *Tagblatt* war mein Hauptarbeitgeber und Gerry damit eine Art Chef für mich, zumindest jedenfalls der Chefredakteur, der mir Aufträge zuteilte und meine Artikel abnahm. Umgekehrt war ich für ihn definitiv eine »normale« Mitarbeiterin, er behandelte mich wie die fest Angestellten. Manchmal wünschte ich mir, er wäre etwas höflicher. Wenn ich wollte, könnte ich schließlich jeden

Auftrag, der mir nicht gefiel, ablehnen – die Freiheit der freien Mitarbeiter. Aber für aufgesetzte Höflichkeiten kannten wir uns wohl einfach schon zu lange. Gerry gehörte zu den Personen, bei denen »bitte« und »danke« zu Fremdwörtern wurden, wenn man in einer Art Vertrauensverhältnis gelandet war.

»Das übernimmt Susanne«, informierte er mich nun zur Pressekonferenz.

Susanne war fest angestellt und deshalb natürlich erste Wahl.

»Ich hab mich gestern dafür gemeldet!«, beschwerte ich mich.

»Und? Eine Antwort bekommen?«

Nein. »Aber auch kein Nein«, sagte ich. »Hast du noch was anderes für mich?« Nicht dass ich komplett umsonst hergefahren war. Den Morgen hätte ich auch gut gemütlich in meiner Jogginghose zu Hause am Schreibtisch mit einem Kaffee verbringen können. Es gab noch einen regionalen Restaurantführer, zu dem ich zwei Artikel über Weingüter beisteuern sollte, die noch nicht geschrieben waren.

»Tja nun, eigentlich …« Er kratzte sich am Kopf.

»Irgendein Hasenzüchterverein wird doch wohl sein Jubiläum feiern«, bat ich.

»Als ob du dich für Hasenzüchter interessierst«, schnaubte Gerry.

Wenn ich Geld brauchte …

»Ja, warte mal.« Er nahm die paar Schritte zu seinem Schreibtisch, kniff die Augen zusammen – er weigerte sich, eine Brille zu tragen, obwohl das dringend nötig war – und sagte dann: »Probier's mal beim städtischen Kammerorchester. Die haben einen neuen Dirigenten, Anton irgendwas, aus Berlin.« Er machte eine Geste, die mir verdeutlichen sollte, was er von der Hauptstadt hielt.

»Und da krieg ich einen Artikel? Halbe Seite?«

»Es sollte eine Meldung werden, vier Zeilen.«

»Vergiss es.« Dann doch lieber Kaffee und der Restaurantführer.

»Viertelseite«, versprach Gerry mir schließlich.

»Halbe, wenn ich was zu sagen habe.«

Er verdrehte die Augen und seufzte. »Ich kann dir nichts versprechen. Es hängt davon ab, ob …« Er fuhr sich durch die Haare. »Vielleicht kann ich ein Interview in einer der nächsten Mittwochsbeilagen bringen. Aber nur mit Foto! Du hast doch eine Kamera, richtig?«

Klar. Ich nickte. Die lag zwar zu Hause, aber das Kammerorchester würde ja noch nicht um neun Uhr morgens tagen. Ich wollte nicht riskieren, dass Gerry möglicherweise doch Susanne fragte. Oder die Volontärin mit dem blonden Wuschelkopf, die meinte, sie wäre was Besseres als ich, weil sie nie als Freie arbeiten würde.

Gerry blickte auf die Uhr. »In einer halben Stunde geht's los, der Vortragsraum in der Volkshochschule ist dafür reserviert. Das schaffst du bei dem Verkehr locker.«

»Locker.« Ich nickte erneut, Hauptsache, ich hatte den Auftrag, und hoffte, er merkte mir meine Panik nicht an. In einer halben Stunde musste ich vor Ort sein und vorher noch die Kamera holen! Ich nahm die Beine in die Hand.

Mit dem Umweg über meine Wohnung war das mit der Lockerheit ganz schnell vorbei. Die Straßenbahn war trotz der Uhrzeit rappelvoll. Alle Fahrradfahrer waren wegen des Wetters offenbar auf die Öffentlichen ausgewichen.

Mein Handy klingelte, während mir von allen Seiten Schirme und Ellbogen in die Rippen gestoßen wurden. Ich versuchte, irgendwie an mein Telefon zu kommen, und stieß zurück.

»Ja, Ostkamp hier, Heinz Ostkamp!«, brüllte es mir so laut entgegen, dass die junge Frau mit Kopfhörern im Ohr neben mir mich vorwurfsvoll ansah. Am anderen Ende der Leitung wartete der Anrufer offensichtlich darauf, dass ich ihn erkannte und ein Gespräch begann.

»Hallo, Herr Ostkamp«, versuchte ich es zögerlich.

»Haben Sie das Gewitter gehört heute Nacht?«

Hatte ich, aber worum ging es hier? Einen Artikel über Wetterphänomene? Ich ging schnell die Namen der leitenden Redakteure unter meinen Kontakten durch. Nein, einen Heinz Ostkamp würde ich kennen. Außer er hatte vielleicht irgendwo eine Nachfolge angetreten, ohne dass ich den Wechsel bemerkt hatte.

»Mir hat es die ganzen Setzlinge verhagelt und der Lothar hat einen Sprung in der Scheibe seiner Laube! Nur dass Sie Bescheid wissen, es sieht verheerend aus, überall Äste und Blätter.«

Setzlinge. Jetzt konnte ich Heinz Ostkamp einordnen.

»Woher haben Sie meine Nummer?«, fragte ich.

»Ihre Eltern haben sie mir freundlicherweise gegeben. Falls was ist mit dem Garten. Und über die Laube müssen wir auch noch sprechen! Der Anstrich sollte innerhalb der nächsten zehn Tage ...«

Ich hielt mein Smartphone in Richtung einer Gruppe Jugendlicher, die gerade meckernd lachten, und hoffte, das würde als Rauschen durchgehen. »Was? Ich verstehe nicht ...« Dann beendete ich das Telefonat. Funkloch, das würde er mir hoffentlich abkaufen. Ganz schlechte Verbindung, Herr Ostkamp.

Rief der mich tatsächlich wegen ein paar herumliegender Äste an? Kleingärtner, das war doch unglaublich. Mein Termin begann in gerade einmal zwanzig Minuten, da konnte ich mich jetzt nicht um Blätterverwehungen kümmern. Auch wenn ich bei dem Gedanken daran, dass die ganze Arbeit am Wochenende umsonst gewesen sein sollte, schauderte.

Vorsichtig stieg ich aus der Bahn, meine Oberschenkel brachten mich um. Und ich musste mir zumindest noch eine Frage für den neuen Dirigenten des Kammerorchesters ausdenken, bevor ich auf der Pressekonferenz unvorbereitet wie eine Praktikantin auflief. Nein, schlimmer als eine Praktikantin, wenn ich da an den blonden Wuschelkopf dachte. Heutzutage waren sogar die Praktikantinnen hervorragend organisiert.

Als Erstes musste ich aber die Kamera holen, und da wartete noch eine Treppe. Warum wohnte ich nicht in einem Haus mit Aufzug, fragte ich mich, als ich mich schwerfällig am Geländer nach oben hangelte.

Kamera holen, noch schnell ins Bad, damit ich nicht während der Konferenz noch ein WC suchen musste. Und wenn ich schon einmal zu Hause war, konnte ich ja auch schnell noch die Mail wegschicken, die ich in der Redaktion zu tippen begonnen hatte. Hastig schrieb ich die letzten Zeilen und klickte auf Senden. Sehr gut, so hatte ich das auch gleich erledigt, allerdings schon wieder fünf Minuten verloren. Noch einmal die Straßenbahn zu nehmen erlaubte das Zeitfenster bis zur Pressekonferenz nicht, ganze sechs Minuten hatte ich noch, das würde ich nur mit dem Auto schaffen. Es tat mir in der Seele weh, meinen super Parkplatz aufzugeben, den ich vor ein paar Tagen direkt gegenüber meiner Wohnung ergattert hatte. Vor meiner eigenen Haustür stand immer noch ein Parkverbotsschild wegen eines Umzugs. Ich hoffte, dass sich das bis zum Abend erledigt hatte, wenn ich wieder einen Parkplatz brauchte.

Der Verkehr war nicht allzu schlimm, trotzdem schaffte ich es natürlich nicht innerhalb der Zeit. Fünfzehn Minuten zu spät schlich ich mich in den Vortragsraum und stellte fest, dass der neue Dirigent des Kammerorchesters selbst noch nicht da war. Was hatte ich für ein Glück.

Knapp fünf Minuten nach mir stürmte er in den Raum und war mir gleich sympathisch. Außerdem war er ein aufgeschlossener Mensch, der gern mit uns Journalisten redete und beinahe Spaß daran hatte, all unsere Fragen zu beantworten – meine musste ich mir nun doch spontan aus den Fingern saugen, weil ich es in der Hektik vorher natürlich nicht mehr geschafft hatte, mir etwas zu überlegen. Aber wenigstens handelten sie von seinen zurückliegenden Engagements und waren cleverer als die des Lokalradio-Moderators, der wissen wollte, ob sein Gegenüber verheiratet war.

Nicht, dass mich die Antwort nicht interessiert hätte, der Dirigent sah ziemlich gut aus und war höchstens Mitte vierzig. Ich machte viele Fotos, auch mit meinem Smartphone, und schickte eines davon an Jasmin. Nicht verheiratet, schrieb ich drunter.

Hetero?, fragte sie zurück.

Tja, keine Ahnung. Das wäre mal eine weitere Frage für den Radiomoderator.

Wir beschlossen, zum nächsten Konzert des Kammerorchesters zu gehen, man konnte ja auch mal was für seine kulturelle Bildung tun.

Mittlerweile war es zwölf Uhr mittags, und das Wetter sah schon sehr viel rosiger aus als noch vor ein paar Stunden. Bei strahlendem Sonnenschein fuhr ich zurück in die Redaktion, wo ich meinen Artikel abtippte. Ich verzierte ihn noch mit einer Prognose darüber, dass es durch den »frischen Wind«, der jetzt herrschte, mit dem Kammerorchester sicherlich bergauf gehen würde, und schickte ihn zusammen mit dem schönsten Foto des Dirigenten an Gerry. Zufrieden lehnte ich mich in Sybilles Schreibtischstuhl zurück. Die Pressekonferenz zum großen Bauprojekt schien länger zu dauern.

Mein Handy klingelte erneut, die Nummer sagte mir nichts, vorsichtshalber nahm ich trotzdem ab. In meiner Branche konnte man nie wissen, was einen Wichtiges erwartete.

»Hier Ostkamp noch mal. Es geht um das Gewitter.«

Herrgott noch mal, hatte der Mann nichts anderes zu tun? Ich hätte seine Nummer einspeichern sollen, dann wäre ich nicht drangegangen.

»Ach, schön, dass Sie noch mal anrufen«, log ich.

»Sie waren vorhin einfach weg.«

»Tut mir leid, ich bin in ein Funkloch geraten. Und da vorn sehe ich gerade auch schon einen Tunnel.«

»Es regnet nicht mehr. Sie sollten sich das wirklich ansehen. Ich kann dann heute Nachmittag mit Ihnen rechnen?«

Was? Nein!

»Ein Anruf auf der anderen Leitung, da muss ich drangehen. Ich rufe Sie zurück, Herr Ostkamp!« Jetzt kam es auf eine weitere Lüge auch nicht mehr an.

Schnell unterbrach ich die Verbindung, um den zweiten Anruf entgegenzunehmen – und so froh ich war, Heinz Ostkamp losgeworden zu sein, so hatte ich eindeutig zu schnell reagiert. Meine Mutter, während der Arbeitszeit, das konnte nichts Gutes bedeuten.

»Bist du auf dem Weg?«, wollte sie dann auch gleich wissen.

Ich ahnte Schreckliches, sagte aber trotzdem: »Auf dem Weg zu meinem nächsten Auftrag, ja beinahe.« Wenn Gerry noch etwas einfiel.

»Herr Ostkamp hat angerufen. Wenn der Kleingartenverein uns rausschmeißt, bekommen wir nie und nimmer das Geld für die Laube zurück, das Anni hineingesteckt hat. Dann müssen wir zum Schleuderpreis verkaufen. Schatz, du musst dich dringend kümmern!«

»Mama, ich …«

»Kind, das sind sicher mehrere Tausend Euro!«

»Die stell ich euch dann als Honorar in Rechnung. Oder Schmerzensgeld.« Die Treppen im VHS-Gebäude waren mit meinem Muskelkater ein Albtraum gewesen.

»Jetzt hab dich nicht so, wir laden dich auch zum Essen ein.«

»Das muss mindestens ein Vier-Gänge-Menü werden«, grummelte ich.

»Um sieben, komm pünktlich.«

Ich blickte auf die Uhr. Es war halb drei. Einmal bis zum Bodensee, halb vier. Vorher quer durch die Stadt zum Baumarkt, Setzlinge kaufen. Eine gute Stunde zurück zu meinen Eltern. Ich war schon im Begriff, Ja zu sagen, da kam mir der Vormittag in den Sinn. Und Jasmins gute Ratschläge und Nils und …

»Mama, sei mir nicht böse, aber das müssen wir auf morgen verschieben. Wenn du willst, dass ich mich um den Garten kümmere, muss ich vorher noch in den Baumarkt und dann schaffe ich es auf keinen Fall pünktlich.« Gut, dass ich das Auto hatte. Als mein Handy piepte, weil Jasmin wissen wollte, was ich so trieb, konnte ich nur zurückschreiben: »Bin im Vollstress.«

Ich hatte wirklich keine Ahnung gehabt, wie viel Arbeit so ein Garten machte. Oder Herr Ostkamp.

Im Baumarkt war die Hölle los. Wenn ich mich schon auf den Weg in den Garten machte, um Herrn Ostkamp zufriedenzustellen, dann konnte ich auch was Nützliches tun und die Setzlinge mitbringen, die ich einpflanzen wollte. Fünfzig Prozent kleingärtnerische Nutzung. Aber das Unwetter hatte nicht nur Kleingärtner schwer getroffen, sondern vor allem Hausbesitzer, die nun Keller, Dächer und Garagen aufräumen mussten und den Baumarkt bevölkerten. Deshalb war es dann auch schon kurz vor fünf, als ich schließlich mit einem Karton voller Setzlinge im Arm Annis Garten betrat. Sofort wurde mir klar, was Herr Ostkamp gemeint hatte: Meine Beete waren eine einzige Schlammgrube und das zweite Paar Schuhe war binnen Sekunden ruiniert. Ich hatte kurz überlegt, ob ich noch einmal nach Hause fahren und die ohnehin schon eingedreckten Turnschuhe holen sollte, doch wegen des Zeitdrucks hatte ich mich dagegen entschieden.

»Kind, du brauchst vernünftige Gartenschuhe«, kommentierte jemand hinter mir. Als ich mich umdrehte, stand Sigrid kopfschüttelnd an meinem Zaun. Ich schaute auf ihre Füße.

»Ich bestell mir morgen Gummistiefel«, sagte ich. Sigrid selbst trug Crocs, sie machte sich offensichtlich nicht viel aus nassen Füßen. Aber ich musste gestehen, besser nasse Füße als schlammiges Leder, wenn ich meine eigenen Schuhe betrachtete.

Trotzdem trat ich ein paar Schritte näher an das Unglück heran: Schlamm, Schlamm überall, geknickte Pflanzen und tatsächlich Äste und Blätter en masse. Ach herrje. Ich versuchte, einen jungen Schössling aufzurichten, der gleich wieder traurig zusammenfiel.

»Da kannst du jetzt gar nichts ausrichten«, sagte Sigrid

und deutete auf meine Setzlinge. »Das muss erst trocknen.«

Ich seufzte auf. Aber ich fürchtete, sie hatte recht.

»Dann gehen wir jetzt wieder nach Hause«, murmelte ich den kleinen Setzlingen unter meinem Arm zu. »Und suchen euch einen schönen Platz an der Sonne.« Kopfsalat, Mangold und Rote Bete hatte ich übrigens ausgesucht. Rote Bete mag ich zwar nicht, aber die Setzlinge waren hübsch, grüne Blätter mit roten Adern. Und die Verkäuferin im Baumarkt hatte behauptet, die gelängen immer, auch Anfängern. Nicht, dass ich ihr dazu etwas gesagt hätte, aber ich nahm an, sie hatte es mir an der Nasenspitze angesehen – oder wahrscheinlich an den Schuhen.

Ich blickte auf. »Aber ein bisschen aufräumen wird doch wohl gehen? Wenn ich schon mal hier bin.«

Skeptisch blickte Sigrid auf meine Sneaker. Dann kniff sie nachdenklich die Augen zusammen. »Anni hat sicher noch alte Holzschuhe in ihrer Laube. Die hat sie immer so gern getragen. Vielleicht kannst du damit deine Turnschuhe retten.«

Die Laube, natürlich! Die hatte ich mir ohnehin noch gar nicht richtig angesehen. Bei jedem Schritt über die Wiese quietschte es, als würde ich auf einer Wasserader laufen. Meine Socken wurden nass, und ich beschloss jetzt schon, auf dem Heimweg die Sitzheizung anzustellen. Aber Anni besaß tatsächlich Holzschuhe, und auch wenn das nicht mein Bekleidungsstück der Wahl gewesen wäre, besser als die Sneaker waren sie allemal.

»Hey, hier ist noch Limo!«, rief ich Sigrid zu. »Nach

getaner Arbeit können wir uns damit etwas stärken.« Sie war noch nicht einmal abgelaufen, ganze zwei Tage blieben uns noch.

»Abgemacht«, rief Sigrid zurück, und dann kümmerten wir uns um unsere Unwetterschäden.

Ich klaubte Äste auf, harkte Blätter zusammen und versuchte, abgeknickte Zweige an meinen Obstbäumen und Sträuchern zu retten. Manche waren so weit abgerissen, dass ich nichts tun konnte, als sie mit der Rosenschere abzuknipsen. Aber wenn sie nur eingerissen waren ... Ich hatte keine Ahnung, ob das funktionierte, aber der Apfelbaum trug so viele schöne Blüten, ich musste einfach versuchen, den Zweig zu retten. Und so klebte ich ihn kurzerhand mit einem Pflaster wieder an, das ich ebenfalls in der Laube fand. Ob es Bestand hatte, würde die Zeit zeigen.

»Werd schön wieder gesund«, flüsterte ich ihm aufmunternd zu und streichelte seinen Stamm.

Dann sah ich mir einen der Sträucher näher an, der auch einiges abbekommen hatte: Vorsichtig richtete ich ihn auf, steckte einige der abgerissenen Äste, die ich aufgesammelt hatte, in den Boden und band sie als Stütze an den Busch. Das würde ihm sicher helfen.

Ich strich weiter durch meinen Garten, päppelte hier auf, pflegte dort, und schließlich hatte ich alle Patienten verarztet.

Glücklich blickte ich mich um. War mir der Schaden zunächst irreparabel erschienen, so wirkte es jetzt gar nicht mehr so schlimm. Die Natur erholt sich immer, schoss es mir durch den Kopf.

Etwas außer Atem, aber zufrieden holte ich Annis Gartentisch unter dem Vordach hervor, wischte ihn ab und trug die Limo nach draußen. Das Gläserklirren war das Zeichen für Sigrid, herüberzukommen.

»Nach einem Unwetter ist die Luft immer besonders klar«, sagte sie, als sie sich zu mir an den Tisch setzte. Das war mir auch schon aufgefallen. Es roch unglaublich gut nach Frühling.

Die Limo war erfrischend und eine Weile schwiegen wir einfach, lauschten dem Plätschern des Sees im Hintergrund, vereinzelten Motorengeräuschen in der Ferne und dem aufgeregten Piepen eines Spatzes ganz oben auf meinem Apfelbaum. Frecher kleiner Kerl, dachte ich amüsiert.

Als ich mich eine knappe Stunde später von Sigrid verabschiedete und auf den Heimweg machte, freute ich mich schon auf meinen nächsten Besuch, wenn ich meine Setzlinge endlich einpflanzen konnte.

Es war fast halb neun, als ich endlich zu Hause war. Die Arbeit heute war nicht ganz so anstrengend gewesen wie am Samstag, aber meine Muskeln schmerzten noch immer, und ich wollte nur noch auf meine Couch. Ich musste meine Setzlinge mit in meine Wohnung nehmen und sie dort versorgen, bis ich sie einpflanzen konnte. Deshalb wollte ich nicht allzu weit weg parken.

Seufzend kurvte ich zum dritten Mal um den Block. Vor meiner Haustür stand immer noch das elendige Parkverbotsschild. Wann fand dieser blöde Umzug denn nun statt? Ich blickte auf die Uhr. Ganz sicher doch nicht mehr so spät am Abend? Außerdem musste ich doch bloß ganz schnell hochspringen – na gut, hochhumpeln – und die Setzlinge versorgen, danach würde ich mir einen beliebigen Parkplatz suchen, wo mein Auto bis zu dem Abendessen mit meinen Eltern morgen bleiben konnte. Maximal fünf Minuten würde das alles dauern, genau die würde der Umzugswagen wohl nicht ausgerechnet erwischen.

Natürlich wird er das, dachte ich, als ich die Haustür wieder öffnete und den LKW auf der Straße stehen sah. Okay, ich hatte acht Minuten gebraucht, vielleicht neun, aber dennoch …

»Wem gehört der Wagen denn?«, hörte ich den einen der beiden Umzugshelfer sagen. Er war klein, untersetzt und trug eine graue Latzhose. »Sollen wir einfach mal alle Klingelknöpfe drücken?«

Sein Kollege war deutlich größer als er und trug zur Latzhose Handschuhe. »Zur Not lassen wir's eben abschleppen«, sagte er schulterzuckend.

Neun Minuten, dachte ich, während ich heranhastete.

»Bin schon da, bin schon da! Kein Grund, irgendwen abschleppen zu lassen.«

Der Kleine drehte sich um. »Dass Sie da sind, nützt uns nichts. Besser wär's, wenn Sie weg wären.« Er deutete auf mein Auto.

»Ja klar, ich bin sofort …«

»Nee, oder?«, hörte ich da eine Stimme hinter mir, die mir bekannt vorkam. Ich drehte mich um, und tatsächlich: Kopfschüttelnd und mit verärgert hochgezogenen Augenbrauen stand Nils, mein verkorkstes Date von Freitagabend, hinter mir. Was wollte der denn jetzt?

»Wir haben ihr schon Dampf unterm Hintern gemacht«, mischte sich wieder der kleine Umzugshelfer ein. »Sie ist gleich weg, dann können wir hier weitermachen.« Sein Blick wanderte zu Nils.

»Ach du liebe Zeit, du ziehst hier ein?«, fragte ich entsetzt. Mit dem Spießer im Haus durfte bald wahrscheinlich keiner mehr ein Paar schlammige Turnschuhe in den Flur stellen. »Kurz vor neun am Abend? Hast du den Umzug zwischen zwei Telkos aus Übersee gelegt?«

»Im Gegensatz zu freien Journalisten gibt es auch Menschen, die tagsüber arbeiten«, antwortete Nils.

Jetzt feixte der größere der beiden Umzugshelfer. »Na, das ist doch schön, wenn man die neuen Nachbarn schon kennt.«

Ich warf ihm einen bösen Blick zu, aber bevor noch einer der Herren seine Drohung mit dem Abschleppdienst wahr machen konnte, stieg ich schnell ins Auto. »Bin schon weg!«, rief ich und startete den Motor. Ausgerechnet Nils würde der neue Mieter sein, ausgerechnet die gegenüberliegende Wohnung auf meiner Etage. Mein Garten, die Arbeit und jetzt auch noch mein Katastrophendate als neuer Nachbar. Mir blieb aber auch nichts erspart.

***

Am nächsten Tag hetzte ich erneut von einem Termin zum nächsten. Da ich hoffte, eine Geschichte über eine Skulpturenausstellung im Glacis-Park in Neu-Ulm im dortigen Wochenblatt unterbringen zu können, musste ich zusätzlich zu den beiden Terminen, die Gerry mir überließ, auch noch einen Kunstbesuch einplanen.

Die in die Landschaft eingefügten Skulpturen gefielen mir so gut, dass ich darüber mal wieder komplett die Zeit vergaß. Ein steinernes Mädchen – zumindest sagte mir die Plakette, dass es sich um ein Mädchen handelte – lugte unter einer mächtigen Trauerweide hervor. Davor ein Meer von Frühblühern, von denen ich unbedingt Fotos schießen musste.

Blumen. Wenn ich die fünfzig Prozent kleingärtnerische Nutzung erledigt hatte, wollte ich mich ausgiebig um Blumen kümmern. Rosen hatte Anni schon angelegt, an der Seitenwand ihrer Gartenlaube rankten sie sich hoch. Aber die Narzissen hier im Park gefielen mir so gut, die musste ich unbedingt für nächstes Jahr pflanzen. Nein, halt, im nächsten Jahr würde ich mit dem Garten nichts mehr zu tun haben. Ich beschloss, eine kleine Osterglocke für meine Fensterbank zu kaufen, bevor ich Gerry seine Meldungen ablieferte und den Artikel über die Kunstausstellung begann.

Als ich mich endlich auf den Weg zu meinen Eltern machen konnte, war es schon beinahe sieben. Sie wohnten ganz im Westen von Ulm, wo Betonflächen schließlich von Landwirtschaft abgelöst wurden. Trotz der Natur-Affinität meiner Mutter hatten sie es nie weiter hinaus als bis zum Stadtrand geschafft. Kein Wunder, dass ich mit zwölf zum ersten Mal eine lebendige Kuh gesehen hatte.

Als ich klingelte, hörte ich sofort aufgeregtes Hundegebell. Meine Eltern waren also nicht allein, mindestens Onkel Harald und seine braun-weiße Mischlingshündin Lucy waren noch bei ihnen. Und wo Harald sich aufhielt, waren meine Großeltern meist auch nicht weit.

Richtig geraten.

Lucy begrüßte mich schwanzwedelnd und leckte mir übers Gesicht, als ich mich hinkniete, um ihr durchs Fell zu wuscheln. Mein Vater reichte mir ein Taschentuch, begrüßte mich und ging dann voraus in die Küche, das Herzstück der Wohnung. Sie war groß und gemütlich, mit einem Kamin und einer Eckbank am Küchentisch, auf der meine Großeltern saßen wie auf einem Vermeer-Gemälde. Über den Tisch hinüber gab ich beiden einen Kuss auf die Wange, bevor ich Onkel Harald begrüßte, der mit einem für die Jahreszeit viel zu dicken Rollkragenpullover am Fenster stand. Lucy legte sich inzwischen wieder zu Opas Füßen auf den Teppich, den Mama »aus Gemütlichkeitsgründen«, wie sie es nannte, ausgelegt hatte, auch wenn ein Teppich in einer Küche alles andere als praktisch war, wenn man die Ungeschicklichkeit berücksichtigte, die ich von meinem Vater geerbt hatte.

Um die Begrüßungszeremonie komplett zu machen, trat meine Mutter in diesem Moment mit einer Dose Pfirsiche aus der Vorratskammer und umarmte mich. Sie trug heute einen rosafarbenen Pullover zu kirschrotem Lippenstift, und wieder einmal wurde mir klar, weshalb Jasmin stets darauf bestand, mich beratend beim Shopping zu begleiten.

»Setz dich, setz dich«, sagte Mama. »Essen ist fertig!«

Sie holte eine dampfende Lasagne aus dem Ofen, und wir schnupperten und freuten uns, dass sie so gut kochen konnte. Etwas, was ich im Gegensatz zu ihrem Sinn für Mode leider nicht von ihr geerbt hatte, ich musste mich immer sklavisch ans Rezept halten, damit es annähernd genießbar war.

Während des Essens vermieden wir alle das Thema, das wie der sprichwörtliche Elefant im Raum stand. Doch irgendwann waren die Teller abgeräumt, die Spülmaschine brummte leise im Hintergrund, und Opa lehnte sich wohlig zurück, um noch einmal an seinem Most zu nippen.

Ein besserer Augenblick würde nicht kommen, also setzte ich mich etwas aufrechter hin und holte tief Luft. »Ich hätte gerne Antworten«, sagte ich fest. »Wieso erbe ich einen Garten und weiß nicht einmal, von wem?«

Opa stellte sein Glas ab und sah mich entrüstet an, Harald hatte zumindest den Anstand, betreten zur Seite zu schauen. Mein Vater und meine Großmutter guckten völlig unbeteiligt, und meine Mutter rutschte mit ihrem Stuhl neugierig heran. Sie hatte also auch noch nichts Näheres über meine ominöse Tante erfahren.

»Wenn ihr wollt, dass ich in Annis Garten auch nur so viel wie ein einziges weiteres Unkrautblättchen zupfe, dann sagt ihr mir jetzt auf der Stelle, was los ist«, drohte ich.

Oma seufzte und strich sich ihre silbrigen, leicht rosastichigen Locken zurecht. »Claudia, habt ihr auch was Stärkeres im Haus?«, fragte sie meine Mutter, während sie ihr Mostglas hochhob.

»Most ist uralter Brauch und Tradition …«, begann mein Vater seine übliche Rede. Seinetwegen waren wir alle damit geschlagen, auf Familienfeiern furchtbar sauren Alkohol hinunterwürgen zu müssen, statt ein süffiges Bier oder einen anständigen Rotwein öffnen zu dürfen. Er braute das Gesöff im Keller. Die kleinen ungenießbaren Äpfel dafür bekam er immer von Harald, doch der besaß gar keinen Garten, fiel mir jetzt auf.

»Moment. Anni hat einen Apfelbaum!«, kombinierte ich messerscharf.

»Der Mann vom Marktstand auch«, sagte Harald, aber er schaute mir dabei nicht in die Augen. Ich kniff meine eigenen zusammen. War ich da etwas auf der Spur?

Meine Mutter kam mit einem Grappa und sechs Gläsern zurück. Was soll's, dachte ich. Hier bei meinen Eltern hatte mein Auto immerhin einen Parkplatz. Wenn ich mit dem Bus zurückfuhr, würde ich mir stundenlange Kurverei ersparen.

»Es ist schon einige Jahre her«, begann meine Großmutter nun. »So an die fünfundsechzig.« Sie war siebenundachtzig. »Da hatte ich einen Verlobten.«

Alle sahen meinen Opa Günter an.

»Sein Name war Kurt.«

Alle sahen schnell von Opa Günter wieder weg.

»Kurt und ich haben uns beim Tanzen kennengelernt«, erzählte Oma Rita nun leicht verschämt. »Er hatte diese dunklen Haare, einen Schnurrbart und so einen ganz geraden Rücken. Schneidig war er«, schwärmte sie, und mein Opa wirkte etwas unglücklich. »Den Heiratsantrag hat er mir auf dem Jahrmarkt gemacht.« Bei der Erinnerung kicherte sie, dann jedoch zogen sich ihre Augenbrauen zusammen. »Wir wollten im Sommer heiraten, etwa acht Monate später. Eines Tages, kurz vor der Hochzeit, erkrankte mein Vater schwer.«

Eines musste man Oma lassen, einen Spannungsbogen aufbauen, das konnte sie, auch wenn ich keine Ahnung hatte, was mein Uropa und ihr Kurt mit der ominösen Anni zu tun hatten.

»Papa musste ins Krankenhaus, Mama war außer sich, und ich wollte schnell nach Hause, um ihre Tabletten zu holen. Und für Papa noch einen Pullover. Dort habe ich sie überrascht. Kurt und meine Schwester.«

»Du hast eine Schwester?«, fragte ich, war aber nicht ganz so schnell von Begriff wie meine Mutter, die mir entgegenhauchte: »Anni.«

»Anni«, bestätigte meine Großmutter. »Ich habe nie wieder ein Wort mit ihr gewechselt.«

»Wow«, sagte ich. Ich hatte eine Großtante Anni. »Und ihr habt eure Tante nie kennengelernt, Papa? Harald?«

Beide schüttelten den Kopf, aber Harald vermied es immer noch, jemandem in die Augen zu sehen. Ich wäre keine gute Journalistin, wenn mir so etwas entginge.

»Wie furchtbar«, kommentierte meine Mutter aufgeräumt. Für Klatsch und Tratsch war sie immer zu haben. »Kein Wunder, dass du nie darüber gesprochen hast, es muss dir das Herz gebrochen haben.«

Oma nickte. »Aber das Leben muss ja weitergehen«, sagte sie schließlich mit einem schiefen Lächeln. »Über verschüttete Milch oder treulose Männer jammert man nicht.«

»Und dann hast du ja auch mich kennengelernt«, warf Opa ein wenig verloren ein. Er hatte die letzten Minuten damit verbracht, am Saum seines roten Pullunders zu nesteln.

Oma Rita nahm seine Hand. »Es ist immer alles für etwas gut«, sagte sie.

»Das heißt dann also: Papa und ich – und Harald – haben unsere Existenz Tante Anni zu verdanken«, fasste ich das Gehörte zusammen. Aber um ehrlich zu sein: So richtig wusste ich nicht, was ich mit dieser Information anfangen sollte. Anni war also Oma Ritas treulose Schwester. Nun war ich ein kleines bisschen empört, dass Sigrid mich im Garten auf meine Ähnlichkeit mit Anni angesprochen hatte.

»Ein Hoch auf Tante Anni«, murmelte Mama neben mir keinesfalls freundlich.

Ich zuckte mit den Schultern. Anni machte auch nach ihrem Tod noch eine Menge Ärger, in dem Fall allerdings mir, ich war schließlich diejenige, die in den nächsten Tagen und Wochen akribisch fünfzig Prozent kleingärtnerische Nutzung abmessen musste. Ich beäugte Harald, der Lucy hinter den Ohren kraulte. Ja, mit meinem Onkel musste ich auch noch sprechen. Aber nicht jetzt, nicht, wenn meine Oma dabei war. Außerdem stand meine Mutter gerade auf, um den Nachtisch zu holen.

3. Kapitel

Zwei Tage später löste ich mein Versprechen meiner Familie und meinen Setzlingen gegenüber ein und stand mit meinen kleinen Pflanzen erneut in meinem bzw. Annis Garten. Entgegen meiner Befürchtungen sahen die Setzlinge in meinem Arm grün und straff aus. Das Gegenteil war allerdings bei ihren kleinen Freunden im Beet meines Nachbarn der Fall.

»Da hat's uns ganz schön die Ernte zerhagelt«, rief Herr Ostkamp über den Zaun und lachte dröhnend über sein Wortspiel.

Ich kniete mich neben eine kleine Kohlrabi-Pflanze. Das war zwar geraten, die Minidinger sahen alle gleich aus, aber ich meinte mich zu erinnern, dass ich hinten links Kohlrabi eingesetzt hatte. »Armes Kleines«, sagte ich und streichelte die löchrigen Blätter. Einige andere waren nicht mehr zu retten, nur noch kleine braune Stümpfe waren übrig. Aber dafür hatte ich ja die neuen Setzlinge mitgebracht. Ich streifte mir Handschuhe über – ich hatte ja dazugelernt – und machte mich unter den wachsamen Augen von Herrn Ostkamp an die Arbeit.

Die Vögel zwitscherten, irgendwo tutete ein Schiff, und das Wasser schwappte in gleichmäßigen Wellen an den

Kiesstrand. Ich konnte das sanfte Rauschen bis hier oben hören. Ein Hund bellte in der Ferne, ein Kind rief laut nach seiner Mutter, Geräusche des Frühlings, dachte ich. Und während ich in der Erde wühlte, fiel der Stress der letzten Tage nach und nach von mir ab. Die Sorge um meine Arbeit, um das »nächste große Ding«, über das ich berichten könnte, sogar den Ärger um meinen blöden neuen Nachbarn vergaß ich für einige Zeit. Pflänzchen um Pflänzchen grub ich ein und merkte gar nicht, wie die Stunden vergingen. Tief atmete ich den Geruch der Erde ein, der Pflanzen, die sich wie ich über die warmen Strahlen der Frühlingssonne freuten.

Heinz Ostkamp werkelte in seinem eigenen Garten, in friedlicher Nachbarschaft, und ich freute mich, dass er da war. Stelle den Frieden in dir her und strahle ihn auf deine Umgebung aus, musste ich an meine Yogalehrerin denken und hätte beinahe laut gelacht. Wenn sie wüsste, dass ich bei der Gartenarbeit dreimal entspannter war als in ihren Stunden! Während ich Unkraut zupfte und harkte, die Beete neu einrichtete und meine Pflänzchen goss, summte ich leise vor mich hin. Ob es Anni hier in ihrem Garten auch so gegangen war? Anni … ich stand auf und streckte meinen Rücken durch.

»Ist Sigrid heute nicht da?«, fragte ich Herrn Ostkamp über den Zaun hinweg. Sigrid schien meine Tante Anni gut gekannt zu haben, und ich hatte ungefähr einhundert Fragen. Vielleicht auch mehr.

Er stand wieder an den Zaun gelehnt und blickte in meinen Garten. Seine Augen waren mittlerweile aber nicht mehr ganz so wachsam, eher interessiert – das mochte an der Flasche Lindauer Hell liegen, die er in der Hand hielt und in der sich nur noch wenige Schlucke befanden.

»Oh, die hat heute ihren Treff«, antwortete er leichthin.

»Treff?«, hakte ich nach. Zum Kartenspielen? Laufen? Zum Club der Ehebrecherinnen? Das war gemein, wahrscheinlich wusste Sigrid überhaupt nichts von der Geschichte zwischen Anni und Oma Rita.

»Sie ist in einem historischen Verein.«

»Verstehe. Stadtgeschichte«, sagte ich nickend.

»Saatgut«, korrigierte er.

Jetzt horchte ich auf. »Das gibt's?«

»Klar. Wie Obst und Gemüse im Mittelalter aussahen. Oder auch die ursprünglichen Pflanzen, die drüben in Amerika angebaut wurden. Aber da kann Ihnen Sigrid mehr drüber berichten. Sie hat auch immer ein paar alte Pflanzen drüben.« Er nickte zum Zaun, der Sigrids und mein – Annis – Gartenstück trennte. »Aber wenn wir jetzt mal im Hier und Heute bleiben wollen«, er grinste und prostete mir zu. »Das sieht doch schon ganz prima aus bei Ihnen.«

Stolz nickte ich, zog meine Handschuhe aus und überblickte die getane Arbeit: Den Boden hatte ich aufgelockert, Unkraut und kaputte Pflanzen herausgeholt, mit den neuen Setzlingen aufgefüllt, die Erde festgeklopft und gegossen. Der Garten nahm wirklich Form an: Der Rasen war gemäht, die Beete ordentlich.

»Jetzt müssen Sie nur noch die Obstbäume schneiden und die Hütte auf Vordermann bringen.«

Ich stöhnte. »Irgendwas gibt's doch immer zu tun«, antwortete ich seufzend.

»Irgendwas gibt's immer zu tun«, bestätigte Herr Ostkamp fröhlich. »Und nun kommen Sie mal rüber, junge Frau, und lassen Sie uns auf gute Nachbarschaft anstoßen!«

Und wie wir anstießen. Offenbar musste man als Kleingärtner eine gute Leber besitzen. Heinz Ostkamp und ich blieben nicht lange allein: Zunächst stieß Sybille zu uns, deren Namen ich mir gut merken konnte. Sie war genauso schön und schweigsam, wie ich mir eine griechische Wahrsagerin vorstellte. Ihr Lächeln war sympathisch und ich mochte die Art, wie sie mich ansah: freundlich und unergründlich. Sie wirkte wie eine Künstlerin, ein wenig in höheren Sphären schwebend.

Ganz und gar bodenständig waren die beiden Männer, die sich kurz darauf dazugesellten. Lothar und Helmut, so hießen sie offenbar – oder vielleicht auch Rainer und Ingo? Sie hatten ihre Vorstellung mit einer wilden Geschichte und viel Gelächter ausgeschmückt, und da mein Verstand zu dem Zeitpunkt schon leicht benebelt war, kam ich nicht mehr ganz mit. Sie trugen beide Latzhosen, und auch ihre Frisuren, eine runde kahle Stelle mit kurz geschorenen Haaren drumherum, hatten sie im Partnerlook gestylt. Wahrscheinlich waren sie tatsächlich Partner oder zumindest die dicksten Freunde, so vertraut, wie sie miteinander umgingen.

»Dann mal hoch die Gläser«, sagte Lothar (oder Helmut?) und hielt eine dunkle Flasche in die Höhe. »Austrinken und dann gibt es Nachschub!«

»Was ist das denn für Zeug?«, fragte ich, nachdem ich den letzten Schluck meines Hugos genommen hatte.

»Bier.«

Irgendwie hatte ich etwas Aufregenderes erwartet.

»Selbst gebraut.« Stolz schaute er in die Runde, und ich musste zugeben, selbst gebrautes Bier, ja, das klang nach etwas.

»In unserer Waschmaschine«, ergänzte Lothar.

»Das erklärt den Look«, murmelte Sybille.

Ich ließ mir eingießen. »Donnerwetter«, keuchte ich. »Das ist aber nichts für Leichtgewichte.« Bis wie viel Prozent durfte man ein Getränk noch Bier nennen?

»Nun sei kein Spielverderber«, sagte Heinz Ostkamp.

Und das war mein, nun ja, Verderben. Aber einer Herausforderung hatte ich von jeher schlecht widerstehen können, und unserem Vorsitzenden wollte ich ohnehin etwas beweisen.

Eine Stunde später war ich also ziemlich betrunken, aber glücklich. Sybille hatte mich untergehakt, während wir zur Musik aus Lothars Kofferradio mitschunkelten, und Heinz Ostkamp mit roten Ohren sein drittes Bier trank.

»Sag mal«, sagte er plötzlich und beugte sich vor. »Sag mal, wollen wir uns nicht duzen?«

Mir verschlug es vor Überraschung die Sprache. Heinz Ostkamp, Vorsitzender des Kleingartenvereins, bot mir das Du an. Andererseits hatte er mich bereits ohne zu fragen den halben Abend geduzt, aber das hatte ich auf seinen Bierkonsum geschoben.

»Sehr gerne, Heinz. Ich bin Marlene«, sagte ich und hielt ihm meine Hand hin.

»Ach komm, Mädle«, wischte er mein Angebot beiseite und umarmte mich stattdessen.

Hatten wir wohl das Kriegsbeil endgültig begraben? Beinahe wären mir vor Rührung die Tränen gekommen. Aber dann stellte Helmut (oder Lothar) das Kofferradio lauter und Sybille hakte mich wieder unter.

»Wenn du wissen willst, wie man ordentlich feiert, musst du einen Kleingärtner fragen«, verkündete Lothar (oder Helmut) stolz.

Ich glaubte ihm aufs Wort.

***

Es klingelte. Laut und beharrlich und vor allem furchtbar schrill. Es dauerte ein Weilchen, bis ich aus meinem wirren Traum aufgetaucht war und die Quelle des Übels lokalisiert hatte: mein Handy.

»Ja?«, nuschelte ich.

»Wo bist du? Ach, sag's mir nicht, viel wichtiger ist nämlich, wo du nicht bist: bei der Eröffnung der neuen Stadtbahn-Haltestelle.« Gerry. Seines Zeichens Redaktionsleiter des *Ulmer Tagblatts*.

»Entschuldige, Gerry«, begann ich. »Aber gib mir zehn Minuten und …« Und was? Wie ich mich aktuell fühlte, hatte ich es in zehn Minuten gerade einmal ins Bad geschafft.

»Vergiss es, Marlene«, fauchte Gerry dann auch schon. »Ich hab Magda geschickt. Dass eine Volontärin mehr

Pflichtbewusstsein besitzt als eine erfahrene Journalistin …«

Ich verkniff mir den Kommentar, dass die Volontärin auch fest angestellt war – zumindest auf Zeit.

»Wenn gnädige Frau uns heute noch die Ehre erweisen würden, Sondersitzung, gnädige Frau erinnern sich?«, näselte er wütend, dann hörte ich es in der Leitung tuten. Gerry hatte aufgelegt.

»Verdammt.« Ich sank wieder zurück in meine Kissen. Sondersitzung, etwas in den Tiefen meines Gehirns klingelte. Da hatte es eine Rundmail gegeben vor zwei Wochen. Er wollte über Strukturen und Neuausrichtung sprechen, und ich hatte den Eindruck gehabt, es würde mich viel Blabla erwarten. Aber es sollte auch um die Einbindung der freien Mitarbeiter gehen, also betraf mich die ganze Sache schon irgendwie – und wenn es nur bedeutete, dass ich bei Gerry Einsatzbereitschaft zeigte. Um zehn musste ich da sein.

Ich blickte auf die Uhr, es war neun. Eine halbe Stunde, bis ich losmusste, und ich fühlte mich, als wäre ich vom Zug überfahren worden. Was für ein hochprozentiges Bier brauten diese Kleingärtner?

Mühsam quälte ich mich aus den Federn, schleppte mich ins Bad und schluckte als Erstes eine Schmerztablette. So schlecht war es mir zuletzt nach einer Studentenparty vor elf Jahren gegangen, dachte ich schaudernd. Die Zeit hatte ich eigentlich hinter mir gelassen. Aber offensichtlich kam sie wieder, sobald man in Rente war und einen Kleingarten besaß.

Ich putzte mir die Zähne, schminkte beherzt meine Augenringe weg und war absolut rechtzeitig bei der Tür, um nach meinen Autoschlüsseln zu greifen.

Die mir nicht helfen würden.

Denn das Auto stand am Bodensee vor Tante Annis Kleingarten-Anlage. Sybille, die gestern nichts getrunken hatte, hatte mir angeboten, mich nach Hause zu bringen. Sie müsste »sowieso in die Gegend«, hatte sie erklärt.

»Verdammt«, fluchte ich erneut und sprintete aus der Tür. Mit der Bahn würde es wieder mal ein Wettlauf gegen die Zeit werden, pünktlich zur Konferenz zu erscheinen.

Und natürlich verlor ich ihn.

Um knappe fünf Minuten zwar nur, aber Gerry bedachte mich trotzdem mit einem tadelnden Blick, als ich seine Rede durch mein Hereinplatzen unterbrach. Mit einer gemurmelten Entschuldigung nahm ich neben der Volontärin Platz. Wie die es so schnell von der Haltestellen-Einweihung in die Redaktion geschafft hatte, war mir rätselhaft. Unauffällig suchte ich nach diesem Zeitumkehrer von Harry Potters Zaubererfreundin Hermine. Magda musste bemerkt haben, dass ich sie musterte, denn sie drehte sich zu mir.

»Du hast bis jetzt geschlafen?«, flüsterte sie ungläubig.

Ich hoffte, unter dem ganzen Make-up, das die Auswirkungen der letzten Nacht überdecken sollte, konnte sie nicht sehen, dass ich rot wurde.

»Ich hatte zu tun«, antwortete ich. Und weil sie sich immer über die Freien lustig machte, weil sie heute meinen Auftrag erledigt und Susanne mir gestern einen sicheren

Auftrag weggeschnappt hatte, sagte ich: »Undercover-Recherche. Das wird eine ganz große Reportage.«

Ihr Gesichtsausdruck wurde noch ungläubiger, äußerst skeptisch, um genau zu sein, bevor sie sich wieder nach vorn drehte, wo Gerry weiter über Auflagenzahlen und Anzeigengelder sprach und davon, dass man irgendwelche Konzepte »challengen« sollte.

Die Volontärinnen werden auch immer jünger, dachte ich, während ich Magdas Profil betrachtete. Außer einer Stupsnase und wirklich komplett faltenfreier Haut, nicht einmal einem winzigen Lachfältchen um die Augen, besaß sie einen beeindruckenden blonden Lockenkopf. Nicht, dass ich meine eigenen dunklen Locken nicht gemocht hätte, abgesehen davon, wie sie bei Regenwetter aussahen, aber ihre … ihre Locken glänzten.

»Ist was?« Erneut drehte sie sich zu mir um, ihre blauen Augen wirkten mittlerweile misstrauisch.

»Wie pflegst du deine Haare?«, rutschte mir heraus, bevor ich mir noch etwas anderes überlegen konnte.

»Wenn die letzte Bank aufhören würde zu quatschen«, fuhr Gerry in dem Moment dazwischen. »Marlene, hast du eine Konzeptidee für die freien Mitarbeiter, die remote arbeiten?«

Remote, Gerry hatte in diese Rede wirklich alles an Start-up-Mentalität gesteckt, was ging. Ich schüttelte den Kopf und salutierte, um ihm zu zeigen, dass er weitermachen sollte. Ich würde mich ab jetzt benehmen.

»Er hat manchmal schon was Oberlehrerhaftes, oder?«, wisperte Magda, als Gerry weiterschwadronierte.

»Gerry ist einfach Gerry«, flüsterte ich zurück. »Über Gerry könnte man ganze Romane schreiben.« Ich überlegte einen Augenblick, dann präzisierte ich: »Gruselromane.«

Ihre Mundwinkel zuckten.

Irgendwann war Gerry fertig damit, über »commitment« und »track record« und schließlich, Gott bewahre, sogar noch »Visionen« zu schwadronieren. Ich hatte nicht viel mitbekommen, aber auch nicht das Gefühl, viel verpasst zu haben.

Zum Glück bekam das Ganze dann auch noch einen praktischen Nutzen, denn er packte die Gelegenheit gleich beim Schopf, um die nächsten Aufträge zu verteilen. Ich hoffte nach meinem schlechten Eindruck heute Morgen, überhaupt bedacht zu werden. Der Knaller des Tages, die Pressekonferenz des SSV Ulm, bei der es am gestrigen Abend zu einer Massenschlägerei auf dem Platz gekommen war, ging an die Sportredaktion. Susanne aus der Lokalredaktion verzog unzufrieden den Mund. Ich konnte es ihr nachfühlen. Da Gerry sie aber gleich darauf in den Tiergarten Friedrichsau schickte, um über den entflohenen Papagei Cookie zu berichten, fand ich, dass sie sich gar nicht zu beschweren brauchte. Cookie würde ich auch gern suchen.

»Und dann haben wir noch … Marlene!«

Erwartungsvoll sah ich Gerry an.

»Kevin ist krank, wir brauchen jemanden, der sich um die Blaulichtmeldungen kümmert.«

Fast so gut wie Börsenkurse, die Meldungen der Polizei über Autounfälle oder geklaute Handtaschen in der

Innenstadt zusammenzustellen. Aber wenn ich Gerrys Blick richtig deutete, erwartete er eine Entschädigung für heute Morgen von mir. Deshalb nickte ich enthusiastisch.

»Magda muss noch den Bericht über die Haltestelle schreiben. Vielleicht kannst du da auch mal drübergucken.«

Ich nahm an, unbezahlt.

»Du hast was wiedergutzumachen«, mahnte Gerry.

Beinahe hätte ich die Augen verdreht. »Wenn ich Zeit hätte, würde ich Magda alles beibringen, was ich weiß. Aber ich denk, dafür hast du deine festen Mitarbeiter, meinst du nicht?«

»Kokosöl«, flüsterte Magda mir zu.

»Hm?«

»Ich nehme Kokosöl. Das Beste für Locken.«

»Erde an Marlene!« Gerry machte Winkbewegungen, die aussahen, als würde jemand irgendwo oben an Marionettenfäden ziehen.

Ich war wohl einfach zu gut für diese Welt. Opferte meine Freizeit, um einen geerbten Garten auf Vordermann zu bringen, und nun opferte ich offenbar den Rest meiner Zeit auch noch für eine Zeitungsredaktion. Gut, es war meine Lieblingsredaktion, aber dennoch … Ich blickte zur Volontärin, die mich mit bittenden Augen ansah.

»Na klar kann ich Magda helfen«, sagte ich seufzend. Wenn ich noch eine Kopfschmerztablette und ungefähr zwei Liter Kaffee bekam.

***

Als ich am Abend endlich nach Hause gehen konnte, war ich völlig übermüdet. Die Arbeit mit Magda an ihrem Artikel war anstrengend gewesen, und ich wusste nicht, ob die Volontärin mir dankbar war, dass wir so viel umgeschrieben hatten, oder ob sie mich jetzt für immer hasste. Immerhin hatte die Erfahrung sie nicht von der Zeitungsarbeit als solcher abgeschreckt, sie hatte nicht gekündigt. Erfolg für Marlene, Punkt für Gerry, dachte ich.

Und apropos Gerry, der hatte den Artikel angenommen und ungefragt meiner Abrechnung hinzugefügt. Manchmal war mir dieser Mann wirklich ein Rätsel.

Wenigstens hatte ich es auf dem Heimweg noch geschafft, in den Supermarkt zu springen – na gut, das Wort »schleichen« traf es wohl eher. Ich hatte den ganzen Tag nichts Richtiges runtergebracht und wünschte mir nun nichts sehnlicher als eine fettige Tiefkühlpizza. Und wo ich schon mal da war, konnte ich auch gleich noch Milch für meinen Kaffee morgen früh besorgen. Und als ich vor den Regalen stand, fielen mir auch weitere Kleinigkeiten ein.

Wieder einmal war es kurz vor halb neun, als ich endlich zu Hause ankam. Gerade hatte ich die Haustür aufgeschlossen, da klingelte mein Handy. Ich musste Hand- und Einkaufstasche umschichten, aber schließlich schaffte ich es, das Gespräch anzunehmen. Es war Jasmin.

»Na, wie sieht es an der Dating Front aus?«, wollte sie wissen, während ich mich die Treppe hinaufquälte. Mein Muskelkater war inzwischen zwar verschwunden, aber der Alkoholkater zeigte immer noch seine Auswirkungen, ganz zu schweigen von den Lebensmitteln, die ihre paar Kilo auf die Waage brachten.

»Ach du, ganz ehrlich, ich glaub, dieses Onlinedating ist nichts für mich«, sagte ich, während ich, das Handy zwischen Ohr, Schulter und Handtaschenriemen geklemmt und die Papiertüte mit meinen Einkäufen in der linken Hand, versuchte, mit der rechten meine Wohnungstür aufzuschließen. »Ich mach erst mal eine Pause mit den Männern.«

»Du kannst mich doch nicht alleinlassen«, entrüstete sich Jasmin. »Wir zwei gegen den Rest der Welt. Die beiden Musketiere. Mit wem soll ich sonst nach einem verunglückten Date einen Aperol trinken?«

»Natürlich trotzdem mit mir. Ich muss doch nicht auch ein missglücktes Date haben, um mit dir Aperol zu trinken. Aber ehrlich gesagt glaube ich, das Ziel ist es, geglückte Dates zu haben«, sagte ich und zog die Nase kraus. Dann seufzte ich. »Ich habe jetzt einfach keine Zeit mehr. Meine Arbeit. Der Garten, um den ich mich kümmern muss. Da muss die Männerwelt jetzt eben mal ohne mich auskommen.«

»Ach, Leni«, sagte Jasmin mitleidig. »Der hatte es dir wirklich angetan, hm?«

»Quatsch.«

»Du weißt also, wen ich meine.«

Während ich noch überlegte, wie ich aus dieser Nummer wieder herauskam, hörte ich, wie unten die Haustür aufgeschlossen wurde und jemand ins Treppenhaus stolperte.

»Huch«, kiekste eine Frau, dann kicherte sie, offenbar war sie über den Vorleger gestolpert.

Ein Mann murmelte etwas, das ich nicht verstehen konnte, dann trampelte das Paar nach oben.

Endlich schaffte ich es auch, meine eigene Wohnungstür aufzuschließen, und während Jasmin mir Gründe aufzählte, weshalb ich dem Onlinedating unbedingt noch eine zweite – oder achtzehnte – Chance geben sollte, fragte ich mich, was für ein Pärchen wir im Haus hatten, das kichernd herumturtelte. Oben unterm Dach wohnte ein Student, dessen Videospielflüche mich im Sommer schon öfter nachts durchs offene Fenster erschreckt hatten. Er wirkte auf mich nicht wie der typische Turtler. Dann kam der Rentner, die Krankenschwester … oooooh, hatte Miriam einen neuen Freund? Wir trafen uns hin und wieder mal auf einen Kaffee, wenn es ihr Schichtdienst zuließ. Ihre letzte Beziehung war ungefähr so lang her wie meine, und ich würde mich wahnsinnig für sie freuen, wenn sie jemanden gefunden hätte. Neugierig blieb ich auf meiner Türschwelle stehen, um einen Blick auf ihren Freund zu erhaschen.

Doch wer da die Treppe hochstieg, war nicht Miriam. Sie war deutlich größer als meine dunkelhaarige Freundin, blond und trug ihre langen Haare dekorativ über einen Ausschnitt gewellt, der mich neidisch machte. Keine Ahnung, wer das war. Dafür kam mir der Mann hinter ihr bekannt vor.

»Oh, die Frau Nachbarin.« Nils grinste breit, als er mich sah.

»Immer beschäftigt«, murmelte ich und ließ offen, ob ich damit mich oder ihn meinte.

Die beiden blieben vor seiner Wohnungstür stehen, und die Blondine musterte mich neugierig und ein wenig abschätzig. Mit ihrem Kleid konnte ich nicht mithalten, aber schäbig waren meine Jeans jetzt wirklich nicht. Jasmin hatte mir versichert, sie würden meinen Hintern genau richtig betonen, als sie sie mir im Laden aufgeschwatzt hatte. Aber gut, da ich die beiden anblickte, konnten sie den natürlich nicht sehen.

Nils wollte schon aufschließen, da schaute er noch einmal zu mir zurück. Er legte den Kopf schräg. »Du … tropfst«, sagte er zu mir.

Ich schaute nach unten, wo sich tatsächlich eine kleine Milchpfütze auf dem Laminat meines Wohnungsflurs bildete. Ich fluchte, die Blondine kicherte.

»Jeder nach seinen Fähigkeiten«, sagte Nils, während sie sich an ihn schmiegte.

Was für ein Idiot.

»Ich wünsche einen anregenden Abend«, sagte ich und knallte die Tür zu.

Als ich plötzlich leise, ganz leise von irgendwo auf Höhe meiner Taille hörte: »Leni? Alles in Ordnung?«, fiel mir auf, dass ich immer noch Jasmin in der Leitung hatte.

»Ich muss putzen«, sagte ich zu ihr. »Aber noch schnell zum Thema Dating: Zähl auf mich.« Ich schnaubte. »In einem knappen Kleid einen gut aussehenden Mann anschmachten, das kann ich auch.«

4. Kapitel

Am nächsten Morgen ging es mir auf der Arbeit schon bedeutend besser, und ich schaffte es sogar, fast ganz pünktlich zu sein. Ich setzte mich wieder an Kevins Schreibtisch, da mein Kollege immer noch krank war, und wischte mich auf meinem Handy durch Tinder-Matches. Die Blaulicht-Nachrichten hatten noch Zeit bis zum Mittag und ich nutzte die Morgenstunden produktiv. Vielleicht konnte ich tatsächlich einen kleinen Artikel zum Thema Onlinedating verfassen? Nicht, dass das besonders originell oder auch nur neu war, aber Interesse daran schien es genug zu geben. Schnell suchte ich in meinem Notizblock nach der Nummer der Chefredakteurin einer einschlägigen Frauenzeitschrift, mit der ich mich auf einem Networking-Event sehr nett unterhalten hatte. Susanne warf mir einen unwirschen Blick zu, aber ich zuckte nur mit den Schultern.

»Ich werd nach Zeilen bezahlt, nicht nach Stunden«, sagte ich. Trotzdem legte ich mein Büchlein zur Seite, als Gerry im Stechschritt durchs Großraumbüro marschierte. Er war der Meinung, ein Redaktionsleiter sollte jung und dynamisch wirken, deshalb auch die ausladenden Gesten. Vor drei Monaten war er mal von seinem Schreibtischstuhl aufgesprungen, um mir eine Predigt zu halten. Er hatte sich dabei einen Hexenschuss geholt, und ich war um die Predigt herumgekommen, weil ich Stillschweigen darüber versprochen hatte.

Trotzdem blieb er jetzt vor mir stehen. »Was machst du da eigentlich?«, fragte er, wahrscheinlich hatte ich etwas zu wild auf dem Keyboard herumgetippt.

»Bin da an was dran, eine Reportage«, benutzte ich die gleiche Ausrede, die ich Magda gestern schon aufgetischt hatte. Wiederverwendet machte das dann nur eine Lüge. Ich kniff verschwörerisch ein Auge zu. »Du bekommst sie natürlich exklusiv als Erster angeboten.«

»Aha.« Nicht die enthusiastische Reaktion, die ich mir erhofft hatte, aber vielleicht auch ganz gut angesichts der Tatsache, dass ich sie ihm nicht wirklich anbieten wollte, sollte etwas daraus werden. Ich lächelte ihm noch einmal zu, dann beugte ich mich wieder tief über meine Tastatur und, als er zurück in seinem Büro war, erneut über mein Notizbuch.

Helene hieß die Chefredakteurin, nach der ich gesucht hatte, richtig, jetzt fiel es mir wieder ein. Ich tippte ihre E-Mail-Adresse in die Adresszeile und begann, ihr mein Vorhaben zu erläutern. Ein Selbstversuch – ja, ich wusste, auch das war nicht ganz originell – und der Dauerbrenner »die Qual der Wahl«. Nein, ich musste konkreter werden, einen neuen Ansatz finden, dachte ich, während ich geistesabwesend auf meiner Unterlippe knabberte.

In diesem Moment pingte es. Eine Nachricht aus der Dating-App. Ich erinnerte mich nicht an den Schreiber. Er musste einer von denen sein, die ich gestern Abend auf gut Glück nach rechts gewischt hatte. Ich sah mir sein Foto näher an. Er trug eine Glatze und tätowierte Arme, was eigentlich nicht mein Beuteschema war, aber er sah damit fantastisch aus. Seine Bilder hatten einen leichten Sepia-Stich, den Filter hätte es meiner Meinung nach nicht gebraucht, der Mann war ein echter Volltreffer. »Blindwischen« schien der Trick zu sein. Ich gratulierte mir selbst zu diesem Schachzug und schrieb ganz einfallsreich »Hi« zurück.

»Wollen wir uns treffen?«, schoss er direkt die Antwort hinterher.

Aber hallo, sehr gerne, dachte ich, doch bevor ich darauf reagieren konnte, schrieb Andi: »Ich bin übrigens etwas älter, als mein Profil behauptet.«

Okay, na immerhin war er jetzt ehrlich. »Wie viel älter?«, fragte ich zurück.

»Ich bin fünfundfünfzig.«

Hui, das war eine Hausnummer. Bei seinem Aussehen allerdings könnte man durchaus ein Auge zudrücken. In der Welt der Reichen und Schönen gab es auch oft Altersunterschiede von über zwanzig Jahren. Über zwanzig Jahre, ich musste schlucken. Ich dachte an Nils und seine Sahneschnitte von gestern, keine Ahnung, warum mir das jetzt schon wieder in den Sinn kam, aber wer nicht wagt, der nicht gewinnt, also gab ich Andi, 37/55, meine Telefonnummer, damit wir privat weiterschreiben konnten.

Keine Minute später pingte mein Handy erneut, eine Nachricht, diesmal über den Messengerdienst, von Andi,

37/55. Auch dort hatte er ein Profilbild hinterlegt, ein anderes als in der Dating-App, und mir dämmerte, dass die Sepia-Farben seiner Dating-Fotos keinem Filter geschuldet waren. Die Bilder waren einfach von 1994. Vorsichtig legte ich mein Handy zur Seite, um für eine Antwort Zeit zu gewinnen, und ignorierte die aufpoppenden Nachrichten, die während der nächsten Minuten folgten. Zumindest hatte ich nun Zeit, die Blaulicht-Meldungen für Kevin in Angriff zu nehmen. Und sobald ich erneut einen Blick auf mein Handy wagte, wahrscheinlich auch schon das erste Material für meinen Artikel für Helene.

Knapp zwei Stunden später hatte ich die Polizeiberichte erledigt und schaute endlich auf mein Smartphone. Dreiunddreißig neue Nachrichten von Andi, 37/55, das war eine ganze Menge. Dafür, dass ich noch auf keine einzige geantwortet hatte. Ich rief Jasmin an.

»Leni«, stöhnte sie. »Was machst du auch immer für Sachen? Deine Telefonnummer herausgeben? An fünfundfünfzigjährige Männer?«

»Brad Pitt ist achtundfünfzig. Dem hättest du deine Nummer auch gegeben.«

»Brad Pitt hätte mich nicht mit dreiunddreißig Nachrichten in neunzig Minuten bombardiert. Und ich habe nichts gegen Männer über fünfzig«, stellte Jasmin klar. »Mein Vater ist über fünfzig.«

»Haha.«

»Jetzt blockier ihn halt und schreib einem der anderen. Du hast doch sicher nicht nur ein Match. Vielleicht ist ja einer ohne Dachschaden dabei. Und ich muss jetzt weitermachen, sonst wird mein Chef sauer. Der ist übrigens auch über fünfzig. Soll ich ihn dir mal vorstellen?«

»Meiner auch«, grummelte ich. Allerdings würde Gerry das niemals zugeben. Er hatte die letzten vier Jahre wiederholt seinen Achtundvierzigsten gefeiert. Der Neunundvierzigste wäre zu auffällig gewesen. »Ich habe vorgestern Abend mit drei über Siebzigjährigen gefeiert. Nur dass du das weißt«, sagte ich noch und beendete das Gespräch, bevor Jasmins Neugier gestillt wurde, was ich an besagtem Abend so getrieben hatte. Geschah ihr recht.

Dann schaute ich auf meine Nachrichten. Mittlerweile waren es schon 38 von Andi. Die letzten drei, die mir angezeigt wurden, bestanden jeweils nur aus einem Fragezeichen.

»Deine Recherche?«, fragte Magda, die plötzlich wie aus dem Nichts neben mir stand.

»Nicht so ganz. Was soll ich tun?« Ich zeigte ihr den Chat, sie zog entsetzt die Augenbrauen zusammen und griff nach meinem Handy. Sie schrieb eine Nachricht, dann tippte sie im Menü herum und gab mir das Smartphone schließlich kopfschüttelnd wieder. »Ihr Älteren seid einfach zu zimperlich«, sagte sie.

Ihr Älteren, das musste ich erst mal sacken lassen. Der Altersunterschied zwischen Magda und mir war gerade einmal halb so groß wie der zwischen Andi, 55, und mir, und den wollte ich vor einigen Stunden noch daten.

»Danke, du Jungspund«, antwortete ich schließlich und

nahm mein Telefon wieder an mich. »Digital Native«, murmelte ich. »Wieso bist du eigentlich nicht in der Online-Redaktion?«

Magda grinste und deutete auf ihre Schuhe: eine Marke, die schon zu meiner Schulzeit im Trend gewesen war. »Ich steh total auf Vintage.«

Ich musste selbst ein Grinsen unterdrücken, bevor ich aber etwas entgegnen konnte, rief Frank, ein weiterer freier Mitarbeiter, nach ihr. Aktuell fand in Neu-Ulm eine Hochzeitsmesse statt, und ich war froh, dass ich das nicht übernehmen musste. In meiner aktuellen Stimmung hätte ich da sicher nur einen zynischen Gastkommentar zustande bekommen.

Das Blaulicht war erledigt, auf Männer hatte ich keine Lust mehr. Ein Blick auf die Uhr zeigte mir, dass es gerade einmal eins war. Wozu war ich denn freie Mitarbeiterin, dachte ich, wenn nicht dazu, dass ich mir mal einen Nachmittag frei nehmen konnte? Also packte ich meine Sachen zusammen und verließ die Redaktion.

***

Heinz Ostkamp hatte mir vor zwei Tagen noch erklärt, dass die Setzlinge bei dem trockenen Wetter am besten jeden Tag, mindestens aber jeden zweiten gegossen werden sollten. Bis sie sich anwurzelten, hatte er gesagt. Dann sollte ich sie nicht mehr so sehr verwöhnen: Indem ich seltener goss, würden sie längere Wurzeln ausbilden, um sich selbst zu versorgen.

Ein bisschen wie bei richtigen Kindern, dachte ich. Bis auf die Wurzeln. Aber das Umhegen in der Kindheit, die Freiheit in der Jugend, damit sie als Erwachsene selbstständig werden würden. Ich überlegte, mal meine Fühler zu Gartenjournalen auszustrecken, vielleicht brauchten sie ja noch eine Kolumne mit schlechten Analogien zwischen dem Gärtnern und dem Leben als Ganzem.

Außerdem stand mein Auto noch am See, und so langsam fühlte ich mich deshalb etwas unwohl. Nicht, dass ich nicht gern mit Bus und Bahn in der Stadt unterwegs war, aber was meinem kleinen Auto so allein in der Fremde alles passieren könnte …

Mit dem Zug brauchte ich etwas länger nach Lindau als mit dem Auto, doch so konnte ich die Zeit für ein kleines Nickerchen nutzen, bevor ich mich wieder voller Energie meinen Pflänzchen widmen würde.

Es war kurz nach drei, als ich die Kleingartenanlage betrat. Heinz Ostkamp, Lothar und Helmut begrüßten mich mit großem Hallo. Zu dritt hockten sie um einen der Gartentische vor dem Vereinsheim und zogen mir sofort einen weiteren Stuhl an ihren Tisch.

Vereinsheim, dachte ich. Wie das klingt. Nach alten Holzmöbeln, gelben Glasbausteinfenstern und Staub. Viel Staub. Doch Heinz und seine Bierbrauerfreunde saßen draußen auf der Wiese direkt am Wasser. Hier im Schatten unter einem grün-gelb gestreiften Sonnenschirm, wo nur wenige Meter weiter die Wellen ans Ufer plätscherten, war es wunderschön. In der Ferne wirkten die Alpen noch schneebedeckt – oder waren es nur Wolken?

Es wurde langsam wärmer und würde nicht mehr lange dauern, bis sich die ersten mutigen Seebesucher ins Wasser stürzten. Eine kühle Erfrischung nach anstrengender Gartenarbeit – plötzlich konnte ich den Sommer kaum erwarten. Ich würde meine Badesachen mitbringen, ein Buch und den See und die Aussicht genießen. Wenn man hier im Vereinsheim vielleicht noch Aperol …

»Bist du zum Baumschneiden gekommen?«, fragte Heinz.

Weshalb er so fröhlich aus der Wäsche guckte, erschloss sich mir nicht. Er hatte mindestens die doppelte Menge Bier von dem gehabt, was ich getrunken hatte. Und obwohl es mir heute bedeutend besser ging, steckte mir die vorletzte Nacht immer noch in den Knochen. Dankbar nahm ich die Cola an, die er vor mir abstellte.

»Heute nur zum Gießen und um mein Auto zu holen«, sagte ich also.

»Hast du noch was vor?«

Ausruhen hatte ich vor, relaxen, entspannen und ein bisschen chillen.

»Muss noch an einer Reportage arbeiten.« Ich wurde nicht einmal mehr rot bei dieser Lüge, andererseits, wenn Helene Interesse an meiner Onlinedating-Idee hatte, schrammte es ganz knapp an der Wahrheit entlang.

Ich nippte an meiner Cola und streckte für ein paar Minuten meine Beine in die Sonne.

»Ein paar Blümchen könnten die Tische vertragen«, sagte ich. Steinplatten als Terrasse vor dem Vereinsheim, ein Jägerzaun zum Weg hin. »Man könnte das auch hübsch bepflanzen.« Ein paar Körbchen mit Primeln am Zaun, ein paar Bodentöpfe auf den Steinplatten und voilà.

»Bepflanz du erst mal deinen Garten«, sagte Heinz.

»Ah«, ging mir ein Licht auf. »Ist der Vorsitzende fürs Vereinsheim zuständig?«

Jetzt schien er ein bisschen beleidigt, wie er die Arme vor der Brust verschränkte. Lothar und Helmut lachten. Sie trugen wieder Latzhosen, diesmal keine aus Jeans, sondern in Grau, wie Bauarbeiter. Vielleicht waren sie das früher auch gewesen. Im Gegensatz zum kleinen dicken Heinz waren die beiden groß und breitschultrig. Ich konnte mir gut vorstellen, dass sie beim Umbau sehr hilfreich sein konnten. Umbau! Beinahe musste ich über mich selbst lachen. Einmal hatte ich Rasen gemäht, ein Wochenende Unkraut gejätet und schon überlegte ich, wie man das Vereinsheim verschönern konnte.

»Ja, du hast recht. Außerdem kümmere ich mich ja nur übergangsweise um den Garten«, erklärte ich noch einmal. Nicht, dass die drei Herren dachten, ich bliebe ihnen jetzt doch länger erhalten, wenn ich solche Pläne schmiedete – oder galt diese Erinnerung eher mir selbst? »Bis wir ihn in ein paar Wochen verkaufen«, sprach ich schnell weiter, bevor ich mehr darüber nachdenken konnte.

»Interessenten bitte mit dem Vorstand absprechen«, sagte Heinz, und jetzt war ich doch ein bisschen beleidigt. Wir hatten die halbe Nacht zusammen gebechert und es war ihm völlig egal, ob ich blieb oder nicht? Nun war ich diejenige, die die Arme vor der Brust verschränkte.

»Was Heinz damit sagen will«, hörte ich plötzlich Sigrid hinter mir, »ist, dass wir es unglaublich schade finden würden, wenn du uns wieder verlässt.«

»Sigrid!« Ich drehte mich um. Bei ihrem Anblick musste ich lächeln, ihre Unterstützung war mehr als nur willkommen. »Gute Nachbarn sind gar nicht so leicht zu finden«, fuhr sie augenzwinkernd fort, bevor sie sich zu uns an den Tisch setzte. »Das ist wie mit den Pflanzen, da vertragen sich auch nicht alle miteinander.«

Ich kniff verwirrt die Augen zusammen. Heinz stöhnte.

»Was für ein Greenhorn«, sagte er. »Weißt du denn gar nichts?«

Na, immerhin hatte ich genug Karl May gelesen, um zu wissen, was ein Greenhorn war und dass er damit mich einfältiges Dummchen meinte und keine Pflanze.

»Es ist noch kein Meister vom Himmel gefallen«, gab Sigrid zurück, dann legte sie mir die Hand auf den Arm. »Es gibt ein paar ganz einfache Regeln, nicht der Rede wert.«

»Okay.« Ich nickte. »Bisher habe ich ohnehin nur Kohlrabi, Salat und Mangold eingepflanzt.« Ich überlegte kurz. Hatte ich nicht noch etwas Viertes gekauft?

»Solange du den Mangold nicht neben Rote Bete gesetzt hast, ist alles kein Problem.«

Ach richtig, das war's. Rote Bete, die immer gelang, sogar Anfängern. Diesen einen Tipp hätte mir die übereifrige Verkäuferin im Baumarkt ja wohl auch noch dazugeben können, wenn sie mir schon die Rote Bete empfohlen hatte. Seufzend stand ich auf. »Ich hab dann wohl noch was zu tun«, sagte ich und verschwand unter dem dröhnenden Gelächter von Heinz Ostkamp.

Spaßvogel.

Sigrid folgte mir.

»Mit denen darf man nie allein sein, die überreden einen zu einem Bier, dann zum zweiten, und ich bin mir nicht sicher, ob die nicht Wodka in ihr Selbstgebrautes mischen«, sagte sie.

Ich musste wohl zusammengezuckt sein, denn sie lachte und fragte: »Oh weh, du hast schon die Bekanntschaft gemacht?«

»Du warst ja nicht da«, antwortete ich, und es kam deutlich vorwurfsvoller und jammernder als gewollt heraus. Sie schien es mit Humor zu nehmen. Lachend strich sie sich eine ihrer kurzen Strähnen aus dem Gesicht. »Ich muss dir unbedingt von meinem Club erzählen. Später«, sagte sie auf meinen neugierigen Blick hin. »Jetzt heißt es arbeiten.«

Man kann auch während des Arbeitens reden, dachte ich. Vor allem die Fragen zu Tante Anni brannten mir noch unter den Nägeln. Laut sagte ich dann aber: »Auf gute Nachbarschaft.« Erneut zog ich meine Gartenhandschuhe an, holte die Gießkanne und hockte mich unter Protest meines unteren Rückens ins Beet. »Mangold und Rote Bete. Was ist was?«, murmelte ich. Die Unterschiede waren wirklich nicht so sehr groß.

Sigrid hockte sich neben mich und fasste vorsichtig eines der Blätter, um es glatt zu streichen. »Siehst du die Adern hier?«, fragte sie. »Das ist die Rote Bete. Der Mangold bildet später zwar deutlich größere Blätter aus, aber bei den Setzlingen sind sie noch recht klein.«

Während ich mich daranmachte, die Rote Bete ganz, ganz vorsichtig wieder auszubuddeln, erklärte Sigrid mir, was es mit der »Nachbarschaft« der Pflanzen auf sich hatte.

»Wenn Pflanzen die gleichen Nährstoffe aus dem Boden brauchen, nehmen sie sich gegenseitig die Lebensgrundlage weg«, sagte sie.

»So wie die fest angestellten Journalisten und wir Freien«, überlegte ich. »Blöde Sache.« Oder wie Anni und Oma Rita, dachte ich.

»Zu viel Konkurrenz.« Sigrid nickte. »Aber wenn man solche Pflanzen nebeneinandersetzt, die unterschiedliche Nährstoffe brauchen, wenn die eine vielleicht sogar die Nährstoffe abgibt, die die andere braucht, dann kann sich eine fruchtbringende Symbiose ergeben.«

»Wie Lothar und Helmut«, sagte ich, »die das Bier brauen, das Heinz trinkt.« Ich begann zu verstehen.

»Manchmal geht es auch darum, dass sie sich gegenseitig beschatten können«, fuhr Sigrid fort. »In der aztekischen Kultur gibt es das sogenannte Milpa-Beet.« Milpa. Klang wie Milka. Schokolade, ich war jetzt schon Fan. »Man nennt es auch ›Die drei Schwestern‹«, erklärte Sigrid weiter. »Du pflanzt Kürbis, Mais und Bohnen so umeinander, dass sie sich alle drei unterstützen: Der Mais dient den Bohnen als Rankhilfe. Die Bohnen geben Stickstoff in den Boden, den der Mais und der Kürbis brauchen. Und der Kürbis schließlich bedeckt mit seinen Blättern die Erdoberfläche, sodass die Feuchtigkeit nicht so schnell verdunstet.«

»Der perfekte Kreislauf«, sagte ich begeistert und überlegte, ob ich solch ein Beet anlegen sollte. »Hast du eins?«

»Oh Gott nein, die sind toll, aber sie sehen furchtbar unordentlich aus, weil alles durcheinander wächst. Heinz würde einen Herzinfarkt bekommen.«

»Durchaus ein Pluspunkt in meinen Augen«, warf ich ein. »Da.« Ich zeigte mit dem Finger auf das Beet, das dem Weg am nächsten und daher gut einsehbar war. »Da kommt's hin.«

»Ich dachte, ihr habt vorgestern den ganzen Abend zusammen verbracht?«, fragte Sigrid lachend.

»Und die halbe Nacht. Er ist schuld an meinen Kopfschmerzen.« Ganz zu schweigen von der Tatsache, dass ich noch das Stutzen der Obstbäume und das Streichen der Gartenlaube vor mir hatte. Handwerkliche Tätigkeiten, die bei meinen zwei linken Händen schwierig werden würden.

»Ach so.« Sigrid legte ihren Kopf schräg und musterte mich angestrengt.

»Er ist nicht so schlimm«, gab ich grummelnd zu. »Kann sogar ganz nett sein. Aber das Milka-Beet baue ich trotzdem.«

***

Ich hatte den Platz markiert. Mit kleinen Zweiglein abgegrenzt, wo das Milpa-Beet hinkommen würde. Die drei Schwestern, hatte Sigrid die Pflanzenkombination genannt. Ich war Einzelkind. Wenn ich an Anni und Rita dachte, war das vielleicht gar nicht so schlecht.

»Sag mal«, begann ich vorsichtig. »Du hast gesagt, Anni wäre nicht verheiratet gewesen. Wenn du mit ihr gut befreundet warst, wusstest du … warum?« Sigrid und ich saßen bei mir am wackligen Gartentisch – ich sah noch weitere Aufgaben auf mich zukommen – und betrachteten die bereits getane Arbeit. Es sah nicht nur wieder schön ordentlich aus, nun hatten die Setzlinge auch genau den Abstand, den sie brauchten. Der Kopfsalat hatte in der Mitte seinen Platz gefunden, dahinter der Mangold, ganz hinten die Kohlrabi und vorn die Rote Bete. Etwas Platz war noch frei, in der ersten Reihe, ein schönes Quadrat, und ich überlegte schon, was ich dort anpflanzen sollte. Zucchini, sagte Sigrid, die vertrügen sich gut mit Roter Bete, und eine schnelle Google-Suche zeigte mir, dass Zucchini absolut anfängergeeignet waren. Dann war das wohl abgemacht.

»Hm ja, sie war alleinstehend«, wiederholte Sigrid. »Hatte den Richtigen gefunden und wieder verloren.«

»Wie das?«

»Er ist früh gestorben, da waren sie beide noch jung.«

Vielleicht hatte Oma mit Opa doch das bessere Los gezogen.

»Das tut mir leid«, sagte ich und meinte es auch so.

»Er muss ein toller Mann gewesen sein.«

»Ja, das habe ich auch schon gehört«, murmelte ich.

»Er hatte einen großartigen Humor, hat Anni immer gesagt. Und er war der schönste Mann südlich von Frankfurt.«

Ich musste wider Willen grinsen. »Klingt nach einem Prachtkerl.« Der sich die Frauen offenbar hatte aussuchen können.

»Ja, sie hat ihren Gerhard wirklich geliebt.«

»Gerhard? Ich dachte, er hieß Kurt!«

»Kurt?« Jetzt stutzte Sigrid. »Wer ist Kurt?«

»Annis Geliebter.« Dachte ich zumindest. Aber offenbar war ich da fehlinformiert.

»Hm.« Sigrid klang ein bisschen erstaunt. »Möglich, ein paar Namen sind hier und da noch gefallen. Aber Kurt oder Walter waren nicht ihre große Liebe. Aber du brauchst jetzt nicht zu glauben, dass sie den Rest ihres Lebens unglücklich war. Nein, ein Kind von Traurigkeit war Anni wirklich nicht, das kann man nicht sagen. Schade, dass du sie nicht kanntest«, fügte sie hinzu und lächelte in der Erinnerung an Anni. »Sie war wirklich ein Erlebnis. Anni hat gern geflirtet«, gab sie zu. »Ich glaube, Heinz war ein bisschen verknallt in sie.« Der gute Heinz. Ich musste grinsen.

»War sie nicht ein ganzes Stück älter als er?«

»Ach.« Sigrid machte eine wegwerfende Handbewegung. »Was bedeuten schon Zahlen, wenn es um die Liebe geht.«

Ich dachte an Andi 37/55.

»Hast du eigentlich einen Mann?«, fragte ich sie dann.

»Ich? Gott bewahre.« Sie lachte. Dann zwinkerte sie mir zu. »Falsches Geschlecht.«

»Ah deshalb«, sagte ich, und nun verzog Sigrid fragend und ein wenig vorwurfsvoll das Gesicht.

»Deshalb die kurzen Haare? Deshalb die burschikosen Jeans?«, fragte sie provokant.

»Deshalb das gute Verhältnis zu Tante Anni«, antwortete ich. »Kein Mann, den sie dir ausspannen konnte.« Und weil ihre Augenbrauen vor lauter Erstaunen nun beinahe ihren Haaransatz erreichten, erzählte ich Sigrid nun die Geschichte von Kurt und warum niemand aus unserer Familie mehr Kontakt hatte zu Tante Anni. »Niemand außer Onkel Harald vermutlich«, endete ich. Das mit den ominösen Mostäpfeln musste ich noch genauer erforschen.

»Harald, der Name sagt mir was«, überlegte Sigrid geistesabwesend. Wusste ich's doch, dass ich den richtigen Riecher hatte.

»Hatte Anni also auch ihre guten Seiten.«

»Na, hör mal!« Sigrid setzte sich empört auf. »Wäre ich sonst mit ihr befreundet gewesen?«

Das konnte ich nun schon mit ziemlicher Sicherheit beantworten. »Definitiv nicht.«

***

Der Heimweg im Auto ging flott. Ich freute mich, dass ich es wiederhatte, und dann war sogar ein Parkplatz direkt vor der Haustür frei! Glücklich setzte ich den Blinker, um rückwärts einzuparken, da sauste von hinten ein Auto heran und quetschte sich schräg in die Lücke.

»Hey!«, rief ich empört und ließ mein Fenster herunter, um mich zu wiederholen. »Hey!«

Doch der Kerl, der aus dem schicken Sportwagen stieg, hörte mich entweder nicht oder ignorierte mich. Als er sich umdrehte und auf meine – unsere – Haustür zulief, erkannte ich ihn: Nils. Mein neuer Nachbar, Mr. Wichtig persönlich.

Aber es half alles nichts, auf der Straße konnte ich nicht stehen bleiben, ich musste wohl oder übel einen neuen Parkplatz suchen. Als ich eine Viertelstunde später wutschnaubend das Treppenhaus hochstapfte, hatte er wahrscheinlich längst vor dem Fernseher die Füße hochgelegt.

»Blödmann«, raunzte ich die geschlossene Wohnungstür mir gegenüber an. Wollen wir doch mal sehen, ob ich dir im Winter beim Schneeschippen helfe, wenn du Kehrwoche hast. Gut, das würde ohnehin nicht vorkommen, jedes Mal, wenn es schneite, hatte nämlich ich Kehrwoche.

»Ist was passiert?«, fragte plötzlich jemand besorgt.

Ich hatte gar nicht bemerkt, dass Miriam von oben die Treppe heruntergekommen war. Sie schien auf dem Weg zur Arbeit zu sein, die dunklen Haare zu einem Pferdeschwanz zusammengebunden, das Gesicht mit der Stupsnase kaum geschminkt, und als wichtigstes Erkennungszeichen: Ich konnte ihre Seemanns-Handcreme riechen. Die nutzte sie vor und nach ihren Schichten exzessiv, um ihre Hände gegen das viele Desinfizieren und Waschen zu wappnen.

»Ach, es geht um unseren neuen Nachbarn«, klärte ich sie auf. »Nicht besonders freundlich, der gute Mann.«

»Wirklich?« Sie sah mich erstaunt an. »Ich habe heute früh sehr nett mit ihm geplaudert.«

»Da hatte er wohl gerade keine Überseekonferenz, die wichtiger war«, murmelte ich und fügte etwas lauter hinzu: »Mir hat er jedenfalls gerade einen Parkplatz vor der Nase weggeschnappt.«

»Oh, da hat er dich wahrscheinlich nicht gesehen.« Wie konnte sie diesen Wichtigtuer nun auch noch in Schutz nehmen? »Schlecht aussehen tut er ja nicht.«

Aha. Daher wehte der Wind.

»Er hatte gestern Damenbesuch«, informierte ich sie.

»Schade.«

»Nein, zum Glück. So einen Idioten will niemand daten. Nicht du, nicht ich, niemand.«

»Na ja, die Dame gestern Abend anscheinend schon«, machte Miriam mich aufs Offensichtliche aufmerksam.

Ich hob trotzig mein Kinn. »Die wusste es einfach noch nicht besser. Wer weiß, ob sie wiederkommt.«

5. Kapitel

Es war kurz nach acht, als ich in der Redaktion eintraf, ein neuer Rekord. Magda sah mich neugierig an. »Der Vorteil am Leben einer freien Journalistin ist das Ausschlafen?«, zitierte sie mich mit hochgezogenen Augenbrauen.

Das hatte ich. Und zwar unglaublich gut, ich war einfach mal früher ins Bett gegangen. Statt einer Antwort summte ich ein wenig vor mich hin, als ich an Kevins Schreibtisch den Computer einschaltete. Wann der Junge das letzte Mal in der Redaktion gewesen war …?

»Du bist verliebt!«, sagte Magda und trat näher heran.

Ich schnaubte. »Da besteht keine Gefahr.« Erst einmal mangelte es eklatant an geeigneten Kandidaten.

Magda glaubte mir nicht, das war eindeutig zu merken, aber sie setzte sich an ihren eigenen Schreibtisch, während ich es mir auf Kevins Drehstuhl gemütlich machte. Die Blaulichtmeldungen gingen mir leicht von der Hand, und als ich fertig war, suchte ich nach weiteren Aufträgen, die ich erledigen könnte. Es lag nichts an. Seufzend machte ich mich auf den Weg in die Kaffeeküche.

Die war auch im 20. Jahrhundert das letzte Mal geputzt worden, dachte ich, aber da ich ohnehin nichts Besseres zu tun hatte, griff ich kurzerhand zu Schwamm und Spülmittel. Eine gute halbe Stunde später blitzte und blinkte das Spülbecken und eine frische Kanne Kaffee blubberte vor sich hin, während ich die letzten Gläser in den Schrank räumte.

Zufrieden setzte ich mich wenig später mit einer Tasse zurück an den Schreibtisch und schnupperte genussvoll. Sigrid hatte mir ihr kleines Geheimnis verraten: eine Prise Zimt und ein Hauch Chili in jede Tasse. Da immer noch kein Auftrag von Gerry eingetrudelt war, beschloss ich, meine Zeit sinnvoll zu nutzen.

Zunächst schrieb ich die letzten Zeilen der Artikel über die Weingüter, las alles noch einmal durch, ergänzte hier ein Wort, strich dort ein anderes und schickte die fertigen Texte an den Herausgeber des Restaurantführers. Dann folgte der wesentlich wichtigere Teil: Ich klickte mich durch Amazon und legte eine Wunschliste für meinen Geburtstag an. Der war schon in ein paar Wochen, und Mama, Papa, Oma, Opa, Harald und Tante Corinna würden eher früher als später nach einem Wunschzettel fragen. Manchmal hatte es doch einen Vorteil, die einzige Vertreterin der jüngsten Generation zu sein. Auch mit bald fünfunddreißig trudelten jedes Jahr zum Geburtstag und zu Weihnachten Pakete der Verwandtschaft ein.

»Was machst du da?«, hörte ich plötzlich jemanden hinter mir fragen.

Ich wirbelte auf Kevins Drehstuhl herum. »Gerry!«, rief ich und wünschte mir, nicht ganz so zu klingen, als hätte er mich auf frischer Tat beim Ladendiebstahl ertappt.

»Ich bin da an was dran«, verwendete ich erneut meine längst schon abgenutzte Ausrede.

»Das ist super«, antwortete er desinteressiert. »Aber ich brauche dich jetzt, dringend. Skandal beim Verkauf von Bauland. Am Augrund wurde Schmiergeld gezahlt.«

Ich sprang auf und fragte nicht, warum ich das machen durfte, während Susanne, die Feste, gerade an ihrem Schreibtisch Däumchen drehte. Stattdessen forderte ich Magda auf, ihre Sachen zusammenzupacken und mich zu begleiten. Sie blickte mich mit leuchtenden Augen an.

Gerry nickte, und im Gehen rief ich ihm zu: »Dafür lade ich dich zu meiner Geburtstagsparty ein!«

Magda schüttelte den Kopf. »Susanne hat recht. Ein kleines bisschen seltsam bist du schon.«

»Habe ich nie bestritten.« Aber jetzt rief die Arbeit, und ich merkte schon, wie es mir in den Fingern kribbelte.

***

Bei der Pressekonferenz im Gemeinderathaus des Ulmer Vororts ging es drunter und drüber. Die Polizei hatte im Rathaus Büros durchsucht und Laptops beschlagnahmt, so was hatte es hier noch nie gegeben. Zumindest nicht, solange ich mich erinnern konnte. Den Angestellten schien es ähnlich zu gehen, denn wir Journalisten wurden aufgeregt in einen Raum gescheucht. Ratlos standen die Mitarbeiter im Flur, tratschten und wirkten völlig durcheinander.

Auch der Pressesprecher druckste herum, räusperte sich mehrfach und schien keine gut vorbereitete Rede vorzutragen. Schon bei der Begrüßung der anwesenden Reporter verhaspelte er sich dreimal.

»Das tritt nach meiner Kenntnis ... ist das sofort, unverzüglich«, flüsterte ich Magda zu, erntete aber nur einen verständnislosen Blick. Die Jugend von heute.

»Die Worte von Günter Schabowski, Leiter des Politbüros der SED, am 9. November 1989. Unser guter Pressesprecher hier erinnert mich an ihn«, erklärte ich deshalb kurz. Nicht, dass ich den Moment bewusst miterlebt hätte, aber diese denkwürdigen Zeilen kannte man als Journalistin einfach. »Er hat auch keine Ahnung, was er sagen soll.« Und das sprach nicht unbedingt für Transparenz im Rathaus. Ich drückte Magda die Kamera in die Hand, damit sie ein paar Fotos schießen konnte, und machte mir selbst Notizen. Was der Pressesprecher sagte, würden wir später in Ruhe noch einmal gemeinsam anhören, mein Smartphone nahm alles auf.

»... bitten wir Sie, die polizeilichen Ermittlungen abzuwarten«, sagte er gerade, und beinahe hätte ich laut aufgelacht. Na, da kannte er Gerry aber schlecht. Der wollte morgen eine Schlagzeile, am besten gleich schon für die Online-Redaktion, und natürlich mit wilden Spekulationen.

Nach und nach, während der Pressesprecher redete, meine Kollegen Fragen stellten und Magda knipste, rekonstruierte ich, wie genau die Vorwürfe lauteten: Der Augrund war, wie sein Name schon sagte, ein trockengelegtes ehemaliges Flussgebiet, das der Stadt gehörte. Ein Gutachten vor zwei Jahren hatte besagt, dass der Augrund gefahrlos bebaut werden könne, die Stadt hatte das Land daraufhin an einen Unternehmer verkauft, der dort wiederum eine moderne Wohnanlage gebaut hatte, deren Eigentumswohnungen für Unsummen über den Tisch gegangen waren. Dass der Unternehmer, der das Land trotz positiven Gutachtens für einen Spottpreis von der Kommune hatte kaufen können, der Schwager eines Ratsmitglieds war – geschenkt. So weit, so normal. Dass es in der nagelneuen Siedlung mittlerweile aber Wasserschaden über Wasserschaden gab, hatte zu etlichen Klagen geführt. Die Staatsanwaltschaft hatte daraufhin ein zweites, unabhängiges Gutachten erstellen lassen, das ergeben hatte: Der Augrund hätte niemals als Bauland klassifiziert werden dürfen.

Der erste Gutachter blieb allerdings weiterhin bei seiner Meinung. Das Land sei völlig sicher, absolut trocken und die Wasserschäden könnten nur auf Baumängel zurückzuführen sein. Das schien auch die Haltung des Rathauses zu sein, denn der nervöse Pressesprecher wiederholte immer wieder, dass man dem Gutachter und dessen Qualifikation vertraue und er in seiner Bauplanung alles richtig gemacht habe.

»Worauf bezieht sich denn der Schmiergeldvorwurf?«, fragte ich laut, als er eine Pause machte, um an seiner Krawatte zu nesteln.

Eine längere Pause, dann eine etwas atemlose Antwort: »Das wird die Polizei untersuchen.«

»Natürlich wird sie das.« Deshalb waren wir schließlich hier. »Aber woraus speist sich der Vorwurf? Gab es eine Zahlung? Von wem an wen und in welcher Höhe?«

Der ohnehin schon hochrote Kopf des Pressesprechers färbte sich noch eine Spur dunkler.

»Dr. Dr. Tabeling fungierte als Berater für die Kommune.«

Oho. Das bedeutete wahrscheinlich, er hatte ordentlich abkassiert. »Wie hoch war sein Stundensatz?«, fragte ich.

»Wir bitten Sie, die polizeilichen Untersuchungen abzuwarten.«

Na, da hatten wir es ja. Bestechung.

Ich googelte Dr. Dr. Tabeling und war fast ein wenig enttäuscht, dem Sonnyboy keinen Besuch abstatten zu können, um Informationen aus erster Hand zu bekommen. Mit Sonnenbrille in den Haaren und Selbstbräuner im Gesicht posierte er auf seiner Homepage gut gelaunt vor gephotoshopten Palmen.

Aber nach dem, was der Pressesprecher da gerade gesagt hatte, ging ich davon aus, dass der gute Doppeldoktor derzeit in Untersuchungshaft schmorte. Oder, falls er der hatte entgehen können, saß er mittlerweile wahrscheinlich im Flieger Richtung echter Palmen.

»Und jetzt?«, fragte Magda aufgeregt, als sie sich wieder neben mich setzte.

»Und jetzt«, antwortete ich grinsend, »gehen wir der Staatsanwaltschaft auf den Keks. Und dann schreiben wir Gerry einen so reißerischen Artikel, dass er uns vor Freude abknutschen wird.«

***

»Beziehungen sind alles«, erklärte ich Magda, als wir eine gute Stunde später zurück in der Redaktion waren. Rebecca, eine ehemalige Klassenkameradin von mir, arbeitete als Justizfachangestellte bei Gericht. Wir hatten uns schon in der Schule gut verstanden und inzwischen sorgte sie nach einem kurzen Gespräch stets dafür, dass ich telefonisch zur Staatsanwaltschaft durchgestellt wurde, wenn ich Fragen hatte.

Auch heute freute Rebecca sich über meinen Anruf. Wir plauderten kurz über ihre Zwillinge, die bald vier Jahre alt werden würden, dann leitete sie meinen Anruf an den zuständigen Staatsanwalt weiter.

Der wiederum hatte zwar anfangs etwas genervt auf die Pressemitteilung verwiesen, meine Vermutungen dann aber doch bestätigt: Es war Strafantrag gestellt und ein Ermittlungsverfahren eingeleitet worden. Die Pressemitteilung würde am Nachmittag folgen.

Wir würden die Infos online früher bringen können, Gerry würde sich freuen.

Plötzlich hatte ich eine Idee. »Bin gleich wieder da«, sagte ich zu Magda, dann machte ich mich auf zu unserem Redaktionsleiter.

»Sag mal, Gerry.« Vorsichtig schob ich mich in sein Büro.

»Hm?«

»Was hältst du von einer investigativen Reportage?«, fragte ich. »Der Wohnungsmarkt, die Baubranche, die Mietpreise?«

Er rümpfte die Nase.

»Das könnte eine gute Gelegenheit für Magda sein, das Handwerk von der Pike auf zu lernen«, brachte ich mein erstes Argument an.

»Sie will als Angestellte bei einer Lokalzeitung arbeiten, da wäre sie aber die Erste, die Reportagen schreibt.«

»Grundlagenwissen schadet nie. Umso besser werden ihre Artikel.«

»Marlene, wenn du das machen willst, bitte. Tu dir keinen Zwang an. Du bist freie Mitarbeiterin, du kannst deine Reportage gern weiterverkaufen. Ich geb dir auch die Nummer vom *Spiegel.*«

Scherzkeks.

»Aber schieb mir nicht die Volontärin vor, für die du dich nicht interessierst.«

»Hey«, protestierte ich. »Ich mag Magda.«

»Darum geht's doch gar nicht«, sagte Gerry jetzt.

Ich musste zugeben, ich hatte den Faden verloren. Worum ging's ihm denn dann? Ich öffnete den Mund, um etwas zu sagen, da unterbrach er mich. »Tu, was du willst«, sagte er und scheuchte mich aus dem Büro. »Aber ich kann dir keine Versprechungen machen.«

***

»Keine Versprechungen ist besser als nichts«, fasste ich am Abend das Gespräch mit Gerry für meine beste Freundin zusammen. Jasmin und ich saßen bei einem Cocktail in unserer Lieblingssommerbar. Seit zwei Wochen wurde das Wetter immer besser, mittlerweile war es durchgängig sonnig und auch schon abends so warm, dass man es mit einer Jacke gut draußen aushalten konnte. Deshalb hatten wir von unserer Lieblingswinterbar im Fischerviertel zu unserer Lieblingssommerbar gewechselt, in der wir in Lounge-Sofas draußen sitzen konnten. Winter- und Sommerbars unterschieden sich natürlich grundlegend. Im Winter musste es kuschelig und dunkel sein und durfte gern auch in irgendeinem Keller liegen. Ein lang gezogenes tunnelartiges Gewölbe, in dem man sich einmal durch das ganze Lokal schlängeln musste, wenn man auf die Toilette wollte. So hatte man schnell und einfach einen Überblick, wer da war, im Speziellen natürlich, ob sich der teure Lippenstift oder die unbequemen Schuhe gelohnt hatten.

Im Sommer hingegen brauchten wir Licht. Licht und Luft und Drinks mit Beeren drin. Also saßen wir nun draußen auf diesen weißen Sofas unter weißen Sonnenschirmen, und ich kam mir beinahe vor wie in der Raffaello-Werbung. Mir fehlte nur noch ein Hut.

Jasmin kniff die Augen zusammen. »Sechs Monate«, sagte sie. »Du wolltest sechs Monate schauen, wie es läuft. Fünfeinhalb davon hast du noch.«

Na großartig, sie zählte mit. »Eben.« Ich nickte. »Und in den fünfeinhalb Monaten such ich nach meiner bahnbrechenden Reportage.«

»Korruption in der Baubranche.« Jasmin rümpfte die Nase und sah dabei beinahe aus wie Gerry, wenn er mir wieder eine Idee ausreden wollte.

»Das Thema interessiert doch jeden«, erwiderte ich. »Jeder muss schließlich irgendwo wohnen.«

Das Argument schien sie nicht zu überzeugen. »Leni, da geht es zu viel um Zahlen. Du musst einfache Reportagen machen. Über die einfachen Dinge des Lebens.«

Ich sah sie fragend an.

»Männer!« Sie strahlte mich an.

»Haha.« Jasmin war nicht halb so lustig, wie sie dachte.

»Hinter dir auf halb acht«, raunte sie mir dann zu. »Der wäre was für dich.«

Ich drehte mich um, keine Ahnung, wo halb acht sein sollte, doch ich wusste sofort, von wem sie sprach, und drehte mich entsetzt wieder zu ihr zurück. »Das ist Nils!«, zischte ich. Nils, der augenscheinlich erneut ein Date hatte – mit einer anderen Frau als neulich, aber auch dieses Date schien deutlich besser zu laufen als unseres. Was mir natürlich völlig egal war. Er war schließlich ein totaler Depp.

»Er guckt allerdings hier rüber«, sagte Jasmin. Sie schlug aufreizend langsam die Beine übereinander und zwinkerte ihm zu, während sie an ihrem Strohhalm saugte.

»Kein Wunder«, murmelte ich.

»Was hat er noch mal falsch gemacht?«, fragte sie geistesabwesend, während sie einen Punkt irgendwo hinter mir fixierte.

Ich zählte ihr seine Missetaten auf, während sie nickte.

»Die Telefonkonferenz nicht zu vergessen«, ergänzte sie schließlich. »Zu der er deinetwegen beinahe zu spät gekommen ist.«

»Bist du jetzt etwa auf seiner Seite?«, fragte ich empört.

»Natürlich nicht. Aber wenn einer so gut aussieht und

ihr euch vorher auch so gut verstanden habt, hat er eine zweite Chance verdient, finde ich.«

»Möglicherweise ist dir die Tatsache entgangen, dass er gerade zwei Tische weiter eine erste Chance mit einer anderen nutzt.«

Sie wiegte ihren Kopf hin und her. »Möglich«, sagte sie nachdenklich. »Aber Körpersprache … Das wird nicht mehr als ein Flirt.«

»Danke, Madame Jasmin«, antwortete ich sarkastisch. »Würden Sie mir meine Zukunft auch noch vorhersagen?«

»Dein Humor ist nur ein Schutzschild«, sagte sie plötzlich.

»Und jetzt auch noch Psychologin. Weißt du was?« Ich schaute mich um. »Der da sieht doch ganz nett aus.« Mit dem Kinn deutete ich in Richtung Eingang, wo sich drei Männer in etwa unserem Alter mit einem Bier in der Hand stehend unterhielten.

»Welcher davon?« Jasmin schob ihre Sonnenbrille ein Stück die Nase hinunter.

»Der in der Mitte.« Er hatte raspelkurze Haare, was ihm überraschenderweise sehr gut stand, und trug ein weißes T-Shirt, das zu seiner sonnengebräunten Haut passte. Er sah in meine Richtung. »Weißt du was? Ich glaube, ich bekomme Kopfschmerzen.« Mir war plötzlich ganz und gar nicht mehr nach Dating.

»Nix da.« Jasmin winkte dem Kellner. »Ich seh dich ja kaum noch, du gräbst nur noch in deinem Garten und dann hab ich dich einmal hier … Damit du noch was anderes als Biogemüse zu dir nimmst, bestell ich uns jetzt Nachos. Mit Guacamole und Käsesauce.«

»Ich hab noch nicht mal was geerntet«, murmelte ich. Als ob ich jetzt Veganerin geworden wäre. Und als ob das was Schlechtes wäre. Die werden die Welt retten. Aber zu Nachos und Jasmins Entschlossenheit konnte ich nie Nein sagen, also blieb ich tatsächlich. Ein weiterer Cocktail begleitete die Nachos, und na ja, vielleicht war das mit den Kopfschmerzen gar nicht so schlimm, und vielleicht sah der Mann im weißen T-Shirt auch wirklich sehr gut aus. Er schaute schon wieder in meine Richtung.

»Der kommt mir irgendwie bekannt vor«, murmelte ich, stellte mein Glas ab und nahm den aufgeweichten Pappstrohhalm heraus. Immerhin war es keine Nudel wie in dem Café, in dem ich neulich während eines Pressetermins einen Latte macchiato getrunken hatte.

Hinter mir wurde gekichert, ziemlich viel, und ich widerstand dem Drang, mich umzudrehen. Nils schien ja äußerst witzig zu sein. Aber wahrscheinlich war seine Begleitung einfach nur sehr leicht zu erheitern. Nicht, dass es mich interessiert hätte, ich drehte mich immer noch nicht um.

Der Mann im weißen T-Shirt lachte jetzt ebenfalls mit seinen Freunden, und ich konzentrierte mich wieder auf das, was in meinem Blickfeld lag. Die Jungs prosteten sich immer noch lachend zu, einer schlug dem im weißen T-Shirt auf die Schulter. Na bitte, Humor hatte er also auch.

»Vielleicht sollte ich mal die Toilette aufsuchen«, sagte ich.

Jasmins Blick folgte meinem zum Eingang. Sie nickte grinsend. »Vielleicht solltest du.«

6. Kapitel

Das Wochenende war reserviert für den Garten. Meinen Wecker hatte ich auf acht Uhr gestellt, ein Unding eigentlich, und trotzdem wachte ich ausgeruht und fröhlich schon einige Minuten früher auf. Was war denn in letzter Zeit mit mir los? So entspannt und frisch hatte ich mich nicht einmal in meiner Yogaphase gefühlt.

Ich kochte mir einen Kaffee nach Sigrids Rezept und machte mir ein Brot mit frischer Kresse, die ich vorgestern im Supermarkt gekauft hatte. Auf meiner Fensterbank war noch Platz gewesen, jetzt, wo die Setzlinge sich im Garten entfalten durften.

Zum Frühstück stellte ich mein Radio an, den Lokalsender, und breit grinsend hörte ich dem Nachrichtensprecher zu, der eine Sondersendung zum Rathausskandal um den Augrund ankündigte. Ein O-Ton der Pressekonferenz wurde als Teaser eingeblendet, und ich hoffte, Gerry hörte genau zu: Eine Reportage würde der Knaller werden.

Was hingegen kein Knaller mehr gewesen war: der Mann im weißen T-Shirt in der Sommerbar. Er war mir mit den Blicken gefolgt, als ich an ihm vorbeigegangen war. Für den Rückweg hatte ich geplant, möglicherweise etwas fallen zu lassen, um Kontakt aufzunehmen – der jahrhundertealte Taschentuchtrick. Als ich dann von den Toiletten zurückgekommen war, war die ganze Gruppe allerdings verschwunden gewesen. Jasmin hatte mitleidig mit den Schultern gezuckt und mir bestätigt, er habe mir sehr lange hinterhergesehen.

Ich schluckte die Enttäuschung hinunter, schob die Erinnerung an den Abend beiseite und packte stattdessen meine Sachen fürs Wochenende. Für das Schwimmzeug war es dann leider doch noch zu früh im Jahr, auch wenn die Sonne lockte, also ließ ich den Bikini in der Schublade.

Gut gelaunt polterte ich eine halbe Stunde später durchs Treppenhaus und war froh, dass von Nils nicht das Geringste zu sehen war. Auch wenn ich irgendwo vermeinte, ein schwaches »Ruhe!« rufen zu hören. Der frühe Vogel fängt den Wurm, dachte ich zufrieden.

***

Und offenbar fing der frühe Vogel sich auch das Lob unseres Vorsitzenden ein.

»Sieh an, sieh an.« Heinz nickte mir anerkennend zu, als ich auf dem kleinen, aus Steinplatten gelegten Weg an seinem Garten vorbeikam.

»Lebst du eigentlich hier?«, fragte ich ihn. Ich war tatsächlich neugierig, bisher war ich noch nicht ein einziges Mal hier gewesen, ohne dass ich ihn getroffen hatte.

»In den Sommermonaten ab Anfang April«, antwortete er. »Meine Laube ist top ausgestattet.«

Oha. Das hatte ich ehrlich gesagt nicht erwartet. »So eine Art Dauercamping«, sagte ich nickend.

»Ich campe doch nicht!« war jedoch die entrüstete Antwort. »Ich habe ein richtiges Bett!«

»Und ein Badezimmer?«

»Ich hab eine Solardusche«, verkündete er stolz.

»Geduscht wird also nur bei Sonnenschein? Was machst du bei Unwettern wie neulich?«

»Meine Wohnung in Konstanz ist nicht unbenutzbar, Marlene.« Er stemmte die Hände in die Hüften. »Ich hol mir dort auch mal ein Pfund Mehl aus der Speisekammer.«

»Du kannst kochen?« Der Mann steckte voller Überraschungen.

»Na ja«, antwortete er verlegen. »Nach Pfannkuchen backen und Bratkartoffeln ist Schluss. Aber die sind hervorragend.« Ich glaubte ihm.

»Rita hat immer gekocht«, fuhr er fort, doch bevor ich etwas fragen konnte, deutete er auf meine – bzw. Annis – Hütte. »Hast du dir schon überlegt, in welcher Farbe du streichen willst?«

»Ich darf mir die Farbe aussuchen?«

»Wir sind ein Kleingartenverein und nicht die Bundeswehr. Ja, du darfst dir die Farbe aussuchen.«

»Dann nehme ich bunt.« Ich strahlte, öffnete das Gartentörchen, betrat mein Reich – und blieb abrupt stehen.

»Was ist das denn?«, fragte ich entsetzt.

Heinz machte einen langen Hals, während ich noch entsetzt auf das Tier starrte, das auf einem grünen Salatblatt saß.

»Eine Schnecke«, erklärte er mir dann fachmännisch.

»Danke, das sehe ich!«, rief ich. »Aber was tut sie da?«

»Deinen Salat anknabbern«, informierte Heinz mich wieder im Expertentonfall.

»Darf sie das?« Ich merkte, wie meine Stimme kiekste. Vom hellgrünen Setzling ganz links war kaum noch etwas übrig.

Mein Gartennachbar schürzte die Lippen, wiegte den Kopf hin und her und sagte: »Du hast zwei Möglichkeiten.«

»Welche?«, fragte ich zurück.

»Chemische Keule oder Handarbeit.«

»Das ist ein Biogarten«, stellte ich klar. »Schneckenkorn kommt mir nicht aufs Beet.«

»Dann solltest du die Biester absammeln.«

Absammeln. Ich beugte mich herunter zu dem schleimigen Mistvieh. Vorsichtig streckte ich einen Finger aus und stupste den braunen Körper an. »Igitt.« Kalt und glitschig.

»Untendrunter klebt der ganze Schleim. Damit sie sich fortbewegen können.«

»Danke, Heinz.« Was würde ich ohne unseren Vorstand nur tun, dachte ich sarkastisch. »Es gibt ja Gartenhandschuhe«, sagte ich optimistisch. Zum Gießen zog ich sie meist nicht extra an, aber jetzt für die Schnecken wären sie wohl hilfreich. Schnecken absammeln. Dass ich heute fette Nacktschnecken von einem Salatbeet pflücken würde, hätte mir vor fünf Wochen auch niemand sagen dürfen – ich hätte ihm nicht geglaubt. Entschlossen streifte ich mir die Handschuhe über und näherte mich der Übeltäterin.

»Die ist wirklich sehr groß«, murmelte ich. Eine Schleimspur klebte silbrig schimmernd um sie herum.

»Du bist doch nicht so eine Zimperliese?«, fragte Heinz misstrauisch. »Gartenarbeit ist nichts für Feiglinge, das kann ich dir sagen.«

»Zimperliese? Ich? Ha!« Beherzt griff ich nach der Schnecke. »Siehst du? Gar kein Problem. Ich … ahhhh!« Mit einem Satz sprang ich zurück und ließ das Biest dabei fallen. »Sie hat sich bewegt!« Anklagend sah ich Heinz an, der kopfschüttelnd vor meinem Gartenzaun stand.

»Hol dir Schneckenkorn«, sagte er, bevor er den Weg zu seinem Häuschen antrat. Und ganz leise fügte er hinzu, sodass ich es gerade noch hören konnte: »Zimperliese.«

Von wegen. So nicht, schon gar nicht mit mir. Die Schnecke musste weg, und der Garten musste bio bleiben. Schimpfend durchsuchte ich Annis kleine Laube, auf der Suche nach einem Teller oder einem … einem Einmachglas! Das schickte der Himmel. Genau das Richtige für Schnecken. Ich schnappte mir das Glas, meine Handschuhe und stählte mich für die nächste Begegnung mit dem Feind. Das Schneckenbiest hatte sich kein Stück von der Stelle fortbewegt, an der ich sie hatte fallen lassen. Gut, die schnellsten waren diese Mistviecher also nicht. Aber jetzt sah ich, wie aus der Hecke am Ende des Beets eine Weggefährtin sich millimeterweise vorwärtsbewegte – direkt auf meine Rote Bete zu. Denen würde ich zeigen, was eine Harke war! Entschlossen griff ich nach der ersten Übeltäterin, versuchte, nicht zu fest zuzudrücken, um sie nicht … Kurz schloss ich meine Augen bei dem Gedanken an Schneckengedärm, dann ließ ich sie schnell in Annis Einmachglas fallen. Ich stürzte auf die nächste Schnecke zu, und nun fielen mir überall rostig braune Flecken auf. Euch werd ich's zeigen!

Eine halbe Stunde später begutachtete ich meine Ausbeute: Neun Schnecken lagen übereinander, umeinander, ineinander in Annis Einmachglas. Es war ein ziemliches Gewimmel, und auch wenn ich keine Zimperliese war, schaute ich lieber schnell weg.

»Oha«, hörte ich da jemanden hinter mir sagen. »Was hast du denn heute noch vor?«

»Treffen des Hexenclubs, ich bin für die Suppe zuständig«, sagte ich und drehte mich um.

Es war nicht Sigrid, die dort stand, sondern eine kleine, zierliche Frau mit rötlichen Haaren. Etwas jünger als Sigrid, mit wachen hellblauen Augen. »Die jungen Leute heutzutage.« Sie lachte.

»Meinen Sie mich? Ich bin von der Volontärin neulich schon zum alten Eisen gezählt worden.«

Die Perspektive, dass ich die Junge war, gefiel mir deutlich besser.

Die Rothaarige lachte erneut. »Ich bin Marie, von Nummer siebzehn. Hier im Garten duzen wir uns alle.« Alle außer Heinz, der war bis zum dritten Bier noch Herr Ostkamp gewesen.

Sie kniff die Augen zusammen. »Und ich sehe schon, wir werden Freundinnen. Du verwendest auch kein Schneckenkorn.«

Ich schüttelte heftig den Kopf. »Das ist ein Biogarten«, behauptete ich erneut, obwohl ich keine Ahnung hatte, wie Anni das bisher gehandhabt hatte.

Marie nickte freundlich. »Die Schnecken hast du ja im Griff, musst nur dranbleiben«, sagte sie. »Du kannst jederzeit zu mir kommen, wenn du Hilfe brauchst. Mit den Kohlfliegen, Kartoffelkäfern oder Erdflöhen. Heinz kämpft gerade mit dem Zünsler.«

Mit dem was? »Ist das ansteckend?«, fragte ich vorsichtig.

Maries Lachen war perlend hell. »Du lernst schon noch«, sagte sie, und ich wusste, sie meinte es nett. Während ich auf die schleimigen Schnecken in ihrem gläsernen Gefängnis blickte, hörte es sich für mich dennoch eher wie eine Drohung an.

***

Ich hatte beschlossen, an diesem Wochenende Annis Laube einzuweihen: Ich wollte im Garten übernachten. Langsam war es dazu warm genug, und in der Not gab es auch einen kleinen Heizstrahler, den ich entdeckt hatte, als ich nach den Holzschuhen suchte. Die Laube hatte zweieinhalb Zimmer, ein wahrer Luxus. Die Toilette war nicht im Haus, da musste man einmal um die Laube herum.

Direkt hinter der Eingangstür befand sich links eine Couch, neben der ein kleines Bücherregal stand. Rechts eine Kochzeile, wo ich die Limo gefunden hatte, und geradeaus gab es eine weitere Tür, die zum Schlafzimmer führte. Ein kurzer Spitzenvorhang hing vor einem Fenster, in der Mitte des Zimmers stand ein großes Bett, das ich erst einmal abzog. Ich schüttelte die Decken auf und brachte sie dann nach draußen zum Auslüften in die Sonne. Zurück in der Laube öffnete ich alle Fenster sperrangelweit, um den Frühling hineinzulassen, dann machte ich mich daran, die Küchenzeile und das kleine Wohnzimmer zu putzen. Ich stellte das Radio an, das Anni auf ihrer Fensterbank stehen hatte und das ausschließlich SWR 4 empfing. Leise summte ich mit.

Am Nachmittag lud Sigrid mich auf einen Kuchen ein.

»Na, du fleißiges Lieschen«, sagte sie, als sie eine Kaffeetasse so hochhielt, dass ich sie über den Zaun gut sehen konnte. »Willst du nicht mal Pause machen?«

Das ließ ich mir nicht zweimal sagen, und so saß ich kaum drei Minuten später bei ihr am Gartentisch. Es gab Mohnkuchen. »Obstkuchen erst wieder, wenn es hier wächst«, sagte Sigrid und blickte sich um.

»Sind das Himbeeren?«, fragte ich und deutete auf eine Ranke am Zaun zum kleinen Gartenweg hin.

Sigrid nickte stolz. »Das hier sind Träuble.« Sie drehte sich zu drei Johannisbeersträuchern um. »Dort hinten wachsen später Heidelbeeren.« Sie zeigte auf kleine Sträucher in einem Beet, die ich beinahe für Buchsbäume gehalten hätte. »Und natürlich Erdbeeren. Die werden schon ganz bald rot leuchten.« Zufrieden sah sie auf eine ganze Reihe ihrer Pflanzen.

Ich war beeindruckt und überlegte, ob es jetzt schon zu spät war, um Erdbeeren anzubauen. »Quatsch! Wenn du vorgezogene Pflänzchen im Baumarkt kaufst, dann kommen die auch jetzt noch problemlos. Sicher werden sie dieses Jahr noch nicht ganz so gut tragen, aber im nächsten …«, versprach Sigrid.

»Dein Kuchen ist übrigens hervorragend«, wechselte ich das Thema, um nicht über das nächste Jahr nachdenken zu müssen und weil mir außerdem auffiel, dass ich mein Stück Kuchen schon vertilgt hatte.

Grinsend legte Sigrid mir ein zweites hin. »Gartenarbeit macht hungrig«, kommentierte sie und ging so diskret auf mein Ablenkungsmanöver ein.

Plötzlich hörten wir ein Kreischen, ein lautes Platschen und erneutes Kreischen.

Alarmiert blickte ich auf, aber Sigrid winkte lachend ab.

»Sandra«, sagte sie kopfschüttelnd. »Die verrückte Nudel geht bei den Temperaturen schwimmen.« Die Sonne wärmte uns zwar, aber der See hatte sicherlich nicht mehr als fünfzehn Grad. Sandra musste furchtlos sein. »Ich setz schon mal Teewasser auf«, sagte Sigrid.

Jetzt musste ich ebenfalls lachen. Dann trank ich noch einen Schluck Kaffee, schloss für einen Moment die Augen und ließ mich von den Geräuschen um mich herum berieseln. Die Vögel tirilierten wie die Weltmeister. Ihre Balzgesänge waren schon erfolgreich gewesen, denn aus einem Nest in der Hecke konnte ich es zwitschern hören.

Der Rest des Tages verging wie im Flug: Ich wollte die Bäume etwas zurechtstutzen und musste mir die Äste heraussuchen, die so wenig Blüten wie möglich trugen. Beim Apfelbaum war ich besonders vorsichtig, um seinen verletzten Ast nicht unabsichtlich abzureißen. Aber mein Pflasterverband schien zu funktionieren: Der Zweig war weiterhin kräftig, die weißen Blüten verströmten ihren Duft.

Den Abend verbrachte ich, indem ich in Annis Bücherregal stöberte. Meine verstorbene Tante hatte eine Schwäche für Konsalik gehabt, und so machte ich mich neugierig auf die Suche nach dem *Bernsteinzimmer* zwischen den Buchstaben. Um kurz nach zehn fielen mir die Augen zu, ich kuschelte mich glücklich in meine frisch gelüfteten Kissen – sie dufteten wirklich nach Frühling – und freute mich auf den nächsten Morgen in meinem Garten am See.

***

»Und was machst du jetzt mit den Dingern?« Jasmins Stimme klang selbst blechern durch die Bluetooth-Anlage im Auto angewidert.

Ich warf einen schnellen Blick auf den Beifahrersitz, auf dem angeschnallt und gut gesichert die Schnecken in ihrem Einmachglas mitfuhren. Nach einem wundervollen Sonntag, an dem ich in der Erde gegraben und ein Milpa-Beet angelegt hatte – perfekt mit kleinen Mais-Setzlingen, um die ich in einem Ring getrocknete Bohnen in die Erde gesteckt hatte –, war ich nun wieder auf dem Rückweg nach Ulm.

»Ich dachte, ich bringe sie in den Park. Da haben sie Gras und Büsche und stören keine aufstrebenden Gemüsepflanzen.«

»Du könntest sie an Laternenpfähle kleben. Guerilla-Schnecking.«

»Ich könnte sie dir auch an deine Wohnungstür kleben«, gab ich zurück. »Jasmin-Schnecking.«

»Igitt.«

»Sie sehen zwar nicht unbedingt schön aus, aber sie gehören zum Kreislauf der Natur und ihren … Aspekten.«

»Ihren Aspekten?«

Das hatte Marie so gesagt. Es hatte schön geklungen, als sie es ausgesprochen hatte, aber als ich es jetzt wiederholte, klang es eher seltsam. Wahrscheinlich verwechselte ich was.

»Man kann sie nicht mal essen.«

»Sie geben ihr Bestes.« Aktuell versuchten sie mit mäßigem Erfolg, sich aus einem Einmachglas zu befreien.

»Wenn du versprichst, deine neuen Freunde nicht mitzubringen, lade ich dich zum Abendessen ein«, sagte Jasmin. »Ich mach uns Lasagne.«

Das war ein Angebot, das ich nicht ablehnen konnte.

»Wie wäre es mit morgen Abend?«, schlug Jasmin vor. »Heute habe ich ein Date.«

»Oha. Wer ist der Glückliche?«

»Er heißt Thorsten, ist Lehrer und hat nachweislich keine Freundin.«

»Hast du ihn gestalkt?«

»Nein. Wir haben eine gemeinsame Bekannte. Die hab ich gefragt. Willst du nicht auch ausgehen? Dann haben wir uns im Anschluss wieder gegenseitig was zu erzählen.«

Ich seufzte. »Vielleicht lege ich einfach die Füße hoch. Gartenarbeit ist ganz schön anstrengend.«

»Dann mach es dir mal gemütlich, Omi«, zog Jasmin mich auf.

»Du bist doch nur neidisch. Ich werde mir ein großes Stück Torte gönnen und einen Eierlikör«, verkündete ich provokant sarkastisch. Nachdem ich eine Heimat für die Schnecken gefunden hatte. Mit einem Seitenblick bedachte ich meine neuen Freunde, wünschte Jasmin dann viel Spaß bei ihrem Date und beendete das Telefonat.

Anschließend parkte ich an der nächsten Grünfläche am Straßenrand und versuchte, meine Einmachglas-Insassen so verletzungsfrei wie möglich in die Natur zu entlassen. Schnecken sind nur leider naturgemäß langsam, wer hätte das gedacht, und so gab ich irgendwann entnervt auf und legte das Glas offen seitlich ins Gras. »Ab hier müsst ihr es jetzt selbst schaffen«, sagte ich und stand auf.

***

Es war so nett gewesen im Garten, ich hatte mich kaum lösen können. Sigrid war wunderbar, Heinz und mich verband eine ungemein angenehme Anti-Sympathie, Lothar und Helmut gehörten einfach zum Inventar, und nun die Ungeziefer-Freundin Marie: Meine ehebrechende Tante Anni hatte einen wirklich netten Freundeskreis. Und so war es dann auch schon früher Abend, als ich schließlich zu Hause ankam. Marie hatte mir am Samstag ein Rezept für eine italienische Gemüsesuppe gegeben, und da ich ohnehin nichts weiter vorhatte, außer natürlich Eierlikör zu trinken, hatte ich bei einem Abstecher in einen Hofladen unterwegs schnell die fehlenden Zutaten gekauft und über die handgekritzelte Notiz »Schneckenbeigabe optional« gelacht.

Während ich in meiner Küche schnippelte und rührte und mir schließlich der Duft der Minestrone in die Nase stieg, summte ich leise zur Musik aus dem Radio mit. Ich mochte unseren Lokalsender. Neben den größten Klassikern des Rock und Pop war ich auch immer auf dem Laufenden, was gerade in der Stadt passierte. Zum Beispiel lief heute in einem der Arthouse-Kinos ein Kunstfilm über ein Ehepaar, das sich nach zwanzig Ehejahren nichts mehr zu sagen hatte, und so wusste ich sofort, was ich heute Abend schon mal nicht tun würde.

Das Fernsehprogramm war zwar auch nicht viel besser, wie ich eine knappe Stunde später feststellte, als ich es mir mit meiner Minestrone auf der Couch bequem machte, dafür hatte ich eine so gute Suppe wie schon lange nicht mehr. Vielleicht lag es gar nicht an meinem mangelnden Talent zu kochen, dachte ich, als ich genüsslich mein Abendessen löffelte. Vielleicht hatte mir bisher einfach die Initiative oder das richtige Rezept gefehlt.

Kaum hatte ich ausgelöffelt, brachte ich meine leere Suppenschale in die Küche und holte mir wirklich einen Eierlikör. Dann stellte ich den *Tatort* an, dessen Handlung mir heute allerdings etwas weit hergeholt vorkam. Aus meiner Nachbarwohnung hörte ich laute Musik und musste unwillkürlich die Augen verdrehen. Nils. Weshalb konnte er sich nicht so still und unauffällig verhalten wie sein Vormieter? Von dem hatte ich in den gesamten vier Jahren, in denen ich in meiner Wohnung lebte, nie etwas gehört oder gesehen.

Als mein Handy piepte und mir eine neue Nachricht aus der Dating-App vermeldete – »Marlene, wir haben neue Matches für dich« –, zögerte ich kurz. Ach, was soll's, dachte ich dann aber und öffnete die App.

Sofort erschienen meine eingegangenen Nachrichten:

Andi, 37/55, hatte unser Match mittlerweile aufgelöst, nachdem Magda ihn in meinem Messenger blockiert hatte.

Gerade wollte ich einem gut aussehenden blonden Surferboy-Typen namens Lukas auf sein »Hi« antworten, da trudelte eine weitere Nachricht ein:

»Hey, kann es sein, dass ich dich gestern in der Bar Marina gesehen habe?«, schrieb Marco, 38. Als ich sein Profil öffnete und das Foto sah, verschluckte ich mich beinahe an meinem Likör. Der Mann kam mir ziemlich bekannt vor: raspelkurze Haare, blaue Augen … Der Typ, der mir laut Jasmin so lange hinterhergesehen hatte.

»Da war ich gestern mit meiner Freundin, genau«, schrieb ich zurück, und damit das Gespräch in Gang kam, fügte ich noch eine Frage hinzu: »Wie findest du die Bar?«

»Ich find sie super, aber meine Kumpels sind mehr Fans von Sportsbars. Deshalb sind wir gestern leider auch so abrupt gegangen – wir wollten noch das Spiel sehen.«

Ich registrierte das »leider« und freute mich.

»Ich hoffe, das Spiel war besser als das heutige Fernsehprogramm.«

Wir flachsten ein bisschen hin und her, Marco hatte ebenfalls in den Sonntagskrimi gezappt, und die nächste halbe Stunde verbrachten wir damit, die Handlung und die Schauspieler zu kommentieren. Als ich bei einer seiner Bemerkungen laut auflachte, merkte ich, wie viel Spaß mir unser Chat machte, und als Jasmin mir irgendwann schrieb, dass der Mann, mit dem sie ausging, noch langweiliger war als der Arthouse-Film über das Ende einer 20 Jahre dauernden Ehe, den sie gesehen hatten, stellte ich fest, dass ich mich an meinem Couch-Abend prächtig amüsiert hatte.

»Hey, das kommt jetzt vielleicht ein bisschen schnell, aber hast du morgen Nachmittag vielleicht Lust auf einen Kaffee mit mir?«, schrieb Marco plötzlich.

Und wie ich Lust hatte! »Vier Uhr im Fischerviertel?«, schrieb ich zurück, dann textete ich Jasmin: »Ich habe ein Date!«

7. Kapitel

»Was ist das denn?«, rief ich entsetzt, als ich am nächsten Mittag meinen – Annis! – Garten betrat. Meinen Besuch in der Redaktion hatte ich auf das Nötigste beschränkt, damit ich noch schnell bei meinen Pflanzen vorbeischauen konnte. Mein Arbeitseifer, was den Garten betraf, überraschte mich selbst.

Sigrid blickte besorgt über den angrenzenden Zaun. Dann nickte sie wissend. »Schnecken«, sagte sie.

»Das sehe ich!«, rief ich zurück. »Aber was tun die da?«

Ich hatte ein Déjà-vu.

»Die fressen deinen Salat.«

Danke, Sigrid, was täte ich ohne deine Hilfe? »Ich habe sie doch abgesammelt! Wo kommen die denn wieder her?«

»Wir haben hier immer jede Menge von den Biestern«, klärte Sigrid mich auf. »Eine regelrechte Plage ist das jedes Jahr. Das Beste, was du tun kannst, ist, im Winter schon dafür zu sorgen, dass sie im Frühjahr nicht auftauchen.«

»Na, das hat Anni aber schön versemmelt«, sagte ich und blickte mich um.

Sigrid zuckte mit den Schultern. »Ansonsten hilft Schneckenkorn.«

Ich weigerte mich, auf Chemie zurückzugreifen. »Oder Annis Einmachgläser«, sagte ich und marschierte in die Laube. Wie naiv ich gewesen war, das Glas gestern einfach im Park zu lassen. Von der Umweltverschmutzung gar nicht zu reden. Aber dieser Anfängerfehler würde mir heute nicht noch einmal passieren.

Ich zählte aktuell zwölf Nacktschnecken. Wie ich die glitschigen Gesellen kannte, vermehrten sie sich aber blitzartig, sobald ich die ersten in einem Glas gesammelt hatte. Oder in zwei bis drei Stunden.

Leise fluchend machte ich mich an die schleimige Arbeit.

Sigrid neigte ihren Kopf zur Seite. »Kennst du Marie schon?«

»Jup. Sie mag Schnecken.«

»Na gut, das tue ich auch. In Knoblauchsoße. Aber gut, dann hast du schon ihre Bekanntschaft gemacht. Ich wusste, ihr würdet euch mögen.« Fehlte nur noch, dass sie sich die Hände rieb, so breit, wie sie grinste.

»Das klingt, als stünde da ein Plan dahinter«, sagte ich und kniff misstrauisch die Augen zusammen. »Hast du irgendwas vor mit mir und Marie?«

»Nein, wieso?«

Das kam eindeutig zu schnell.

»Ich bin Journalistin, vergiss das nicht. Ich spüre, wenn etwas im Busch ist!«

»Na, dann komm mal rüber, du Journalistin.« Sie winkte mich in ihren Garten, und weil ich vermutete, dass ihre Kaffeemaschine gleich ihren Dienst tun würde, zog ich meine Handschuhe aus, ließ Schnecken Schnecken sein – die würde ich in einer halben Stunde so ziemlich genau an der gleichen Stelle finden, an der sie sich aktuell aufhielten – und besuchte Sigrid in ihrem Garten.

Ordentlich war es hier. Während es zwischen meinen Setzlingen schon wieder ganz vorsichtig klein und grün hervorspross, herrschte hier vorbildliche Erdbräune in den Beetreihen. Die Büsche und Bäume waren gestutzt, und der Anstrich ihrer Laube leuchtete frisch und akkurat. Mir fiel wieder ein, dass ich da auch noch ranmusste.

»Träublessträucher will ich noch«, sagte ich. Johannisbeeren in kalter Milch – ein Traum.

»Hat Anni doch.«

Oh. Na gut. »Das sieht alles so gestrüppig aus neben der Laube, ich dachte, ich lass mich im Sommer überraschen, was es wird.«

Sigrid grinste. »Solange du die Tollkirschen nicht zu Marmelade einkochst.« Sie schüttelte zwei bunt gemusterte Kissen auf, die sie auf die Stühle an ihrem kleinen Gartentisch legte, dann machte sie sich an der Kaffeemaschine zu schaffen.

Ich wusste nicht genau, ob das ein Witz sein sollte oder ob Anni wirklich Tollkirschen in ihrem Garten hatte. Auf jeden Fall nahm ich mir vor, jede Beere genauestens zu untersuchen, bevor ich sie mir in den Mund steckte. Oder jemanden zu fragen, der sich besser auskannte als ich, was hier so ziemlich auf jeden zutraf.

Sigrid kam mit zwei Tassen Cappuccino zurück. Sie dufteten herrlich, und ich schnupperte kurz, bevor ich den ersten Schluck trank. Ihr Kaffee war großartig, und es dauerte einige Augenblicke, bevor ich bemerkte, dass Sigrid mich schon ein Weilchen aufmerksam ansah.

»Hast du schon mal darüber nachgedacht, den Garten zu behalten?«, fragte sie, und es war deutlich, dass es beiläufig klingen sollte. Das tat es allerdings ganz und gar nicht.

»Wie behalten?«, fragte ich.

»Na du weißt schon.«

Ja, ich wusste. Die Idee war aber völlig absurd. »Als ob ich dazu Zeit hätte«, murmelte ich. Geschweige denn Lust. »Aufs Schneckensammeln könnte ich in Zukunft durchaus verzichten. Nein, nein, der Plan meiner Familie steht. Der Garten wird verkauft, ich richte ihn nur notdürftig her, sodass Heinz keinen Herzinfarkt bekommt, bis der neue Pächter ihn übernimmt.«

»Hm.«

»Du weißt doch, so ein Garten macht richtig viel Arbeit, und ich habe ja noch einen richtigen Job, ich meine, ich schreibe gerade an einer großen Reportage« – jetzt war es vielleicht sogar nicht einmal mehr gelogen, wenn ich an den Augrund und meine Pläne mit Magda dachte –, »und dann meine Familie und Freunde …«

»Klingt nach Stress.«

»Oh ja!«

»Gartenarbeit hilft beim Stressabbau.«

»Hm.« Insekten summten um uns herum, die Sonne kitzelte mich an der Nase, der Bodensee plätscherte leise im Hintergrund und so weit das Auge reichte, Grün und

Rot und Orange und Bunt. Ich rutschte auf meinem Stuhl hin und her und warf einen Blick über den Zaun in Annis Garten. Die kleinen Setzlinge mussten ganz schön kämpfen. Unwetter, Schnecken, eine Garten-Anfängerin wie ich – sie hatten es nicht leicht. Es wäre schon schön, sie aufwachsen zu sehen, überlegte ich. Der Salat sah schon beinahe wie richtiger Salat aus. Noch etwas dünn, noch etwas klein, aber in ein paar Tagen …

Mein Telefon klingelte. Mama.

»Schatz, gute Nachrichten!«

Ich merkte auf.

»Wir haben gleich mehrere Interessenten für den Garten. Die erste Besichtigung ist am Mittwochabend um sechs. Kannst du dir den Termin einrichten?«

Ich nickte etwas geistesabwesend.

»Schatz?«

»Klar, Mama. Mittwochabend, sechs Uhr. Ich werde da sein«, antwortete ich, als ich bemerkte, dass sie mein Nicken nicht sehen konnte.

»Super, das wars schon, dann will ich gar nicht weiter stören. Tschüss dann.«

Ich beendete die Verbindung, steckte mein Handy zurück in die Hosentasche und blickte Sigrid an. Entschlossen sagte ich: »Der Plan steht. Der Garten wird verkauft.« Und das war auch genau richtig so. Nur warum klang meine Stimme, als ich das sagte, so belegt?

***

»Neue Pächter, soso.« Marie nickte langsam. »Ich hoffe, das werden auch Biogärtner.«

»Wieso denn neue Pächter? Magst du uns nicht?« Sybille sah mich mit ihren schönen großen Augen an.

Wir saßen alle im Vereinsheim, Marie, Sybille, Lothar, Helmut, Heinz und natürlich Sigrid, und es war genauso staubig, wie ich vermutet hatte. Das gesamte Mobiliar war aus dunklem Holz, dunkle Deckchen auf den Tischen komplettierten den Look. Hinter der Theke lugte ein rostiger Zapfhahn hervor, und es juckte mich in den Fingern, zum Putzlappen zu greifen. So schön es draußen war, hier drinnen herrschte das Flair, das ich mir bis vor wenigen Wochen von einem Kleingarten erwartet hatte.

»Ich …«, begann ich.

»Frau Wissmann hat den Garten geerbt und sollte ihn nur so lange verwalten, bis er verkauft wird«, unterbrach Heinz, der aufgestanden war und nun offenbar eine Rede halten wollte. Er war es auch gewesen, der uns ins Vereinsheim gescheucht hatte. Sehnsüchtig dachte ich an die Sonne draußen, und etwas gedämpft konnte ich die Vögel zwitschern hören.

»Jetzt sind wir wieder beim Sie oder was?« Nur weil ich keine permanente Pächterin werden würde?

»Dies ist eine offizielle Ansprache des Vorsitzenden, da ist eine gewisse Form angebracht.« Aha, ich verstand schon.

»Verwalten, verschmalten«, grummelte Lothar – oder war es Helmut?

»Marlene muss bleiben«, skandierte Marie und stand auf. Ihr war es offenbar ebenfalls zu muffig hier drin, denn sie öffnete die Tür und ein Fenster direkt neben mir. Laue Frühlingsluft strömte herein, in der Nähe hämmerte ein Specht an einen Baumstamm.

»Dein Rezept für Minestrone war göttlich«, flüsterte ich ihr zu.

»Wie ich soeben schon sagte: Frau Wissmann verwaltet den Garten nur vorübergehend«, wiederholte Heinz laut, was er vorhin schon gesagt hatte. »Auch wenn sie ihre Aufgaben in der kurzen Zeit, in der sie bei uns ist, zur vollsten Zufriedenheit erledigt hat …« Er räusperte sich und ich fragte mich, ob er vorhatte, mir ein Arbeitszeugnis auszustellen. »So können wir ihr nicht verbieten, weiterzuziehen und ihren Garten anderen Pächtern zu überlassen.«

»Schade eigentlich«, sagte Marie.

»Glücklicherweise besitzt der Vorsitzende jedoch ein Mitspracherecht bei der Auswahl.«

»Das tut er?«, fragte ich ungläubig.

»Ja. Wenn mir die Neuen nicht zusagen, kann ich ein Veto einlegen.« Heinz wirkte sehr zufrieden, als er sich wieder setzte.

Ich schüttelte den Kopf. Das war doch unglaublich. Andererseits, was hatte ich erwartet bei einem Verein, der die genaue Prozentzahl Gemüse zu Blumen vorgab und darauf bestand, dass eine Gartenhecke millimetergenau geschnitten wurde.

Ein Blick auf die Uhr zeigte mir, dass es langsam Zeit wurde zu gehen. Mein Date mit Marco wartete auf mich. Also stand ich auf und zuckte bedauernd mit den Schultern.

»Ich würde wahnsinnig gern noch weiter mit euch plaudern, aber leider muss ich jetzt los. Ich habe noch was vor.«

»Gut, gut.« Heinz wedelte nachlässig mit der Hand, ich war offenbar aus dieser inoffiziellen Kleingartensitzung entlassen. »Aber das letzte Wort in dieser Angelegenheit ist noch nicht gesprochen.« Er nickte den anderen zu, die verschwörerisch zurücknickten.

Kopfschüttelnd verließ ich das Vereinsheim. Draußen duftete es herrlich, ein Fliederstrauch lockte in Richtung See, der heute tiefblau und glatt dalag. Wieder einmal war ich überwältigt davon, wie schön es hier war.

Man könnte richtig was daraus machen, schoss es mir erneut durch den Kopf, bevor ich mich auf den Rückweg nach Ulm machte.

***

Den Garten behalten. Sigrids Worte hallten noch in meinem Kopf wider, als ich längst auf der Autobahn nach Hause war.

Mein Handy pingte, eine Nachricht von Marco, wie ich aus den Augenwinkeln sehen konnte. Er wollte doch nicht etwa unser Date absagen? Auf dem nächsten Parkplatz fuhr ich ab – ich musste ohnehin eine weitere Ladung Nacktschnecken ablegen, dann konnte ich das auch gleich hier tun – und schaute nach.

»Hey, Marlene, es wird etwas später.«

»Gar kein Problem«, schickte ich zurück. Ich war schließlich nicht so eine Spießerin wie Nils. Selbstzufrieden stieg ich aus dem Auto, um die Schnecken loszuwerden, dann beeilte ich mich, nach Hause und unter die Dusche zu kommen. Nicht, dass ich gleich auch noch schreiben musste, dass ich mich verspätete.

Aber es ging alles glatt, und auch die Parkplatzsituation war sehr angenehm: Meine Nachbarschaft war offenbar allesamt noch auf der Arbeit.

In die Stadt nahm ich den Bus, und dann musste ich mich doch noch etwas beeilen, um pünktlich zu unserem Treffpunkt, einem kleinen Café im Fischerviertel, zu kommen. Mein Herz klopfte ein wenig, als ich mich umsah.

Und dann saßen wir uns gegenüber.

»Schön, dass es geklappt hat«, sagte Marco. Seine Stimme war angenehm, tief und weich, und ich konnte nicht anders, als ihn anzulächeln. Ich war tatsächlich aufgeregt.

Ich bestellte mir eine große Schale Milchkaffee, so hatte ich etwas, um das ich meine Hände legen konnte. Sonst würde ich nur nervös an meinem Rocksaum zupfen oder auf dem Tisch die Deko, eine Vase mit zwei traurig aussehenden Gänseblümchen, hin und her schieben.

Marco bestellte bei der gelangweilten Bedienung ein Wasser. »Medium für mich und ein Leitungswasser für unsere Pflanzenfreunde hier«, sagte er und schnipste an die Vase.

Erneut musste ich grinsen.

Es dauerte nicht lange, bis die Kellnerin zurückkam, und sie sah tatsächlich nicht mehr ganz so gelangweilt aus, als sie unsere Bestellung brachte. Milchkaffee für mich,

Wasser medium für Marco und eine kleine Gießkanne für die Gänseblümchen.

Wir bedankten uns artig, und dann sahen wir uns an wie zwei Komplizen. Eigentlich kannten wir uns ja gar nicht, und doch war gleich eine Verbundenheit da. Ganz anders als bei Nils. Und wieso musste ich schon wieder an diesen Blödmann denken? Ich verbot mir jeden weiteren Gedanken an meinen Nachbarn und konzentrierte mich auf den Mann, der mir gegenübersaß.

»Was arbeitest du eigentlich genau?«, fragte ich, denn weiter als bis zur Tatsache, dass er Ingenieur war, waren wir im Chat nicht gekommen. Nicht, dass ich mich in der Branche gut auskannte, aber zumindest konnte ich einen Unterschied zwischen einem Bauingenieur und einem für Elektrotechnik erkennen.

»Immobilien, nicht so richtig spannend«, antwortete er leichthin.

»Ach, Bauingenieur!« Das kannte ich.

Er fuhr sich durch seine kurz geschorenen Haare. »Nee, fachfremd«, sagte er etwas verlegen. »Ich bin eigentlich Ingenieur für Fahrzeugtechnik, aber na ja, mein Vater hat eine Immobilienfirma, und da konnte ich es nicht ausschlagen, für ihn zu arbeiten. Kannst du dir ja sicher vorstellen.«

Konnte ich mir zwar nicht so richtig, aber ich nickte höflich.

»Und was machst du da dann?«, fragte ich, aber er schien nicht so gern über seinen Job zu reden. Mehr als »Maklerarbeit halt« war nicht aus ihm herauszubekommen. Das lag wahrscheinlich daran, dass er selbst nicht so sehr spannend fand, was er tat, überlegte ich. Immobilien, was konnte da schon spannend sein. Noch dazu war es gar nicht sein Traumberuf, schließlich hatte er etwas anderes gelernt. Es hieß wahrscheinlich, zwanzig Besichtigungstermine pro Tag, und dann potenzielle Mieter vor- und aussortieren. Das, was ich am Mittwoch in Annis Garten vorhatte.

»Vielleicht kannst du mir ein paar Tipps geben bei der Nachmieter-Suche«, sagte ich.

»Oder du erzählst mir von deiner Arbeit?«

Das konnte ich natürlich auch tun. »Es ist nicht so einfach, als freie Journalistin gute Storys abzubekommen, aber es gibt gerade einen riesigen Skandal im Rathaus eines Ulmer Vororts. Da bin ich dran«, berichtete ich und erzählte dann genauer, worum es ging. Sicher war das Thema auch für ihn nicht uninteressant, schließlich arbeitete er in der Branche, oder war es ihm deswegen auch schon zu nah am Alltag?

»Hm.« Er wirkte unruhig, rutschte auf seinem Stuhl herum, als fühlte er sich unwohl.

»Schwarze Schafe gibt's überall«, sagte ich versöhnlich. Er schien sich angegriffen zu fühlen, so hatte ich das nicht gemeint. »Von unseriösem Journalismus zum Beispiel kann ich auch ein Lied singen.« Vielleicht erwähnte ich meinen reißerischen Artikel über den Augrundskandal lieber nicht.

»Du rasende Reporterin.« Jetzt lächelte er wieder, und dabei zeigten sich feine Fältchen um seine Augen. Die mochte ich. »Hast du noch andere Geschichten auf Lager?«

Und ob ich das hatte! Also erzählte ich ihm ein bisschen von meinem Job. Von den Highlights, den spannenden Storys und Hintergründen, von Gerry und meiner bisher besten Reportage. Drei Jahre war das nun her, ich hatte sie damals tatsächlich an den *Spiegel* verkauft. Der Ressortleiter war sehr angetan gewesen und ich anschließend so unter Druck, dass ich erst einmal nur noch Kaninchenzüchtervereine besuchen wollte. Aber das würde bei meinem neuen Vorhaben anders werden! Das alles erzählte ich Marco dann aber doch nicht. Auch meine Pläne, was eine Hintergrundreportage zum Rathaus-Skandal anging, verschwieg ich lieber, bevor er sich wieder unwohl fühlte. Dafür hübschte ich meine Arbeit für Gerry etwas auf, und Marco war angenehm beeindruckt.

»Wow«, sagte er und legte den Kopf schräg. »Es ist toll, dass du so passioniert bist.«

Genau, dachte ich, und kein Wunder, dass ich bei so viel Passion hin und wieder den Alltag vergaß und zu spät kam. Schon wieder dachte ich an Nils! Ich verfluchte mein Unterbewusstsein. Vor allem aber fiel mir dabei auf, dass ich heute absolut pünktlich gewesen war – genau wie die gesamte letzte Woche schon zu jedem meiner Termine.

Meinen Kaffee hatte ich ausgetrunken, Marcos Wasser neigte sich ebenfalls dem Ende, dabei hatte ich noch gar keine Lust, unser Treffen hier zu beenden.

»Wie wär's, hast du Lust, noch ein bisschen spazieren zu gehen?«, fragte er in diesem Moment. Und wie ich hatte.

Marco winkte der Kellnerin, zahlte für uns beide und wir brachen auf. In der Eisdiele nebenan kauften wir uns noch ein Eis auf die Hand und dann schlenderten wir durch die Straßen in den nächstgelegenen Grünstreifen. Im Gehen redete es sich noch leichter als am Tisch im Café, und auch Marco wurde gesprächiger – und körperlicher. Immer wieder mal stupste er an meine Schulter, berührte seine Hand meinen Arm, und aufgeregte Schmetterlinge begannen, in meinem Bauch herumzuflattern. Marco war witzig, charmant und gut aussehend, und ich konnte gar nicht anders, als ihn ein klein wenig anzuhimmeln.

Und offenbar hatte er nun so viel Vertrauen zu mir gefasst, dass er mir auch von seiner Arbeit erzählte. Er arbeitete in der Immobilienfirma seines Vaters, was er niemals wollte, aber irgendwie hatte es sich dann eben so ergeben.

»Das kenne ich. Meine Tante Anni hat mir einen Garten vererbt.« Ich unterschlug die Tatsache, dass er nur auf Zeit geerbt war.

Er lachte, aber statt weiter nachzuhaken, fragte er plötzlich: »Hast du Lust, noch einen Happen essen zu gehen? In gemütlicherer Atmosphäre?«

Unbedingt! »Gern.« Ich lächelte und fuhr mir durch die Locken. Die Anziehung schien auf Gegenseitigkeit zu beruhen.

In diesem Augenblick klingelte ein Handy, nicht mein Klingelton. Marco zog sein Smartphone aus der Hosentasche und runzelte die Stirn, als er auf das Display blickte, dann entschuldigte er sich kurz und trat ein paar Schritte zur Seite. Den genauen Inhalt des Gesprächs konnte ich nicht verstehen, ich hörte Marco nur zweimal fluchen. Schließlich kam er mit einem unglücklichen Gesichtsausdruck wieder zu mir.

»Ich muss leider los.« Es tat ihm wirklich leid, das konnte ich ihm ansehen.

Dafür ließ er es sich nicht nehmen, mich noch nach Hause zu bringen.

Er fuhr ein ziemlich großes Auto. »Dienstwagen«, erklärte er beinahe verlegen. Dann erzählte er entschuldigend, dass er kurzfristig für einen erkrankten Kollegen einspringen und nun noch einen dringenden Termin für morgen vorbereiten müsse. Ich dachte an Kevin und die Blaulichtmeldungen und nickte verständnisvoll.

Ich wies Marco den Weg zu mir, und er konnte einen Parkplatz direkt vor meiner Haustür ergattern, bevor er den Motor ausstellte.

»Die Entschädigung für das ausgefallene Abendessen gibt's beim nächsten Treffen«, versprach er, als er sich zu mir drehte.

Bei unserem nächsten Treffen. Meine Wangen wurden heiß.

»Apropos. Das sollte so bald wie möglich geschehen«, fügte er hinzu und fasste nach meiner Hand. Seine war warm und fest. »Wenn du möchtest«, fügte er an.

Ich nickte schnell, meiner Stimme traute ich in dem Moment nicht ganz. Mir wurde plötzlich bewusst, wie nah wir uns waren, in diesem Auto, trotz dessen Größe.

»Ich schreib dir«, sagte er und berührte mich sanft am Arm. Dann strich er mir über die Wange und kam noch näher.

Bevor ich es mir anders überlegen konnte, gab ich ihm einen Kuss auf die Wange.

»Ich freu mich«, sagte ich und bildete mir ein, es klänge gehaucht. Dann öffnete ich die Autotür, schenkte ihm noch einmal ein strahlendes Lächeln und stieg aus.

Ich winkte, als er wegfuhr, er tat das Gleiche, dann drehte ich mich zur Haustür und stoppte abrupt. Dort stand Nils auf der Schwelle und guckte mich unzufrieden an. Ach ja, es reichte ihm wohl nicht, dass er vor meinen Augen ein heißes Date nach dem anderen hatte, jetzt gönnte er mir mein eigenes Glück nicht? Tss.

»Da waren Matschspuren im Treppenhaus«, meckerte er. »Und vor deiner Wohnungstür standen dreckige Turnschuhe.«

Spießer, dachte ich. Aber ich war zu gut gelaunt, um mir den Abend verderben zu lassen.

»Na so was! Wie kommen die denn dahin?« Ich strahlte ihn an und quetschte mich an ihm vorbei ins Haus.

Er sah mir hinterher, als ich die Treppe hinaufstieg, sagte aber nichts weiter.

Der Punkt ging an mich.

***

Die nächsten beiden Tage bis zum Treffen mit den Pächtern im Garten vergingen wie im Flug: Mit Jasmin besprach ich meinen bevorstehenden Geburtstag, den ich bei mir zu Hause feiern wollte. Meine Wohnung war zwar nicht groß, aber dann mussten wir uns eben quetschen. Ich hatte die leise Befürchtung, dass mein zauberhafter Nachbar sich beschweren würde, um Punkt 22 Uhr erfolgte wahrscheinlich der erste Anruf bei der Polizei, aber wir würden einfach versuchen, etwas leiser zu sein als üblich. Oder die Wände mit Styropor auskleiden, wie Jasmin vorschlug.

Auch Magda und ich kamen gut voran, die Volontärin war mit Begeisterung bei der Sache, und wir ergänzten uns fantastisch. Während ich Mitarbeiter des Rathauses ausquetschte – jeder redete gern, wenn man es geschickt anstellte, schließlich war es eine schöne Sache, sich wichtig zu fühlen –, verglich sie Grundstücks- und Immobilienpreise in der Region, privat und kommunal verkauft, und gemeinsam versuchten wir, die Gutachten zum Bauland im Augrund zu entschlüsseln. Sigrids Kaffeerezept half.

Es war die zweite Woche in Folge, in der ich jeden Tag noch vor neun Uhr in der Redaktion erschien. Gerry schien sich an mein neues Ich gewöhnt zu haben, nur Susanne schaute mich immer noch misstrauisch an, sobald ich meinen Platz auf dem Schreibtischstuhl des anscheinend dauerkranken Kevin einnahm.

»Weißt du, was mit ihm los ist?«, fragte ich Magda. »Was Ernstes?« So angenehm es war, auf jeden Fall immer etwas zu tun zu haben, für das Gerry – im Gegensatz zu unserer Reportage – zahlte, so langsam machte ich mir doch Sorgen.

Magda zuckte etwas unsicher mit den Schultern. »Susanne meint, er simuliert, Frank ist überzeugt davon, er ist auf Weltreise.«

Verwirrt zog ich meine Nase kraus. »Und was meint Gerry?«

»Gerry hat soeben seine Kündigung erhalten.« Wie aus dem Nichts war mein Chef hinter mir aufgetaucht. »Marlene, solange du dir überlegst, wie es mit deiner Reportage weitergeht …«

Da gibt es nichts zu überlegen, wollte ich ihn unterbrechen, doch er sprach schon weiter: »… würdest du die Blaulichtmeldungen für die nächsten Wochen übernehmen? Nur, bis ich weiß, wie ich mit Kevins Stelle verfahre.«

»Ja klar«, antwortete ich verwirrt. Was hieß denn, wie er mit Kevins Stelle verfuhr? Sollte sie gestrichen werden? Ich drehte mich zu Magda, öffnete den Mund und schloss ihn wieder. Oder wollte er sie mit Aushilfen überbrücken, bis Magda ihr Volontariat beendet hatte?

Welche Pläne Gerry auch immer hatte, wir ließen uns in unserer Arbeit an der Reportage nicht beirren, auch wenn Magda am Mittwochnachmittag wieder mit Frank zu einer Ausstellung unterwegs war.

Da ich am Abend ohnehin am See erwartet werden würde, um mit den neuen Pächtern zu sprechen, machte ich früher Feierabend, um ganz in Ruhe zu Annis Garten zu kommen.

Auf meinen Beeten erwartete mich dann eine Überraschung: »Der ist ja schon groß!« Begeistert stand ich vor dem Salat, es hätte nicht viel gefehlt, dass ich in die Luft gesprungen wäre.

»Den ersten kannst du heute ernten«, sagte Sigrid neben mir, und ich hatte den Eindruck, sie sah mich genauso stolz an wie ich meine kleinen Pflänzchen, die gar nicht mehr klein waren, sondern mittlerweile so weit gewachsen, dass sie wie richtige Salatköpfe aussahen.

»Unglaublich.« Ich kniete mich hin und streichelte vorsichtig die Blätter. Saftig grün waren sie und wunderschön – wenn man von den winzigen Schneckenlöchern absah. Hier und da klebte etwas Erde daran, ein Käfer kletterte gerade mühsam über einen Kopf hinüber, aber wer wollte denn jetzt kleinlich sein? Glücklich drehte ich mich zu Sigrid, die mir schon ein Messer hinhielt, damit ich den Salat abschneiden konnte. Dann zückte sie ihr Handy.

»Ein Erinnerungsfoto.«

»Ist das nicht ein bisschen albern?«

Sie zuckte mit den Schultern und steckte ihr Handy wieder ein.

Ich schaute mich um. »Na los, mach schon.«

Und dann grinste ich wie ein Honigkuchenpferd, als ich meinen ersten selbst gezogenen Salat in die Höhe hielt.

»Bio«, sagte ich beeindruckt.

»Dafür sieht er wirklich gut aus«, lobte Sigrid.

Ich kniff die Augen zusammen. »Was heißt hier ›dafür‹?«

»Nichts.« Die Antwort kam etwas zu schnell, aber dann winkte Heinz vom Gartenzaun, und ich hatte keine Zeit mehr nachzufragen, was sie mir damit sagen wollte.

»Besuch für dich, Marlene!«

»Mein Termin!« Ach herrje, die waren aber früh dran. »Der Garten soll doch verkauft werden«, erklärte ich auf Sigrids fragenden Blick. »Wir treffen uns heute mit den potenziellen Käufern.«

Sie tauschte mit Heinz einen Blick, den ich nicht deuten konnte.

»Ich komm später noch mal vorbei«, sagte Sigrid knapp und nickte mir zu.

Heinz blieb am Gartenzaun stehen, um das Empfangskomitee zu bilden. Wie er ja schon ausführlich berichtet hatte, besaß er als Vorsitzender ein Vetorecht. Ich traute ihm zu, dass er dieses Recht an Ort und Stelle ausübte.

Ich ging meinem Besuch entgegen. Am Vereinsheim standen drei mir unbekannte Personen, und ich nahm an, dabei handelte es sich um die potenziellen Käufer. Ein Mann und eine Frau ungefähr in meinem Alter, die offenbar zusammengehörten, und ein älterer Herr mit Brille und schmalen Lippen. Das Paar wirkte ziemlich steif, sie trug einen Sonnenhut und einen abschätzigen Gesichtsausdruck, er pastellfarbene kurze Hosen und einen Pullunder. Er wirkte, als wäre er gerade auf dem Weg zum Tennis. Der ältere Herr neben ihnen war mir sympathischer. Vielleicht hatte ich doch eine Schwäche für ältere Männer, das sollte ich lieber nicht Jasmin erzählen.

Sybille unterhielt sich mit den dreien, und als ich näher kam, konnte ich gerade noch ihren letzten Satz hören: »Ja, das Vereinsheim wurde leider geschlossen, wissen Sie, das Gesundheitsamt, Kakerlaken und Ratten.« Kakerlaken? Hier am Bodensee?

»Ich dachte, der Pächter …«, begann ich verwirrt, wurde aber gleich von Sybille unterbrochen.

»Kakerlaken. Jup. In der Küche.« Sie nickte nachdrücklich.

Die drei Interessenten blickten sich unsicher um, und auch ich hatte das Gefühl, etwas krabbelte an meinem Bein hoch.

»Na, unter den Augen unseres Vorsitzenden werden die Hygienestandards wieder auf ein Top-Niveau angehoben«, sagte ich betont fröhlich und begrüßte die drei Interessenten.

Sie stellten sich vor als Herr Müller sowie Frau und Herr Renning.

»Kakerlaken wird man im Grunde gar nicht los.« Sybille nickte ernst. »Die Biester überleben sogar einen Atomkrieg.«

»Was hast du denn immer mit diesen Viechern?«, zischte ich.

Frau Renning zupfte ihren Mann mit angewidertem Gesichtsausdruck am Ärmel.

»Nein, nein, keine Sorge, heutige Atomwaffen sind so stark, die vernichten auch Kakerlaken«, beruhigte ich sie.

»Sie können neun Tage ohne Kopf überleben. Und neun Tage, weil sie dann verhungern«, sagte Sybille.

Mein Magen fühlte sich flau an, und auch Herrn Rennings Gesicht wirkt leicht gräulich. Ich versuchte, das

Thema auf unseren Garten und seine Schönheit zu lenken. »Sie bieten aber andererseits eine wunderbare Nahrung für unsere Vögel«, sagte ich und hoffte, dass sie mir das abkauften. Ich glaubte kaum, dass Kakerlaken ihre Verstecke in unhygienischen Küchen verließen, um draußen herumzukrabbeln. »Schauen Sie mal, die niedliche Meise dort drüben!«

»Das ist ein Buchfink«, korrigierte Sybille.

»Solange es kein Insekt ist«, murmelte ich und wandte mich dann laut an meine drei Besucher: »Wie wär's, wenn wir uns jetzt mal das gute Stück ansehen, hm?«

Schwungvoll wies ich ihnen den Weg zu Annis Garten.

»Ganz schön klein hier«, kommentierte Herr Müller, während wir den schmalen Steinweg hinunterliefen, und blickte sich um. »Da hätte ich mir aber was Schickeres erwartet für den Preis.«

Und gleich war die Sympathie dahin. Vielleicht doch lieber das Ehepaar Renning. Ich lächelte freundlich. »Sehen Sie, wir können von hier direkt in den See springen.« Ich deutete auf das Blau, das man durch die Büsche hindurch schimmern sehen konnte. »Natürlich zahlt man für die Lage dann mit. Es ist ja auch was anderes, ob Sie in Berlin-Mitte wohnen oder in Marienwerder.«

Er rümpfte die Nase. »Ich habe eine Wohnung am Prenzlauer Berg.« Na klar.

»Siehst du?«, wandte sich Frau Renning jetzt triumphierend an ihren Mann. »Du wolltest ja unbedingt Wohnungen in Charlottenburg anschauen.«

Hatte jetzt jeder ein Appartement in Berlin? Zum Glück

wurde die Diskussion, ob pro oder kontra Charlottenburg, nicht weiter fortgeführt.

»Das ist er, die Nummer vier.« Ich breitete die Arme aus und nickte Heinz zu, der immer noch am Gartenzaun stand.

»Das ist also das gute Stück«, sagte Herr Müller, der Prenzlauer-Berg-Experte, und rückte seine Brille zurecht. Der ironische Unterton bei den letzten beiden Worten war mir nicht entgangen.

»Sie müssen den Garten nicht nehmen«, informierte ich ihn. »Wenn er Ihnen nicht gefällt, gibt es hier noch zwei andere Interessenten.«

Er presste seine schmalen Lippen aufeinander, sodass sein Mund nun beinahe ganz verschwand, und ich öffnete mein Gartentor.

Was stimmte mit Herrn Müller nicht? Annis Garten war so ungefähr das schönste Fleckchen Kleingärtnerei, das man unter Deutschlands Sonne bekommen konnte. Das sagte ich den dreien auch, als ich nun das kleine Tor öffnete und mein Reich betrat.

»Wir haben eine Laube«, zählte ich auf. »Geputzt und sortiert.« Noch nicht gestrichen, nun ja. »Zwei geschnittene Obstbäume: Apfel und, ähm, Birne.« Das Zweite war geraten. »Fünf Sträucher mit Johannisbeeren, Stachelbeeren und … Zierkirsche.« Zumindest klang ich so, als kannte ich mich aus. Meine nächsten Worte, die sich um die Gemüsebeete drehten, gingen jedoch komplett unter: Urplötzlich ertönte in voller Lautstärke »Moskau, Moskau« von Dschingis Khan. Wir vier zuckten zusammen,

Frau Renning presste sich die Hände auf die Ohren und Herr Müller schüttelte entsetzt den Kopf. Nur Heinz lehnte weiterhin seelenruhig am Gartenzaun.

»Was ist das denn?«, schrie Herr Renning über den Lärm hinweg.

»Die Nachbarin.« Heinz deutete mit dem Daumen in Richtung Sigrids Garten. »Daran müssen Sie sich gewöhnen, wenn Sie hier gärtnern wollen. Ihre Gartennachbarin ist großer Fan.«

»Ja, ist das denn erlaubt?«, stotterte Herr Müller.

»Tja nun.« Heinz zuckte mit den Schultern.

»Sehen Sie, wie schön der Salat wächst?«, schrie ich und deutete aufgeregt auf meine Pflänzchen. »Na gut, der Setzling hier ist den Schnecken komplett zum Opfer gefallen, und der Salat ist nur halb«, gab ich zu. »Den Rest haben meine schleimigen Freunde vertilgt. Aber ist das nicht toll? Eigener Salat?«

Ehepaar Renning tauschte Blicke, die ich nicht deuten konnte.

»Da hilft Schneckenkorn«, sagte Frau Renning dann.

»Das ist ein Biogarten«, antwortete ich.

Sie runzelte die Stirn. »Das heißt, man darf hier …«, begann sie, wurde aber von ihrem Mann unterbrochen.

»Natürlich dürfen wir«, blaffte er ungehalten. »Wenn das unser Garten ist, dürfen wir tun und lassen, was wir wollen. Die wenigsten Kleingärtner haben Biogärten.«

»Das würde ich so nicht sagen«, warf eine helle Stimme vom Gartenzaun her ein. Die Musik war mittlerweile zu Roland Kaiser übergegangen, und Marie wiegte sich im

Takt. »Wissen Sie, was Schneckenkorn der Umwelt so antut? Das kommt alles ins Grundwasser, und das trinken Sie.« Sie deutete mit einem spitzen Zeigefinger auf Herrn Renning. »Und Sie, und Sie!« Sie zeigte auch noch auf seine Frau und Herrn Müller.

»Na ja, dafür gibt es ja Kläranlagen«, murmelte Herr Renning, trat aber etwas unwohl von einem Fuß auf den anderen.

Seine Frau warf in einer schwungvollen Geste die Haare zurück. »Das muss ja jeder selber wissen, wie er mit seinem Garten umgeht«, sagte sie. »Ich habe jedenfalls noch nie halb vergammelte Salate ernten müssen.«

»Halb vergammelt?!« Ich schnappte nach Luft. Das waren die besten, schönsten, größten und tollsten Salate der Welt! Den ersten hatte ich heute schon geerntet!

»Na ja, du musst zugeben …«, begann Heinz, doch als ich mich zu ihm umdrehte, schloss er schnell wieder seinen Mund.

»Es wäre uns aber schon wichtig, dass hier alles bio ist«, mischte sich nun Sigrid ein.

»Nutzt du nicht selbst Schneck…«, fragte ich, aber sie unterbrach mich schnell. »Demeter-Standards«, sagte sie laut. »Bei Vollmond vergraben wir Kuhhörner, gefüllt mit Mist.«

Verwirrt neigte ich meinen Kopf zur Seite, aber wenigstens stellte sie nun endlich diese vermaledeite Musik leiser. Ich atmete auf.

»Ganz wichtig«, pflichtete Marie ihr bei. »Die Vollmondphasen sollten Sie auswendig wissen, ein Tag zu früh oder zu spät, und die ganze Ernte ist dahin. Und bitte!« Marie stöhnte. »Den Hornmist nicht mit Hornkiesel verwechseln, der wiederum bei Neumond ausgebracht werden muss. Solche Anfängerfehler wollen wir hier nicht mehr haben.«

Sigrid und Heinz nickten geflissentlich, und ich konnte ihnen ansehen, dass sie nicht die geringste Ahnung hatten, wovon Marie sprach, und sie trotzdem tatkräftig unterstützen wollten. Langsam dämmerte mir, was die drei hier trieben. Es hatte peinlicherweise viel zu lange gedauert, ich hätte schon bei Sybilles Kakerlaken-Monolog darauf kommen können. Dass ich noch keine einzige Schabe im Vereinsheim gesehen hatte, lag nicht daran, dass sie sich gut versteckt hielten: Das Ganze war komplett erlogen. Sie wollten einfach nur meine Pächter vergraulen. Um ehrlich zu sein, war ich gerührt.

»Denken Sie immer daran: Die Natur ist unser Freund. Namaste.« Mit einer Verbeugung entfernte Marie sich langsam.

Unsere potenziellen Käufer tauschten Blicke untereinander, ich sah Sigrid und Heinz an. Dann räusperte ich mich. »So«, begann ich unsicher. »Wahrscheinlich möchten Sie den Garten unter diesen Umständen leider nicht …«

»Doch«, unterbrach mich Frau Renning. »Doch. Wir haben uns entschieden. Wir nehmen ihn.«

Sigrids Gesichtsausdruck fiel zusammen. Ich presste meine Lippen aufeinander. Marie war etwas entfernt unter einem Baum stehen geblieben, die Hände vor der Brust gefaltet. Vom Vereinsheim her konnte ich Lothar und Helmut dröhnend lachen hören.

Dann blickte ich zu dem Ehepaar Renning, zu Herrn Müller vom Prenzlauer Berg und wieder zu Sigrid, Heinz und Marie. Mein Salat lag schon in einem Einkaufskorb auf dem Gartentischchen, bereit zum Mitnehmen. Ein Rezept für eine Salatsoße von Sigrid steckte daneben. Die Vögel zwitscherten, die Bienen summten, in der Ferne tutete ein Schiff. Das wollte ich wirklich aufgeben? Die Ablösesumme für den Garten belief sich auf ein paar Tausend Euro, das war nicht wenig Geld. Aber wenn ich mich hier umblickte, an die letzten Tage dachte, die ich hier verbracht hatte, die Menschen, mit denen ich Zeit verbracht und die ich – selbst Heinz – inzwischen liebgewonnen hatte, war das mit Geld gar nicht zu bezahlen.

»Nein«, sagte ich leise und straffte mich. Mit geradem Rücken und erhobenem Kinn informierte ich die Interessenten dann etwas lauter: »Es tut mir leid. Der Garten ist nicht mehr zu verkaufen.«

***

Erschöpft und zufrieden saß ich eine halbe Stunde später im – einzigen – Liegestuhl des kakerlakenfreien Vereinsheims. Es war ein aufregender Tag gewesen. Sigrid und Marie saßen hinter mir auf normalen Gartenstühlen, aber ich fand, dass mir nach den heutigen Erlebnissen diese Sonderbehandlung zustand.

»Wie ich das meinen Eltern beibringen soll, weiß ich auch noch nicht«, seufzte ich. Mein Vater wollte doch immer schon mal nach Sardinien. Und jetzt? Ich knabberte auf meiner Unterlippe. Wenn ich all mein Gespartes zusammenkratzte, konnte ich ihnen vielleicht den branchenüblichen Preis zahlen.

»Ach, denen bringst du einen von deinen Salaten mit, und dann kochst du ihnen Maries beste Pastasauce und bringst so viel von Helmuts und Lothars Bier mit, dass sie nicht mehr Nein sagen können«, munterte Sigrid mich auf.

Sie abfüllen und im Rausch ein Dokument unterschreiben lassen. So hatte man früher Matrosen angeheuert, ein uralter Trick also. »Keine schlechte Idee«, sagte ich und grinste.

Dann lehnte ich mich zurück und schlürfte die Limo, die Sigrid ausgeschenkt hatte. Jetzt noch eine Kleinigkeit zu essen, und das Leben wäre perfekt. »Schade eigentlich, dass das Vereinsheim keinen Kuchen bietet.«

»Das Vereinsheim bietet ab morgen sowieso nichts mehr«, antwortete Sigrid. »Der Pächter hat gekündigt.«

»Dann gibt es hier kein Bier mehr?« Nur noch Lothars und Helmuts Selbstgebrautes? »Und keinen Kaffee?« Zugegeben, Sigrids Selbstgekochter war ohnehin besser. Aber dennoch ... »Es braucht doch eine zentrale Anlaufstelle«, sagte ich. »Wo sich alle treffen können. Ich meine, hier kann man doch prima Geburtstag feiern zum Beispiel.«

»Oder deinen Einstand als Gartennachbarin! Wir machen Schneckensuppe, Tollkirschensaft und Käferpudding.«

Ich musterte Marie, konnte aber nicht sagen, ob sie Witze machte oder es todernst meinte.

Da fiel mir etwas ein. Abrupt setzte ich mich auf. »Das wäre doch die Lösung!« Ich blickte mich um. »Wieso eigentlich nicht?« Der Ausblick war wunderschön, es gab Platz genug und keine Anwohner, die sich über den Lärm beschweren würden. Man konnte vor der Kleingartenanlage parken und sogar eine Übernachtung wäre mit etwas Planung möglich. »Ich feiere meinen Geburtstag einfach hier!«

»Wir machen eine Party!«, rief Marie so laut, dass Heinz drei Tische hinter uns aufmerksam wurde. »Wann denn genau?«

»In zwei Wochen!«

»Nicht unter meiner Leitung«, grummelte er.

»Wir lassen uns von Lothar und Helmut mit Bier beliefern«, lockte Sigrid ihn. »Und wir spielen auch Andrea Berg.«

»Und Alexandra?«, fragte er.

»Und Alexandra«, bekräftigte ich. Wobei ich mir allerdings nicht ganz sicher war, wie ich das Jasmin beibringen sollte.

***

»Wirst du 35 oder 75?«, fragte meine beste Freundin wie erwartet, als ich ihr während unseres gemeinsamen Abendessens von meinen Geburtstagsplänen erzählte.

Als Mitbringsel hatte ich ihr ein Glas Erdbeermarmelade überreicht, die Marie mir noch mitgegeben hatte und die auf dem Rückweg vom Garten auf dem Beifahrersitz gestanden hatte. Eine deutlich angenehmere Mitfahrerin als die Schnecken von neulich.

Jetzt standen wir in Jasmins Küche, ich an die Arbeitsfläche gelehnt mit einem Glas Wasser in der Hand, sie am Backofen. »Kochen« nannte Jasmin es, wenn sie die Köstlichkeiten aus der Trattoria im Nachbarhaus aufwärmte. Mir war es gleich, es duftete herrlich.

»Ich finde deine Altersdiskriminierung mittlerweile wirklich bedenklich«, sagte ich. »Ich bin eben divers, was meinen Freundeskreis angeht.«

»Na gut. ›Du hast mich tausendmal belogen‹ kann ich wahrscheinlich auch mitsingen«, lenkte Jasmin ein.

»Schlager verbindet eben.«

Widerstrebend stimmte Jasmin mir zu. »Wen willst du denn alles einladen?«, fragte sie dann. »Wir brauchen eine Liste!« Jasmin nutzte Excel für alle möglichen Gelegenheiten. Während ich mit Post-its hantierte, hatte Jasmin immer sauber ausgedruckte Tabellen dabei, sogar, wenn es um die Einladungen für Geburtstagspartys ging. Auch jetzt hätte sie wohl am liebsten die Topflappen weggeworfen, um ihren Computer anzuschalten.

Jasmin mussten wir dort nicht draufschreiben, Jasmin war kein Gast. »Orgateam« war der passende Ausdruck. Dahinein gehörten außerdem noch Sigrid und Marie, die beiden hatten sich selbst dazu erklärt und wer wäre ich, andere Leute vom Arbeiten abzuhalten?

Gäste würden sein: Miriam, meine Krankenschwester-Nachbarin, natürlich. Rabea von der Staatsanwaltschaft und Tatjana, die ich beide noch aus meinen Schulzeiten kannte. Wir hatten zwar keinen intensiven, aber doch immer wieder netten Kontakt.

»Oh, Rabea hat einen netten Mann, vielleicht kann der noch zwei, drei ebenso nette Single-Freunde mitbringen?«, schlug Jasmin vor. »Ich schreib mal: ›Single-Männer akquirieren‹ in die Datei.«

»Apropos Single-Männer.« Ich räusperte mich.

Jasmin war ganz Ohr, und so erzählte ich ihr von meinem Date mit Marco.

»Und? Lädst du ihn auch ein?«, fragte Jasmin dann.

Ich kratzte mich am Kopf. »Ich glaube, das ist noch ein bisschen früh, meinst du nicht?«

»Du kannst es dir ja spontan überlegen. Dein Geburtstag ist erst in zwei Wochen, bis dahin habt ihr sicher noch ein paar schöne Dates.«

»Morgen sehen wir uns.« Ich merkte, wie sich die kleinen Schmetterlinge in meinem Bauch wieder meldeten.

»Du musst mir danach sofort erzählen, wie es war!«, sagte sie nachdrücklich und unterstrich ihre Worte, indem sie mit den Topflappen in meine Richtung wedelte.

Ich schnupperte. »Ich glaube, das Essen ist mittlerweile warm«, informierte ich sie, als mir ein leicht stechender Geruch in die Nase stieg. Die Lasagne brannte an.

»Puh!« Jasmin öffnete den Backofen, und während sie erneut wedelte, diesmal wegen der heißen Luft, verkniff ich mir den Kommentar, dass ihre Kochkünste so schlecht waren, dass sie nicht einmal etwas gescheit aufwärmen konnte.

Denn die Lasagne war trotz ihrer schwarzen Kruste wunderbar, und den Rest des Abends verbrachten wir mit einem Glas Wein, dem Nachtisch und der Excel-Datei zu meiner Geburtstagsparty. Jasmin konnte es einfach nicht lassen.

Es war schon spät, als ich mich endlich von ihr verabschiedete, aber ich musste meinen Eltern noch schonend die Nachricht beibringen, dass ich Annis Garten nicht verkaufen würde. Ein Blick auf die Uhr zeigte mir, dass es kurz nach zehn war, wie ich meine Eltern kannte, waren sie ohnehin noch nicht im Bett.

»Wie lief's mit den Interessenten?«, fragte meine Mutter dann auch ohne weitere Begrüßung, gleich nachdem sie abgehoben hatte.

»Deshalb rufe ich an …« Verzögerungstaktik. Ich bog in meine Straße ein, das Navi quatschte dazwischen, und als es endlich die Klappe hielt, versuchte ich es mit Sigrids Vorschlag: »Wie wär's, wenn ihr am Donnerstag alle zu mir zum Essen kommt?«

»In deine kleine Wohnung?«

Ich verdrehte die Augen. »Ich habe erntefrischen Salat«, versuchte ich meine Mutter zu locken.

»Was hast du mit den neuen Pächtern gemacht?«, fragte meine Mutter misstrauisch.

Konnte ich nicht einmal etwas Nettes für meine Familie planen, ohne dass man mir finstere Motive unterstellte? Ich seufzte. »Ich habe sie weggeschickt. Ich möchte den Garten behalten«, sagte ich schließlich.

Ich hörte, wie meine Mutter meinem Vater etwas zurief,

jemand antwortete, noch jemand mischte sich ein, offenbar hatten sie Besuch.

Ich wurde auf Lautsprecher gestellt und begann zu berichten. Von den letzten Wochen, in denen ich mehr Zeit im Garten verbracht hatte als ursprünglich geplant, davon, dass ich mein Leben plötzlich im Griff hatte und wie gut es mir damit ging. Wie wohl ich mich im Garten, am See und in der Gemeinschaft der anderen Gärtner fühlte.

»Ich verspreche, ich werde alles tun, damit ihr das Geld von mir bekommt, das der Verkauf eingebracht hätte.« Als ich geendet hatte, herrschte Stille am anderen Ende der Leitung.

»Sardinien«, jammerte mein Vater, aber meine Mutter seufzte und sagte nur: »Wenn das dein Herzenswunsch ist, Kind, wollen wir uns dem natürlich nicht in den Weg stellen.« Sie überlegte kurz, dann fügte sie hinzu: »Wobei richtige Natur noch besser wäre als so eine künstlich angelegte Anlage!« Da sprach die Waldorflehrerin aus ihr.

»Wir können ja einen Ausflug auf die Alb machen«, schlug ich vor. »Nächstes Wochenende?«

»Ich und wandern? Gott bewahre!« Meine Mutter gab das Telefon an Onkel Harald weiter. Lucy bellte kurz im Hintergrund.

»Dann hätten wir das auch geklärt«, sagte er und klang äußerst zufrieden. »Im Herbst hole ich mir wie üblich meine Mostäpfel ab, hm, Leni?«

Hatte ich es doch gewusst. Dieser Schlawiner.

***

Auf der Arbeit lief es weiterhin super, Magda und ich kamen wirklich gut voran, und auch privat schien ich das Glück gepachtet zu haben. Marco war ein Traummann und unser zweites Date ein voller Erfolg: Es endete mit einem langen Kuss vor meiner Haustür.

Beim dritten Date nur zwei Tage später fragte er mich: »Hast du am Sonntag vielleicht Lust auf einen Ausflug?«

Oh wow. Das war schon ein nächster Schritt in unserer jungen Beziehung.

»Wahnsinnig gern!«, sagte ich deshalb, auch wenn ich eigentlich geplant hatte, den Sonntag in Annis – nein, stopp, in meinem – Garten zu verbringen. Vielleicht konnte ich ihn dorthin einladen? Nachdem ich den kleingärtnerischen Teil zu Heinz' und meiner vollsten Zufriedenheit erledigt hatte, wollte ich mich um die schönen Dinge kümmern: Blumen. Ich träumte von einem See aus Blüten direkt am Eingang, von Rosen, die sich um die kleine Hütte rankten. Ich wollte Marco gerade fragen, ob er Lust auf ein bisschen Gartenarbeit hatte, da fiel mir das perfekte Ausflugsziel ein: »Die Mainau! Oh, lass uns auf die Blumeninsel Mainau fahren!«

»Mainau.« Marco lächelte etwas gezwungen. »Ich hatte eher an einen Ort mit etwas mehr Action gedacht.« Action?

»Europapark!« Er strahlte mich an.

Jetzt lächelte ich etwas gezwungen. Dunkel sah ich endlose Warteschlangen und überteuerte Getränkepreise vor mir. »Ist das nicht eher was … für Kinder?«

»Ach komm, jetzt sag nicht, du fühlst dich zu alt für so was.«

Das war es nicht. Meine Erinnerung an Rust war nur deshalb so dunkel, weil ich zuletzt vor Urzeiten dort gewesen war. Meine Großeltern hatten mir den Besuch zum Geburtstag geschenkt. Schon auf dem ersten Fahrgeschäft war mir schlecht geworden, die Heimfahrt verbrachten wir bei offenem Fenster. Omas Kleid hatte den Tag nicht unbeschadet überlebt, erinnerte ich mich.

»Vielleicht fällt uns ja noch etwas anderes ein«, schlug ich ausweichend vor. Eine Art Kompromiss. »Wie wär's, wenn wir schwimmen gehen?« Das Wetter war in den letzten Tagen immer wärmer geworden, und am Sonntag hatte ich Badesachen mit zum See nehmen wollen.

»Du im Bikini?« Er legte seinen Arm um meine Taille. »Da bin ich sofort dabei.«

Ich spürte, dass meine Wangen heiß wurden, als ich ihm einen Kuss gab. »Dann ist das abgemacht«, sagte ich. »Wir stürzen uns in den See.«

»In welchen See?«

»In den größten und schönsten, den unser Land zu bieten hat.« Ich strahlte ihn an. »Den Bodensee! Dann kann ich dir auch gleich meinen Garten zeigen und …«

Er schob mich ein kleines Stück von sich weg. »Meinst du nicht, das wird ein bisschen viel für einen Tag?«

Verwirrt sah ich ihn an. Er hatte doch von Ausflug gesprochen?

»Gartenarbeit ist jetzt nicht soo meins«, gab er dann zerknirscht zu.

»Ach, du musst bloß dasitzen, den Vögeln zuhören und Kaffee trinken«, versuchte ich, seine Sorgen zu zerstreuen. Die Arbeit würde ich allein erledigen – oder noch besser, einen Tag mal wirklich Pause machen und den Garten nur genießen.

»Wir könnten doch auch ins Freibad gehen«, schlug Marco vor.

»Chlor und abgezirkelter Platz?«, fragte ich.

»Hygiene, Pommes und Eiskaffee«, sagte er.

Das gab den Ausschlug. »Zu Pommes habe ich noch nie Nein gesagt.« Ich grinste.

»Freibad am Sonntag.« Er stupste mir auf die Nase.

»Freibad am Sonntag.« Und in meinen Garten würde ich morgen gehen. Vielleicht ließ sich Sigrid ja überreden, demnächst mit mir auf die Mainau zu fahren und Blumeninspiration zu sammeln.

8. Kapitel

»Jetzt bist du aber verliebt!«, sagte Magda, als ich am Montagmorgen in die Redaktion kam, nein, schwebte. Der Sonntag mit Marco war himmlisch gewesen, wir hatten auf der Liegewiese im Freibad gelegen, Pommes gegessen, Eis geschleckt, und zwischendurch waren wir zur Abkühlung ins Wasser gesprungen. Marco machte viel Sport, das konnte man seinem durchtrainierten Körper ansehen. Ich hatte den Eindruck, ich war nicht die einzige Frau, die ihm hinterherstarrte, als er für uns Getränke holen ging.

Also ja, ich musste zugeben, ich war verliebt. Ich lächelte Magda geheimnisvoll an – zumindest hoffte ich, dass es geheimnisvoll wirkte – und setzte mich an meinen Schreibtisch.

»Der Geschäftsführer der Baufirma ist gestern Abend festgenommen worden. Es gibt neue Vorwürfe«, informierte Magda mich. »Wenn du mir später von deinem neuen Freund erzählst, bekommst du die Details.«

»Das ist Erpressung.«

»Und?«

»Ja, mach ich. Mittagspause beim Italiener, Pizza geht auf mich. Erzähl mir von der Festnahme.«

Es stellte sich heraus, dass es ohnehin meine Quelle gewesen war: Rabea hatte nur ein paar Minuten, bevor ich angekommen war, angerufen, um mir die neuesten Infos mitzuteilen.

»Sie sagte, es wird gleich eh öffentlich gemacht, da könnten wir auch noch schnell das Exklusivwissen bekommen«, erklärte Magda.

»Was sind die Vorwürfe?«

»Schwarzarbeit.«

»Uuuuuuhhh.« Das war auf dem Bau nicht unbedingt ungewöhnlich. Da das ganze Projekt aber über die Kommune abgewickelt worden war, würde es natürlich durch die gesamte Presse gehen. Und der Gemeinderat hatte jetzt richtig Ärger am Hals. Ich konnte regelrecht vor mir sehen, wie Gerry sich die Hände rieb.

»Kriegen wir die Schlagzeile?«, fragte Magda.

Ich grinste. »Darauf kannst du wetten.«

Dann machten wir uns an die Arbeit. Die Keller GmbH, die den Zuschlag für die Immobilien im Baugrund bekommen hatte, stand ohnehin schon länger auf unserer Liste, wir hatten bisher nur keinen Mitarbeiter finden können, der uns Insiderwissen geben wollte. Ein Sachbearbeiter aus ihrem Büro wollte Informationen nur gegen Geld ausspucken, aber seine Forderung war so überzogen, dass wir ihn nicht bezahlen konnten. Da ich aber davon ausging, dass keine Zeitung bereit war, ihm eine Weltreise zu spendieren, war es möglicherweise nur eine Frage der Zeit, bis er doch redete – Interesse daran schien er ja durchaus zu haben.

»Sag mal«, fragte ich Magda, nachdem ich eine knappe Stunde später unseren Artikel an die Online-Redaktion zum Freischalten geschickt hatte. »Du kommst doch frisch von der Uni.«

»Jaaa?«, kam die zögerliche Antwort.

»Unser guter Doppeldoktor, Tabeling, der Gutachter, der noch in Untersuchungshaft sitzt, es wäre nur ein Nebenschauplatz, aber ... zwei Doktortitel? Und er lässt sich für Gutachten kaufen? Vielleicht sollte man mal ein Auge auf die Doktorarbeiten werfen und gucken, ob er da sauber gearbeitet hat.«

»Du meinst, nach Plagiaten suchen?« Plötzlich wirkte Magda interessiert.

»Es wäre eine Abrundung seines Profils.«

»Wenn er plagiiert hat.«

»Wenn nicht, auch. Dann stellen wir ihn als den klugen, fleißigen Gutachter dar, der reingelegt wurde.«

»Er hat fünfzigtausend Euro für ein Abendessen kassiert«, warf Magda ein.

»Ja, wahrscheinlich verkauft sich die erste Version besser«, gab ich zu.

Unsere Volontärin rieb sich die Hände. »Dann mach ich mich mal an die Arbeit«, sagte sie, bevor sie sich blitzschnell unter den Computerbildschirm duckte. »Muss nur Frank aus dem Weg gehen, dass er mich nicht auf diverse Kulturveranstaltungen mitnehmen will.«

»Ein bisschen Kultur könnte dir nicht schaden«, sagte ich. »Auf meiner Geburtstagsparty werden wir alle Klassiker der Musikgeschichte spielen.« Von den Caprifischern bis Brother Louie. Wenn ich so darüber nachdachte … vielleicht war Magdas Skepsis angebracht.

»Kommt dein neuer Freund eigentlich auch?«, fragte sie mit unschuldigem Augenaufschlag.

Na ja, ich hatte ihr versprochen, von Marco zu erzählen. »Ich hab ihm noch nichts von meinem Geburtstag gesagt.« Es hatte sich nicht ergeben und ich wollte nicht, dass er sich verpflichtet fühlte, mir etwas zu schenken.

»Aber … das wirst du noch tun, richtig?«

Ich zögerte.

»Marlene!«

Jasmin würde mir auch Vorhaltungen machen, das wusste ich. »Du findest ein Plagiat in einer von Tabelings Doktorarbeiten und ich frag Marco, ob er zu meinem Geburtstag kommt.«

Magda schnaubte empört. In diesem Augenblick rief Frank nach ihr. Mit flehendem Blick sah sie mich an. »Du erfindest eine Ausrede für Frank, und wir haben einen Deal.«

***

Geweckt wurde ich um sieben von den ersten Sonnenstrahlen, die mein Gesicht kitzelten. Und vom Telefon, das auf meinem Nachttisch vibrierte. Ich hatte Geburtstag!

»Oma«, ächzte ich, nachdem ich das Gespräch angenommen hatte. Jasmin hatte am vergangenen Abend darauf bestanden, mit mir und Eierlikör reinzufeiern.

»Hast du noch geschlafen?«, kam es erstaunt aus dem Lautsprecher.

Ich seufzte. »Die Sonne hat mich eh geweckt.«

Sie gratulierte mir herzlich und reichte das Telefon an Opa weiter, der mir verkündete: »Schau mal auf dein Konto, da sollte auch noch ein kleines Geschenk eingegangen sein.«

»Ach Opa, das ist doch nicht nötig«, wiegelte ich ab. »Ich bin jetzt …« Ach, vielleicht wollte ich das gar nicht so laut aussprechen. »Nun ja, man kann es als erwachsen bezeichnen jedenfalls, und ich verdiene doch auch längst mein eigenes Geld.«

»Na und? Dann kannst du dir was Schönes kaufen. Ihr jungen Frauen braucht doch immer was. Ich war neulich in einer Drogerie, um deiner Oma Badezusatz zu kaufen, weißt du, was ein Fläschchen Nagellack kostet?« Er klang entsetzt. »Für den Preis lackier ich dir ein Auto!«

»Also wirklich, Günter.« Ich hörte, wie meine Oma ihm das Telefon wegnahm. »Bei ihm geht's immer nur um Autos. Schätzchen, ich wünsch dir einen schönen Tag! Deine Mutter hat gesagt, sie hätte einen Kartoffelsalat zubereitet.«

Richtig, für meine Party, den musste ich auch noch abholen. Geschenke wollten wir nachholen, wenn wir nächste Woche zusammen zu Abend essen würden, nicht zwischen Tür und Angel auf dem Sprung in den Garten. Dazu hatte ich sie zwar eingeladen, aber seit meinem 15. Geburtstag hatten meine Eltern sich von meinen Feiern ferngehalten. »Um die jungen Leute nicht zu stören.« Als ich ihnen dieses Mal gesagt hatte, dass die »jungen Leute« zu einem großen Teil älter waren als sie, kam heraus, dass mein Vater, in dem Glauben, ich würde sie ohnehin nicht bei meiner Party haben wollen, Theaterkarten für diesen Abend besorgt hatte.

Ich verabschiedete mich von Oma und beschloss, noch ein Stündchen zu schlafen. Ich hatte schließlich Geburtstag.

Mein Lieblingsnachbar hatte jedoch andere Pläne. Kaum war ich wieder ins Reich der Träume entschlummert, schreckte ich hoch: Genau an der Wand zu meinem Schlafzimmer schien er mit einem Presslufthammer ein Loch bohren zu wollen.

Wütend klopfte ich dagegen.

Stille. Ich wollte schon aufatmen, da begann es zu hämmern. So laut und durchdringend und ohne Pause, dass mein eigenes Klopfen komplett unterging.

Und das an meinem Geburtstag! Und wo ist jetzt mein Minitörtchen mit Kerze?, dachte ich in unfreiwilliger Erinnerung an eine Fernsehwerbung aus den Neunzigern, die mir wieder mein Alter deutlich machte. Ich beschloss, auf die Couch umzuziehen. Doch auch hier hatte ich keine Ruhe, zu durchdringend war Nils' Gehämmer und Geklopfe und Gebohre. Nicht einmal Ohrstöpsel halfen. Wütend stand ich auf und stellte mich unter die Dusche. Im Badezimmer konnte ich den Lärm zum Glück nur noch sehr dumpf hören und genoss ein paar Minuten der Ruhe. An einem Samstag um sieben

Uhr mit Renovieren anzufangen, ich war mir sicher, dass das verboten war. Oder zumindest verboten sein sollte! Na, der konnte sich auf was gefasst machen. Wenn er das nächste Mal Kehrwoche hatte, würde ich meine Gartencrocs vor seiner Wohnungstür abklopfen. Vielleicht vergaß ich auch mal eine Nacktschnecke auf seiner Fußmatte …

Grimmig ging ich in die Küche, um mir einen Kaffee zu kochen. Als ich den Einschaltknopf der Kaffeemaschine drückte, wurde es urplötzlich still, und ich wartete vergeblich darauf, dass das rote Lämpchen aufleuchtete. Ich versuchte, das Licht einzuschalten, nichts passierte. Das war dann wohl die Sicherung. Als ich einen lauten Fluch von drüben hörte, musste ich trotz fehlenden Kaffees ein Grinsen unterdrücken. Vielleicht war mein Geburtstag doch gar nicht so schlecht.

Ich entschied, dass ich mir heute an meinem Geburtstag mal ein Croissant und einen Coffee to go beim Bäcker um die Ecke gönnen konnte, schlüpfte in eine halbwegs saubere Jeans und meine Turnschuhe und trat auf den Flur. Beinahe wäre ich mit meinem schweißnassen, staubigen und extrem schlecht gelaunten Nachbarn zusammengestoßen.

»Einen wunderschönen guten Morgen«, flötete ich Nils entgegen. »Der frühe Vogel fängt den Wurm, oder? Und wenn du Glück hast, kriegst du noch Handwerker für heute, die dir die Leitung reparieren.«

Ich würde einfach in meinen Garten fliehen. Mir konnte heute so leicht nichts die Laune verderben, nicht einmal die bösen Blicke, mit denen Nils mir augenscheinlich die Pest an den Hals wünschte. Ich war bereit für die Party des Jahres!

***

Im Garten angekommen, konnte ich nicht anders, als nach meinen Pflanzen zu sehen. Ich wollte die Erde durch meine Hände rieseln spüren und sichergehen, dass es sich kein Schädling auf meinen neu gesetzten Rosen bequem gemacht hatte. Zum Glück ging es ihnen gut, nur auf meinen Erzfeind traf ich in meinen Gemüsebeeten erneut: Keine Ahnung, wo sie immer herkamen, aber es schienen etwa eine Million Schnecken allein auf den zweihundertfünfzig Quadratmetern meines Gartens zu leben. Doch es half ja nichts. Seufzend holte ich ein weiteres Einmachglas aus Annis Fundus und sammelte mal wieder an die zwanzig der schleimigen Biester aus meinen Beeten. Ich machte mir eine Notiz, die Gläser endlich einzusammeln und zu spülen – besser für die Umwelt, besser für meinen Geldbeutel. Bei meinem aktuellen Bedarf gingen sie schneller zur Neige als bei meiner Mutter, die tatsächlich Marmelade einkochte.

Ein Blick auf die Uhr zeigte mir, dass ich mich sputen musste, wenn ich meine To-do-Liste für heute noch in Ruhe abarbeiten wollte, bevor die ersten Gäste kamen. Also ging ich zum Vereinsheim hinüber. Kaum betrat ich das Gebäude, war an Ruhe jedoch nicht einmal mehr zu denken.

Sigrid und Marie waren fest davon überzeugt, mich unterstützen zu wollen, auch wenn sich schnell herausstellte, dass sie mir in ihrem Übereifer eher im Weg standen, während Heinz mich pflichtbewusst auf Gefahrenquellen, Sicherheitsstandards und gesetzliche Ruhezeiten aufmerksam machte und mich damit noch mehr durcheinanderbrachte.

Mangels Alternativen verstaute ich die Schnecken kurzerhand im Schrank des Vereinsheims. Als Bio-Gartenmama schraubte ich den Deckel aber erst zu, nachdem ich kleine Atemlöcher hineingestochen hatte.

Lothar und Helmut saßen an einem der Tische draußen unter dem Sonnensegel und tranken ihr selbst gebrautes Bier. Vorglühen nannten sie das. Als ich sie darauf aufmerksam machte, dass bis zum Beginn der Party noch über zwei Stunden Zeit waren, zuckten sie nur mit den Schultern. »Wir wollen uns nicht hetzen«, sagte Lothar, und das war der erste vernünftige Satz, den ich heute hörte.

Der zweite folgte kurz darauf, diesmal von Sigrid: »Willst du dich nicht mal mit mir hinsetzen und in Ruhe einen Kaffee trinken?« Damit unterbrach sie meinen Kampf mit Marie, den Fliegenvorhang aus bunten Plastikstreifen wieder abzunehmen, den sie im Gang zu den Toiletten aufgehängt hatte.

Der Zettel mit meinem Plan lag auf der Theke. Ich hatte extra fein säuberlich aufgeschrieben, was ich alles brauchte, was ich schon besorgt hatte und was ich gleich noch einkaufen musste. Jetzt war es halb drei am Nachmittag, ich war seit vier Stunden am Bodensee, und mein Plan war mir komplett entglitten. Ob ich jetzt einen Kaffee trinken wollte? Absolut! Jetzt war es ohnehin schon egal. Ich entschied, mich meinem Schicksal zu fügen, und räumte Marie und ihren großen Plänen in Sachen Partyschmuck das Feld. Ich würde mich einfach von den Scheußlichkeiten überraschen lassen, mit denen sie das Vereinsheim verschönern würde.

»Wir haben Getränke, das ist das Wichtigste«, murmelte ich. »Den Rest besorge ich gleich mit Jasmin zusammen.«

»Ja klar, es gibt die beste Bowle der Welt. Sandra kümmert sich drum.« Sigrid stellte einen Latte macchiato vor mich auf den Tisch. Sandra, wer war schon wieder Sandra …? Ich kannte eindeutig zu viele Frauen, deren Name mit S begann.

»Sandra ist die Brünette von Nummer sieben, unsere Sportlerin.«

Ich erinnerte mich dunkel, mal jemanden auf dem kleinen Weg an mir vorbeijoggen gesehen zu haben.

»Und Jasmin bringt Antipasti mit.« Die machte sie glücklicherweise nicht selbst, Jasmin war eine Katastrophe in der Küche, aber sie wohnte neben einem italienischen Feinkostladen, dessen Besitzer heftig in sie verknallt war. Bei dem Gedanken an die Lasagne von neulich lief mir das Wasser im Mund zusammen.

»Der Kartoffelsalat meiner Mutter sieht super aus, Magdas Brownies sind … na, wahrscheinlich essbar.« Sie hatte mir vorhin ein Foto geschickt. »Und sowieso ist das Wichtigste, dass wir zusammen sind«, verkündete ich. Trotzdem mussten wir noch etwas Fleisch für den Grill besorgen, für den Heinz sich großzügig als Verantwortlicher gemeldet hatte. Als derjenige, der sich immer um die Pächter des Vereinsheims gekümmert hatte, stand es ihm wohl zu, nun neuer »Restaurantchef« zu sein.

Sigrid nickte. Dann fragte sie neugierig: »Kommt dein Freund eigentlich auch?«

»Ich weiß nicht, ob ich ihn schon so nennen würde«, wand ich mich ein wenig. »Und … Nein.« Unser Date am Dienstag war wunderschön gewesen, wir hatten wie zwei verliebte Teenager herumgeknutscht und herumgeknutscht und … tatsächlich nicht wirklich etwas anderes getan. Bei unserer Verabschiedung hatte ich mich zwar getraut, ihn zu meinem Geburtstag einzuladen, doch er hatte abgesagt.

»Er ist auf einer Dienstreise«, sagte ich jetzt seufzend. Dafür hatte er mir fest versprochen, meinen Geburtstag mit mir nachzufeiern. Am Dienstagabend, wenn er zurückkam, würde er mich zum Essen einladen. *Rosen bekommst du auch von mir*, hatte er gesagt und mir auf die Nase gestupst. Und so konnte ich nicht einmal traurig sein, dass er heute nicht da war – ich freute mich einfach auf unser Date nächste Woche.

»Du solltest ihn mal mitbringen«, sagte Sigrid. »Ein romantischer Abend am See.«

Das hatte ich schon mal versucht, mit mäßigem Erfolg. »Ja, mal sehen«, antwortete ich unverbindlich und wurde durch Jasmins Ankunft glücklicherweise von weiteren Nachfragen verschont.

Meine rothaarige Freundin wurde umgehend von Helmut und Lothar mit Beschlag belegt, die sie nicht einmal die Antipasti auspacken ließen, bevor sie ihr ein Glas Bier einschenkten.

»Aber nur dieses eine«, befahl ich. »Dann müssen wir los, bevor die ersten Gäste kommen!« Und das, wo ich in den letzten Tagen und Wochen wirklich das Gefühl gehabt hatte, meine Termine etwas in den Griff zu bekommen. Deshalb ordnete ich auch gleich weiter an: »Heinz, du kannst schon einmal den Grill anschmeißen. Marie, du kümmerst dich weiter um die Dekoration und ihr beide«, ich zeigte auf Lothar und Helmut, »trinkt euer kostbares Bier nicht alles allein aus. Ihr wollt meinen Gästen doch zeigen, was ihr draufhabt!« Die Stimmung war schon jetzt super und ich war zuversichtlich, dass der Abend ein voller Erfolg werden würde.

Pflichtbewusst stürzte Jasmin ihr Bier in Windeseile hinunter und wirkte anschließend schon etwas angetrunken, doch das machte nichts, wie ich wenig später an der Kühltheke feststellte. Sie sprühte über vor Kreativität: »Lachsspieße«, rief sie. »Wir brauchen Lachsspieße!«

Ich blickte auf unseren Einkaufswagen, in dem sich die Klassiker, mariniertes Nackensteak und Bratwürstchen, befanden, außerdem für die Vegetarier Halloumi und für die Veganer Gemüsespieße. Lachsspieße, na, warum nicht. Und als Jasmin dann noch vegane Hühnchenalternativen heraussuchte, zuckte ich nur mit den Schultern und legte sie in den Wagen. Das würde ein Festmahl werden.

Zufrieden machten wir uns auf den Rückweg und kamen gerade rechtzeitig an der Kleingartenanlage an, denn eben stieg Magda aus Gerrys Auto, gefolgt von meinem Chef selbst, der ungewöhnlich gut gelaunt wirkte.

»Herzlichen Glückwunsch, Marlene«, gratulierte er mir, dann raunte er mir eine Zahl zu, die mir den Grund seiner fröhlichen Stimmung verriet. »Euer Artikel hat die Auflagenzahl beinahe verdoppelt«, schwärmte er, und ich konnte mir »Und das war erst der Anfang« nicht verkneifen.

Nach und nach trudelten weitere Gäste ein. Rabea aus der Staatsanwaltschaft war mindestens genauso stolz auf unseren Artikel wie Gerry, und nachdem sie – als Einzige – Magdas Brownies gelobt hatte, waren die beiden für den Rest des Abends unzertrennlich.

Miriam, meine Krankenschwester-Nachbarin, brachte mir als Geschenk ein neues Kehrwochenschild mit. Auf meinen ungläubigen Blick hin brach sie in schallendes Gelächter aus und kicherte auch noch Minuten später, als sie mir dann ihr eigentliches Geschenk, einen bebilderten Gartenführer, überreichte. Zwischen zwei Lachanfällen erklärte sie mir, dass Nils sich anscheinend über mich beschwert hatte, weil ich das Treppenhaus dreckig machte.

»Dieser absolute Spießer«, stöhnte ich. »Und wie kommt er überhaupt dazu, schlecht über mich zu reden?«

»Na ja, du hast auch schon schlecht über ihn geredet.«

»Ich wohne auch schon viel länger da!«, rief ich empört. Ich hatte ein Recht, mich zu beschweren! Ganz im Gegensatz zu Nils, fand ich.

Doch bevor ich mich richtig in Rage reden konnte,

drückte Sandra mir ein Glas Bowle in die Hand, das mich schnell besänftigte. Ich hatte Geburtstag und wollte den Abend genießen.

***

Die Party war ein voller Erfolg: Mittlerweile war es kurz vor Mitternacht, Marie hatte »Mein Freund, der Baum« eingelegt, sich mitten in den Raum gestellt und sang nun mit ausladenden Gesten dramatisch mit. Ich hätte wissen müssen, dass das ihr Lieblingslied war. »Vielleicht hat Alexandra noch eins über Schneckenfreunde«, murmelte ich. Wenn nicht, sollte Marie eins schreiben. Ich war ein bisschen betrunken, und der Raum wippte im Takt zu Alexandra mit. Oder vielleicht bildete ich mir das nur ein, und es kam von dem Getränk in meiner Hand – die Bowle, die Sandra gemischt hatte und die echt lecker war. Vielleicht hätte ich mir das sechste Glas verkneifen sollen.

Sandra tanzte gerade mit Heinz, und beide versuchten dabei, Marie zu ignorieren oder doch zumindest nicht über den Haufen zu tanzen. Ich musste lachen.

»Na komm schon!«, rief Sigrid mir zu und zog mich ebenfalls auf die Tanzfläche. Selbst Lothar und Helmut, die an einem Tisch in der Ecke saßen, schwenkten ihre Arme. Rabea und Magda saßen in einer Ecke und bauten Kartenhäuser aus den drei Kartensets, die sie in einer Schublade hinter der Vereinsheimstheke gefunden hatten. Miriam und mein Schulfreund Felix unterhielten sich prächtig – konnte ich da sogar ein bisschen Geflirte entdecken? Felix arbeitete als Erzieher in einem Jugendhaus, kannte also Nachtschichten und ungewöhnliche Arbeitszeiten. Nicht die schlechteste Verbindung. Ich freute mich für die beiden und wollte mich gerade grinsend zu Sigrid herumdrehen, als mich ein Klirren zusammenfahren ließ. Dann ein Kreischen. »Marlene!«

Oh. Jasmin hatte Annis Schneckeneinmachgläser gefunden. Ich hatte meine schleimigen Freunde in ihrem Schrankversteck ganz vergessen. Ich stürzte in die Küche.

Aber es war nicht Jasmin, die geschrien hatte, sondern Sybille. Und es war nicht wegen der Schnecken, sondern wegen eines Briefs, den Heinz aus dem Briefkasten gefischt hatte. Weshalb dieser Mann nachts um halb eins nach der Post gucken musste, würde mir wohl für immer ein Rätsel bleiben. Aber ich hatte keine Zeit, darüber nachzudenken, denn Marie, die jetzt mit aufgerissenen Augen neben Sybille stand, informierte mich mit zitternder Stimme über den Inhalt des Briefs: »Unsere Kleingartenanlage ist verkauft worden. Sie reißen alles ab und bauen eine Hotelanlage.«

9. Kapitel

Die Katerstimmung am nächsten Morgen war groß. Die meisten Gäste waren in der Nacht noch nach Hause gefahren oder hatten ein Hotelzimmer gemietet. Die anderen Kleingärtner, Jasmin, Magda und ich hatten jedoch im Garten übernachtet. Heute früh saßen wir an den notdürftig abgewischten Tischen draußen vor dem Vereinsheim.

Magda gähnte, ohne sich die Hand vor den Mund zu halten, und nahm dankbar Sigrids Kaffee entgegen. Ihre Locken standen wild in alle Richtungen ab.

»Fühlt es sich so an, alt zu sein?«, jammerte sie. »Wird das jetzt so bleiben?«

»Es wird nur schlimmer«, antwortete Sigrid und gähnte ebenfalls herzhaft. Sie trug noch ihr überlanges Shirt, das sie zum Schlafen angezogen hatte, und die Ringe unter ihren Augen waren deutlich sichtbar.

Jasmin winkte ab und fasste sich leidend an die Stirn. »Nicht so laut«, flüsterte sie, obwohl wir bisher alle beinahe gewispert hatten.

Ich schlürfte wortlos Sigrids Kaffee. Schlimmer als mein Kater war das Wissen, dass unser Garten verkauft werden sollte. Gerade hatte ich Freude daran gefunden, mich eingelebt, erste Dinge gelernt und mich auf ein Jahr voller Wachstum und Ernte gefreut. Ich war begeisterte Kleingärtnerin geworden, und jetzt sollte dieses Abenteuer schon wieder vorbei sein? »Was machen wir denn jetzt?«, fragte ich in die Runde.

Sigrid zuckte mit den Schultern. »Na ja, was kann man schon machen«, antwortete sie unglücklich.

»Aus und vorbei«, sagte Heinz leise, der sich nun ebenfalls zu uns setzte. »Die wollen Geld verdienen, dagegen haben wir keine Chance.«

»Vielleicht finden wir ja einen anderen Garten«, murmelte Marie mehr in ihre Tasse als zu uns anderen. Sie trank irgendein Kräutergebräu, bei dessen Geruch mich eine Welle der Übelkeit erfasste. Allerdings sah sie als Einzige von uns erstaunlich frisch aus, ihr Zaubermittel schien also zu wirken. Mein Widerwille war allerdings stärker als die Aussicht auf die Beendigung meines Katers, also fragte ich lieber Sigrid nach einem weiteren Kaffee, als Marie mir einen Tee anbot.

Heinz lachte freudlos auf. »Als ob freie Gärten auf der Straße liegen.«

Vor allem nicht mit diesen Nachbarn, dachte ich traurig und blickte meine neuen Freunde an: Marie mit ihren bunten Stirnbändern im hennaroten Haar, Sigrid, die Praktische, die sich um alle kümmerte, und Heinz, unter dessen spießiger Schale ein wirklich rührender Kern lag. Lothar und Helmut, die schnarchend auf der Bank lagen, Sybille, die mit ihren großen Augen vor sich hin starrte, und Sandra, die gerade winkend vorbeijoggte.

»Es war schön mit euch«, sagte ich mit belegter Stimme. »Und ich bin froh, Teil eures Gartens gewesen zu sein. Auch wenn es viel zu kurz war.«

»Ihr wollt aufgeben?« Magda sah empört von ihrem Kaffee auf. »Macht man das mit über dreißig? Aufhören, für seine Ziele zu kämpfen?«

»Nein, aber man beginnt realistisch zu sein«, antwortete ich dumpf.

»Realismus«, äffte Magda mich nach. »Wer hat denn Gerry dazu überredet, eine intensive Recherche um die Korruption am Baugrund anzustellen? Und wer hatte damit recht und hat uns eine Wahnsinnsauflage beschert?«

»Das ist was anderes«, wehrte ich ab.

»Gegen so was hast du keine Chance«, mischte Sigrid sich ein. »Ich hab das schon mal erlebt, vor dreißig Jahren. Der Sportplatz und das Jugendzentrum in unserem Dorf wurden plattgemacht, weil sich eine Brauerei, die Hunderte neuer Arbeitsplätze versprach, vergrößern wollte.«

»Keine Chance«, wiederholte Marie.

Magda schüttelte unzufrieden den Kopf, sagte aber nichts mehr. Wir waren einfach alle zu müde.

Nacheinander standen sie auf, um sich zu verabschieden. Jasmin nahm Magda mit, die gestern mit Gerry eine Fahrgemeinschaft gebildet hatte. Sigrid murmelte, dass sie schon mal mit Aufräumen anfangen wollte, und ging mit Marie ins Vereinsheim. Sybille wollte ihren Sohn von einem Klassenkameraden abholen.

Nur Heinz saß noch allein an einem Tisch, den Kaffee, der vor ihm stand, hatte er nicht angerührt.

»Was soll ich denn jetzt machen?«, flüsterte er, und ich konnte Tränen in seinen Augen schimmern sehen. Er schien uns gar nicht zugehört zu haben, war tief in Erinnerungen gefangen. »Ich wollte gar keinen Garten«, erzählte er.

»Da haben wir ja was gemeinsam.« Ich versuchte zu lächeln.

»Rita hat mich überredet. Wir konnten keine Kinder bekommen.« Wehmütig sah er aus, unser Heinz. »Also hat sie es sich in den Kopf gesetzt, für andere Kreaturen zu sorgen. Hasen, Vögel und natürlich unseren Timmie, ein kleiner Yorkshire-Terrier. Das war ein Frechdachs!« Jetzt lächelte er traurig. »Der Garten war Ritas Zufluchtsort.« Er steckte immer noch tief in seiner Erinnerung, nahm mich kaum wahr. »Ich war eifersüchtig, sie war mir nicht oft genug zu Hause. Aber dann ...« Seine Stimme wurde leiser. »Nach Ritas Tod wurde der Garten zu meinem Zufluchtsort. Stundenlang sehe ich mir die Blumenbeete an, die sie bepflanzt hat. Sitze unter dem Birnbaum, den sie liebevoll gehegt hat. Hier im Garten fühle ich mich ihr wieder nah, hier im Garten vergesse ich, dass sie tot ist, vergesse ich den Schmerz und die Sorgen. Hier im Garten kann ich wieder glücklich sein.«

Eine ganze Weile saßen wir schweigend nebeneinander. Ich wusste nicht, was ich sagen sollte, jedes Wort klang hohl, jede Phrase abgedroschen. Irgendwann schreckte uns ein Rumpeln und ein Fluch hoch: Lothar war von der Bank gefallen.

Als ich mich erhob, um das Vereinsheim aufzuräumen, hatte ich immer noch nicht die richtigen Worte für Heinz gefunden. Aber eine Sache wusste ich ganz sicher: Magda hatte recht. Ich würde alles daransetzen, diesen Garten zu retten.

***

Es wurde Abend, bis ich endlich zu Hause ankam. Dort musste ich erst einmal tief durchatmen. Was sollte ich jetzt tun? Was *konnte* ich tun? Alles war so chaotisch, meine Gedanken wirbelten durcheinander, viel zu schnell, um einen zu fassen, um überhaupt auf eine Idee zu kommen. Aufgeregt tigerte ich in meinem Wohnzimmer auf und ab und versuchte, etwas zur Ruhe zu kommen. Meditation. Das wollte ich immer schon mal probieren, meine Yogalehrerin hatte es mir empfohlen, und hatte ich neulich nicht auch mal einen Artikel darüber gelesen? Während der Arbeit, als es nichts zu tun gab … Anscheinend half Meditation nicht nur gegen Stress, sondern auch dabei, seine Gedanken zu fokussieren. Genau das, was ich jetzt brauchte!

Ich schnappte mir ein großes Kissen von der Couch und legte es auf den Boden. Dann stöpselte ich Kopfhörer in mein Smartphone und suchte im Internet nach einer geführten Meditation. *Wie Sie Ihre Ziele visualisieren können*. Perfekt. Ich klickte auf Play und schloss die Augen.

»Atmen Sie bewusst ein und aus. Folgen Sie dem Weg Ihres Atems mit den Gedanken.«

Wumms wumms wumms wumms.

Was zum Henker war das denn jetzt? Die neue Drum'n'Bass-Meditation?

Ich zog meine Kopfhörer zur Seite. Nein. Das leise Geklingel unter dem Krach war die Meditationsmusik. Der Krach selbst kam aus der Nachbarwohnung.

»Mit jedem Atemzug kommen Sie mehr und mehr zur Ruhe.«

Uzz uzz uzz uzz.

»Ruhe, verdammt noch mal!«, schrie ich und klopfte gegen die Wand. Wie zum Henker sollte man sich so entspannen? Oder gar einen klaren Gedanken fassen?

Stille. Ich atmete durch.

»Denken Sie nun an Ihr Ziel. Stellen Sie es sich vor, malen Sie es sich …«

Bäm bäm bäm bäm.

Jetzt reichte es. Das machte der doch mit Absicht.

Wutentbrannt sprang ich auf, riss meine Wohnungstür auf und hämmerte an die von Nils.

»Sag mal, spinnst du?«, fragte ich, als er öffnete. Und dann fiel mir für einen Augenblick nichts mehr ein, denn außer einem Handtuch um die Hüften trug er … nichts. *Er macht genau die richtige Art Sport*, dachte ich abwesend, dann riss ich meinen Blick von seinem Oberkörper los. »Weißt du eigentlich, wie spät es ist?«, herrschte ich ihn an.

»Kurz nach sieben.« Er verschränkte die Arme vor der durchtrainierten Brust und zog spöttisch eine Augenbraue hoch. »Das letzte Mal, als ich die Hausordnung gelesen habe, stand dort nichts von einer Lautstärkebeschränkung.

Erst ab zwanzig Uhr muss eine Zimmerlautstärke von vierzig Dezibel eingehalten werden. Was *du* im Übrigen abends locker schaffst mit deinen Telefonaten.«

»Vierzig Dezibel nach zwanzig Uhr heißt aber nicht, dass man außerhalb der Ruhezeiten Musik mit fünfhundert Dezibel hören darf!«

Er seufzte. »Fünfhundert? Echt jetzt? Das lauteste je gemessene Geräusch liegt bei hundertsiebzig.«

»Was du mit deiner Musik gerade deutlich übertönst. Also mach sie leiser!«, gab ich zurück.

»Schallpegelmesser«, sagte er. »Gibt es mittlerweile als App fürs Handy.« Er verschwand für einen Moment in seiner Wohnung, als er wiederkam, immer noch mit nacktem Oberkörper, hielt er sein Smartphone in der Hand.

»Natürlich hast du so etwas installiert«, kommentierte ich ungläubig.

»Und: 45 Dezibel.« Selbstzufrieden hielt er mir sein Display hin.

Was für ein Pedant! Wortlos drehte ich mich um. Typisch Rechtsanwalt, dachte ich, als ich wütend meine Wohnungstür hinter mir schloss, so sagte man doch. Und wenn ich mir meinen Nachbarn so ansah – nein, nicht wörtlich gemeint, so interessant war sein Oberkörper nun auch wieder nicht! –, dann schien das auch zu stimmen. Jetzt hatte ich so viel Zeit und Ärger auf diesen Paragraphenverdreher verwendet, wo ich doch eigentlich eine Lösung für meinen Garten finden wollte! Immer noch wütend hockte ich mich wieder auf mein Kissen und schloss die Augen. Blöder Rechtsanwalt. Moment mal. Rechtsanwalt? Rechtsanwalt!

Erneut sprang ich auf, diesmal nicht vor Wut, sondern vor Aufregung. Das war vielleicht die Lösung! Wir würden juristisch gegen das Bauvorhaben vorgehen! Wir bräuchten nur einen engagierten Anwalt und einen gnädigen Richter. Am besten einen, der gern gärtnerte, dann wäre die Sache geritzt.

Für einen Augenblick dachte ich an Nils, aber den Gedanken verwarf ich sofort wieder. Wahrscheinlich würde er mir aus Prinzip schon nicht helfen. Aber wozu gab es denn das Internet?

***

Sigrid wollte ich dabeihaben, Heinz hatte sich nicht abwimmeln lassen. Als Vorstandsvorsitzender wäre er selbstverständlich dabei, und wenn ich daran dachte, wie wichtig ihm der Garten war, wollte ich es ihm natürlich nicht nehmen, mitzukommen.

Und so trottete er nun klein und rund neben Sigrid und mir her, einen entschlossenen Ausdruck im Gesicht. Wir hatten uns auf einem Parkplatz in der Ulmer Innenstadt getroffen, der Rechtsanwalt Dr. Umländer hatte seine Kanzlei ganz in der Nähe.

»Er ist auf Baurecht spezialisiert«, erklärte ich, wie ich auf Dr. Umländer gestoßen war. »Eindeutig unser Mann.«

Ich hatte ihn gestern Abend noch gegoogelt und gleich am Morgen angerufen. Die Angestellte, mit der ich gesprochen hatte, war nicht ganz von der Dringlichkeit meiner Anfrage überzeugt, aber als ich etwas auf die Tränendrüse gedrückt hatte, war mir doch ein Termin für den Nachmittag angeboten worden.

Wir betraten die Kanzlei, und auch wenn ich direkt von der Arbeit kam und einen Blazer über meiner – sehr sauberen – Jeans trug, fühlte ich mich gleich komplett fehl am Platz. Heinz und Sigrid schien es ähnlich zu gehen, unsicher verschränkte Heinz die Arme vor dem Bauch, nahm sie dann hinter den Rücken und trippelte von einem Fuß auf den anderen. Überall Glas, Designermöbel und Sterilität. Auf der Bluse der Dame hinter dem Anmeldetresen war gut sichtbar das Logo einer Designermarke zu erkennen, nicht einmal die Angestellten waren also auf unserem Niveau.

Beherzt trat ich einen Schritt vor und räusperte mich. »Marlene Wissmann, Heinz Ostkamp und Sigrid Leibelt. Wir haben einen Termin bei Dr. Umländer.«

Entgegen meinen Befürchtungen lächelte die Blondine freundlich, wies uns an, Platz zu nehmen, und versprach uns, gleich noch einen Kaffee zu bringen. Es gab sogar Latte macchiato. Etwas entspannter setzten wir uns also auf die schicken und furchtbar unbequemen Stühle im Wartezimmer. Zeitschriften lagen auf einem kleinen Tisch aus, hauptsächlich Börsennews und Finanzmagazine, Klatschzeitschriften oder »Haus und Garten« suchte ich vergeblich.

»Bist du sicher, dass wir hier richtig sind?«, fragte Heinz flüsternd. Er beugte sich vor, um noch einmal in den Glas-

und Designer-Anmeldebereich zu schauen, und wandte sich dann schaudernd ab.

»Er soll der Beste sein«, wisperte ich. »Habe die Bewertungen gelesen. Er ist jeden Cent wert«, zitierte ich eine der Rezensionen.

»Hauptsache, er kann uns helfen«, flüsterte Sigrid.

»Hoffentlich.« Nervös trommelte Heinz auf seinem Knie herum.

Ich nahm einen Schluck von meinem Kaffee, dem Latte macchiato, der besser war als beim Bäcker um die Ecke, aber lang nicht so gut wie Sigrids Kaffee.

Irgendwo klingelte ein Telefon. Eine weitere Person betrat das Wartezimmer, mit hochgezogenen Augenbrauen blickte uns der Mann im Anzug an. Auch hier erkannte man sofort, dass es sich um ein Designerstück handelte. Vielleicht irritierte ihn Heinz' Strohhut. Aber draußen schien immer noch die Sonne, und Heinz' Glatze war empfindlich.

Der Anzugträger setzte sich mir gegenüber. Unwohl rutschte ich auf meinem Stuhl hin und her, und endlich wurden wir aufgerufen.

Dr. Umländer begrüßte uns mit einem festen Händedruck, sodass ich im Anschluss unauffällig meine Hand ausschütteln musste. Aua. Dabei hatte ich das dem hageren Mann gar nicht zugetraut: Er war mehr als nur dünn, hoch aufgeschossen, und durch die beginnenden Geheimratsecken wirkte sein Gesicht noch länger, als es war.

Er bedeutete uns, an einem Konferenztisch Platz zu nehmen, und fragte noch einmal, ob wir einen weiteren

Kaffee wollten. Nachdem wir dankend abgelehnt hatten – ich war auch so schon nervös genug –, setzte er sich ebenfalls.

»Frau Wissmann sagte uns bereits, dass es um …« – Er hatte ein Tablet vor sich liegen, auf das er einen schnellen Blick warf – »… einen Kleingarten geht.« Er konnte den überraschten Blick bei dem Wort »Kleingarten« nicht ganz unterdrücken. Wahrscheinlich hatte er ansonsten nur mit Multikomplexen zu tun.

»Genauer gesagt, um den Verkauf einer Kleingartenanlage«, korrigierte ich.

»Da kann ich Sie gern unterstützen und einen Vertrag aufsetzen, nur müssten Sie den Rest bei einem Notar abwickeln.«

»Den illegalen Verkauf«, murmelte Heinz. »Wir wurden nicht gefragt.«

Jetzt sah Dr. Umländer uns interessiert an. »Illegal? Das müssen Sie mir genauer erklären.« Das Zauberwort der Journalisten schien auch bei Juristen zu funktionieren. Dr. Umländer hörte uns aufmerksam zu, als wir die Sachlage schilderten. Sigrid holte sogar ein frisch geputztes Bund Radieschen aus ihrem mitgebrachten Jutebeutel, von dem er gleich eins probierte.

»Scharf«, stieß er hervor, dann grinste er über das ganze Gesicht. »Aber lecker!«

Er war voll auf unserer Seite, das sah ich ihm sofort an. Dann ließ er sich den Brief geben, den Heinz bekommen hatte. Er las, blätterte, murmelte »Hm hm«, las weiter, befeuchtete seinen Finger, blätterte noch einmal um.

»Hm.« Er nahm seine Brille ab und sah uns an. »Ich will ehrlich mit Ihnen sein«, sagte er. »Das sieht nicht gut aus.«

Oh nein. Heinz sackte ein bisschen weiter zusammen. Sigrid nahm seine Hand.

»Sie sind nur Pächter. Das Grundstück gehört der Stadt, und Ihr Kleingarten ist nicht vor dem Verkauf geschützt.«

»So wie Denkmäler?«

»Zum Beispiel. Gebäude, die eine Kommune für die Erfüllung ihrer Aufgaben braucht, dürfen nicht veräußert werden. Das Rathaus, ganz vereinfacht gesagt.«

Das ergab Sinn.

»Hin und wieder können Gründe des Wohls der Allgemeinheit gegen einen Verkauf sprechen, bei einem Schwimmbad oder einer Bibliothek wäre das beispielsweise der Fall.«

»Aber nicht bei einem Kleingarten.« Heinz blickte auf seine Hände.

»Ich sage nicht, dass es gar keine Chance gibt«, fuhr Dr. Umländer fort. »Und wenn Sie mir den Fall übertragen wollen, werde ich versprechen, mein Bestes zu geben.« Das ließ mich aufhorchen. »Natürlich kann ich Ihnen nicht garantieren, dass wir Erfolg haben werden, denn die Wahrscheinlichkeiten sprechen gegen Sie. Sprechen in hohem Maße gegen Sie. Aber wollen Sie sich hinterher vorwerfen, nichts getan zu haben?«

Wir schüttelten alle drei den Kopf.

»Wie … ähm … wie teuer würde das denn werden?«, fragte Sigrid schüchtern.

»Haben Sie eine Rechtsschutzversicherung?«

»Das schien uns für den Verein nicht notwendig zu sein«, sagte Heinz. Er presste die Lippen aufeinander und schien diese Entscheidung tief zu bereuen.

»Also gut.« Dr. Umländer lehnte sich in seinem Stuhl zurück und faltete die Hände vor dem Bauch. »Ich mag Ihren Fall. Underdog gegen große Immobilienfirma, David gegen Goliath. Ich mache Ihnen einen Sonderpreis. Dreihundert Euro die Stunde.«

Das war der Sonderpreis? Was war dann bitte sein Regelsatz? Ich schluckte. »Und wie viele Stunden wird man für so einen Fall etwa brauchen?«, fragte ich vorsichtig nach.

Er wiegte seinen Kopf hin und her. »… mit Spesen …«

»Spesen?«, unterbrach ich entsetzt.

»Falls wir den Fall verlieren, kommen natürlich auch noch die Gerichtskosten hinzu. Und die des gegnerischen Anwalts.«

Ich nahm an, eine Immobilienfirma rechnete einen Anwalt mit mindestens fünfhundert Euro die Stunde ab. Ich schluckte erneut. Sigrid stöhnte, und Heinz ließ den Kopf hängen.

»Vielen Dank, Herr Dr. Umländer«, sagte er, stand auf und reichte dem Rechtsanwalt steif die Hand. »Wir werden Ihr Angebot besprechen.« Wir drei sahen uns kurz an, aber wir wussten alle, wie wir entscheiden mussten. Geknickt verließen wir die Kanzlei, nickten nur kurz in Richtung der Angestellten, die uns noch fröhlich einen schönen Tag wünschte.

»Das können wir uns nie und nimmer leisten«, sagte Sigrid, als wir draußen standen.

»Nie.« Heinz schüttelte traurig den Kopf.

Nicht einmal, wenn wir alle zusammenlegen würden, dachte ich. »Und das für einen unsicheren Ausgang des Verfahrens.« Ich seufzte. »Die Stadt hat das Recht, unseren Garten zu verkaufen.«

»Er dient eben nicht dem Allgemeinwohl.« Sigrid schnaubte.

Tja, da lag die Krux an der Sache. Unser Grundstück war nur wichtig für ein paar passionierte Kleingärtner. Für alle anderen war Bauland wichtiger. Ein Hotel.

Deprimiert machten wir uns auf den Rückweg zu unseren Autos. Es gab nichts mehr zu sagen. Als wir am Parkplatz ankamen, fasste Heinz unsere Gedanken zusammen: »Wir müssen uns eben damit abfinden. Der Garten wird verkauft.«

***

Meine Enttäuschung war riesig. Als ich im Auto saß, merkte ich, welche großen Hoffnungen ich in den Termin bei Dr. Umländer gesetzt hatte. Ich versuchte, meinen Frust hinunterzuschlucken, was leider nicht so einfach war.

Mein Handy klingelte. Es war Marco, und sofort flatterte es leicht in meinem Magen. Obwohl er immer noch auf seiner Dienstreise war, hatte er an mich gedacht. Vielleicht konnte der heutige Tag ja doch noch ganz schön werden.

»Hey«, sagte ich leise ins Telefon.

»Hey«, hörte ich Marcos tiefe warme Stimme, und ein Lächeln stahl sich auf mein Gesicht. »Wie läuft dein Tag?«, fragte er.

Ich schluckte. »Bescheiden«, sagte ich ehrlich.

»Oh. Warum das?«

Natürlich, er kannte die ganze Geschichte ja noch gar nicht! Seine Geburtstagsglückwünsche waren am Samstagvormittag eingetrudelt, weit vor Mitternacht, als wir die schlechten Nachrichten erhalten hatten. Seitdem hatten wir nicht mehr gesprochen.

»Du weißt doch, dass ich einen Garten habe«, begann ich.

»Ja?«, antwortete er vorsichtig.

»Tja. Bald nicht mehr.« Traurig erzählte ich ihm, was in den letzten beiden Tagen alles passiert war. »Und nur weil wieder so geldgierige Raffkes den Hals nicht vollkriegen und auch das letzte Stück Seeufer für den Tourismus vermarkten wollen«, schloss ich bitter.

»Na ja.« Er klang nicht sehr mitfühlend. »Es können ja nicht alle naturliebende Hippies sein.«

Bitte was? »Es geht hier um *meinen* Garten!« Er war mein Freund, er musste auf meiner Seite sein!

»Ja, und es geht hier auch um *mein* Hotelprojekt.«

»Was?« Das durfte doch nicht wahr sein! Marcos Hotelprojekt? »Die Firma heißt Holanka und Söhne ... du heißt doch gar nicht Holanka!«

»Den Namen einer Firma ändert man nicht gleich, nur weil die Tochter des Inhabers heiratet.«

»Du … ihr … das ist *deine* Firma, die uns unseren Garten wegnehmen will?« Ich konnte es nicht fassen.

»Sieh mal, es tut mir auch leid, dass es ausgerechnet deinen Garten erwischt hat. Bis eben wusste ich das außerdem noch gar nicht«, sagte Marco. »Aber wir nehmen ihn nicht weg, wir machen etwas Besseres daraus.«

»Massentourismus?«

»Geld.«

Vor Wut presste ich meine Lippen aufeinander. Natürlich. Mal wieder ging es nur um den Profit. Nicht um die Menschen, die dahinter standen. Die jetzt leiden mussten, weil jemand noch mehr und noch mehr Geld scheffeln wollte. Wahrscheinlich war ich gemein, aber ich stand völlig neben mir. Erst der Garten und nun entpuppte sich Marco, der bis vor fünf Minuten noch mein Traummann gewesen war, plötzlich als … herzloser Immobilienhai? Wie konnte das passieren? Hatte ich mich so in ihm getäuscht? Als mich ein anderer Autofahrer schnitt, beschimpfte ich diesen.

»Bist du bescheuert?«, zischte Marco, und bevor ich noch registrierte, dass er den Fluch offenbar auf sich bezogen hatte, legte er auf.

»Verdammter Mist!« Wütend schlug ich aufs Lenkrad und erwischte die Hupe.

Der Autofahrer neben mir zeigte mir den Stinkefinger.

Als ich nach einer gefühlten Ewigkeit zu Hause ankam, war ich so erschöpft, dass ich nicht einmal mehr Wut verspürte. Keine Empörung, keinen Ärger, nur noch unendliche Müdigkeit.

Der Garten würde verkauft werden. Unser Kleingarten, unsere Oase des Glücks – und ja, ich merkte, dass ich gerade pathetisch wurde –, unser Schatz am Bodensee würde verkauft und zerstört und plattgewalzt und bebaut werden.

Und mein neuer Freund war der Schuldige. Hatte er wirklich keine Ahnung gehabt, welche Gartenanlage er da zerstörte, oder waren seine Pläne der Grund gewesen, dass er nicht mit mir an den Bodensee hatte fahren wollen, dass er so schweigsam gewesen war, was seinen Job betraf?

Ich schloss die Haustür auf und schleppte mich am Treppengeländer entlang nach oben. Ich war mit meinen Kräften am Ende und brauchte jetzt eine Flasche Wein und meine beste Freundin. Gerade war ich im ersten Stock angekommen, da öffnete sich Nils' Wohnungstür.

Der hatte mir gerade noch gefehlt. Ich versuchte, ihn zu ignorieren, doch er stellte sich mir in den Weg.

»Sag mal, spinn ich eigentlich?«, fragte er mich.

Ich nickte und hoffte, damit hatte sich die Sache erledigt.

Augenscheinlich nicht, denn er holte tief Luft. »Alle vierzehn Tage Kehrwoche und jedes Mal, jedes einzelne Mal, wenn ich dran bin, schleppst du Dreck in den Hausflur?«

»Welchen Dreck?«

»Erde. Matsch. Schlamm. Die Asam hat mir heute von deinem Garten erzählt, kein Wunder, dass du mit deinen Turnschuhen immer den ganzen Dreck ins Treppenhaus schleppst.«

»Ich … was?« Ich schaute runter auf meine Schuhe, heute schwarze, fast flache Pumps für die Arbeit. Richtig. Neulich waren es Turnschuhe mit … »Das war gute Bioerde«, sagte ich, einfach um ihm zu widersprechen, aber ich war heute nicht mit dem Herzen bei unserer Streiterei. Lange würde er sich keine Sorgen mehr machen müssen über die Erde an meinen Schuhen – spätestens in zwei Monaten wäre mein Garten Geschichte. Ich musste schlucken. Vor Nils würde ich ganz sicher nicht anfangen zu weinen, nicht vor dem arroganten Blödmann!

»Du machst meine nächsten dreimal Kehrwoche«, sagte Nils.

»Sicher nicht.« Was fiel dem überhaupt ein?

»Dreimal hab ich den Flur gewischt in der letzten Woche, dreimal. Als ob ich nichts Besseres zu tun hätte!«

»Oh ja? Wieder ein Date zwischen zwei Überseekonferenzen quetschen zum Beispiel?«

»Zur Abwechslung mal auf ein unterhaltsames Date gehen zum Beispiel.«

»Ich dachte, du gehst in letzter Zeit dauernd auf unterhaltsame Dates.«

Das nahm ihm für einen Augenblick den Wind aus den Segeln. Im gleichen Moment klingelte mein Handy. Marco, zeigte das Display erneut an.

»Das ist dann wohl *dein* unterhaltsames Date«, fauchte Nils.

Und damit hatte er jetzt den zweiten Nerv getroffen. Mein Garten, Marco und nun noch dieser blöde Nils. Diesmal schaffte ich es nicht, meine Tränen zurückzuhalten.

Nils starrte mich an, und ich wollte mich an ihm vorbei in meine Wohnung drängen, da hielt er mich sanft an der Schulter auf.

»Entschuldige«, sagte er und sah wirklich zerknirscht aus. »Ich wusste nicht, dass … Ist alles okay?«

Nein, nichts war okay, trotzdem nickte ich, diesem Blödmann musste ich von meinen Sorgen ja nun wirklich nichts erzählen. Aber er ließ meine Schulter nicht los und schob mich in seine Wohnung. Dort zog er seine Jacke aus – wollte er nicht eigentlich irgendwohin? –, dirigierte mich aufs Sofa und verschwand in der Küche. Dann kam er mit zwei Gläsern Wein, einer Packung Taschentücher und einer Tafel Schokolade zurück. Bio und Fair Trade, stellte ich überrascht fest. Aber ich hätte ihn auch nicht als mitfühlend eingeschätzt, musste ich mir eingestehen, während ich mir die Tränen trocknete und die Nase putzte.

»Jetzt erzähl«, sagte Nils, nachdem wir die ersten Riegel verputzt hatten und ich den ersten – großen – Schluck Wein genommen hatte.

Ich atmete tief durch. Seine Wohnung war hübsch eingerichtet, nicht so steril, wie ich es erwartet hätte. Ein gemütlicher Teppich lag vor dem Sofa, ein Ikea-Regal konnte ich erspähen. »Dr. Umländer würde deine Möbel alle gegen Designerstücke austauschen.«

»Umländer? Der Baurechtsanwalt?« Er sah mich verwirrt an.

Ich seufzte, nickte, und dann erzählte ich ihm tatsächlich alles: von meinem Garten, von dem Verkauf, von Marco.

Nils war ein guter Zuhörer. Er folgte meinen Worten aufmerksam, nickte hin und wieder und warf an den richtigen Stellen einen empörten Ausruf ein.

»Der Typ neulich im Auto?«, fragte er mit zusammengekniffenen Augen, als ich an die Stelle mit der Firma Holanka und Söhne kam. Dass er sich daran erinnerte.

»Kein Wunder, dass er so einen Wagen fährt, wenn seine Firma auf diese Art Geschäfte macht«, murmelte er.

Ich seufzte. Keine Ahnung, wie es mit Marco weitergehen würde. Es hatte einfach zu gut angefangen, da hätte ich schon misstrauisch werden müssen.

Nils schien mir meine Zerrissenheit anzumerken, und er wechselte das Thema. Er fragte nach meinem Garten, und wenn ich über eins reden konnte, dann über mein Gemüse.

»Na ja, und das bisschen Dreck im Flur ist es wert«, endete ich schließlich.

»Vor allem, wenn der Nachbar ihn aufwischen muss.« Seufzend schüttelte er den Kopf, aber er lachte dabei.

Ich erzählte weiter von meinen Gartennachbarn, und nach und nach merkte ich, wie Trotz in mir aufstieg. »Wenn ich eines nicht kann, dann ist es, mich mit etwas abzufinden, mit dem ich mich nicht abfinden will«, sagte ich. Und meinen Garten hatte ich gerade erst bekommen, hatte gerade erst entschieden, dass ich mich dort wohlfühlte und bleiben wollte. Das Milpa-Beet stand noch nicht einmal in voller Blüte!

»Ja, so hätte ich dich eingeschätzt«, sagte Nils und grinste dabei verschmitzt.

Ich kniff die Augen zusammen. »Und so hätte ich dich *nicht* eingeschätzt«, antwortete ich und deutete auf die Schokolade.

»Was? Ich bin ein Süßer.« Sein Grinsen reichte jetzt von einem Ohr zum anderen und auch ich musste beinahe lachen. Ich lehnte mich zurück, seine Couch war wirklich bequem. Trotzdem passte ich mit der Schokolade lieber auf, das Regal mochte ein Billy sein, die Couch war definitiv alles andere als günstig gewesen.

»Ich finde das toll, einen eigenen Garten«, sagte Nils plötzlich.

»Das ist dir nicht zu viel Dreck?«, zog ich ihn auf.

Er hob die Augenbrauen. »Ich geh sogar wandern. In der Natur.«

»Unglaublich. Normalerweise ist doch das Fitnessstudio das natürliche Habitat eines Yuppies.«

Er wollte mich böse angucken, das merkte ich, aber dann brach er in Gelächter aus. »Und das natürliche Habitat von Journalistinnen ist offensichtlich das Vorurteil.«

»Auf irgendwas müssen wir unsere Storys ja aufbauen.«

»Und was wäre eine gute Geschichte ohne Klischees?«

»Ich sehe, du verstehst meine Arbeit.« Ich prostete ihm zu, und als wir uns angrinsten, fragte ich mich, wie wir unsere wochenlange Feindschaft innerhalb einer guten Stunde plötzlich einfach so hinter uns lassen konnten.

Es war so leicht, mit Nils zu sprechen, und ich erinnerte mich unwillkürlich an die Nachrichten, die wir uns vor unserem verunglückten Date geschrieben hatten. Das Gefühl, das ich damals gehabt hatte, war plötzlich wieder da.

Wir redeten und scherzten noch eine ganze Weile, und als wir uns spät am Abend verabschiedeten, hatte ich wieder etwas von meiner Zuversicht zurückgewonnen.

»Ich werde meinen Garten nicht aufgeben«, sagte ich entschlossen. »Gleich morgen entwickle ich einen neuen Plan.«

10. Kapitel

Am nächsten Morgen schaffte ich es gerade eben so, um neun Uhr bei der Arbeit zu sein. Magda wartete schon aufgeregt auf meinen Bericht von unserem Besuch beim Anwalt. Inzwischen konnte ich darüber reden, ohne wieder in Tränen auszubrechen.

»Und du siehst echt keine Chance, dass ihr euren Garten retten könnt?«

»Doch, es gibt eine! Eine sehr geringe, sagt Dr. Umländer.« Wütend presste ich meine Lippen aufeinander und blickte Magda finster an. »Und genau die werden wir nutzen! Egal, wie klein sie ist, ich werde alles geben, damit wir den Garten behalten können.«

Mein Blick fiel auf die Unterlagen, die Magda gerade auf ihrem Schreibtisch geordnet hatte, und ich tippte mit dem Zeigefinger darauf. »Aber eins sag ich dir: Was unsere weitere Recherche angeht, die Immobilienbranche kann sich warm anziehen!«

»Denen machen wir Feuer unterm Hintern«, ergänzte Magda bestätigend. Sie war voll und ganz auf meiner Seite.

»Dafür müssten sie sich zwar eher aus- als anziehen, aber das soll mir auch recht sein. Hauptsache, die Betrüger kriegen ihr Fett weg.« Stellvertretend für alle Baulöwen, die uns kleinen Leuten das Leben schwer machten. Ich grinste sie verschwörerisch an. Die Arbeit mit Magda machte wirklich Spaß! Und so stürzten wir uns in die Recherche.

Magda war mit der Plagiatsprüfung nicht weitergekommen, aber sie hatte eine Masterarbeit ausfindig gemacht, deren Titel verdächtig viel Ähnlichkeit zu Dr. Dr. Tabelings zweiter Dissertation aufwies. Bestellt war sie schon, wir mussten nur noch warten, dass sie geliefert wurde, um sie mit Dr. Dr. Tabelings Arbeit vergleichen zu können. Es würde mühsam werden, keine Frage, aber wir hatten uns ohnehin schon die Finger und Ohren wund telefoniert, Gesetzestexte gewälzt und die Protokolle der Gemeinderatssitzungen nachgelesen, bis die Buchstaben vor unseren Augen verschwammen.

Die Blaulichtmeldungen vergaßen wir darüber natürlich vollkommen, bis Gerry wutentbrannt aus seinem Büro stürmte. Bis gestern war er noch unser größter Fan gewesen, heute hörte der Spaß offenbar auf.

»Marlene, wo sind meine Meldungen? Ich dachte, es hätte sich gebessert mit dir!«, sagte er und warf theatralisch die Arme in die Luft.

Wie, gebessert?

»Seit du dieses Hobby hast, bist du pünktlich und verlässlich. Und jetzt? Was ist dir für eine Laus über die Leber gelaufen?«

»Dieses Hobby wird verkauft«, sagte Magda.

»Nein!« Gerry wirkte ehrlich entsetzt.

»Wovon redet ihr eigentlich?«

»Ist dir das nicht aufgefallen?«, fragte er nun entnervt.

»Was?«

»Ich mochte die neue Marlene«, mischte Susanne sich im Vorbeigehen ein. »Dein Kaffee ist super.«

»Rezept von Sigrid. Eigenes Chili aus dem Garten«, sagte ich stolz.

Erneut warf Gerry die Arme in die Luft.

Ich hatte immer noch keine Ahnung, wovon die beiden redeten. »Gartenarbeit wirkt dem Stress entgegen und entspannt«, dozierte ich. Sollte Gerry vielleicht auch mal probieren. Jetzt pikste er seinen Zeigefinger beinahe in mein Auge. »Reiß dich zusammen. Mit Hobby oder ohne.«

»Blaulichtmeldungen. Werden sofort erledigt.« Ich nickte zackig. Dann schickte ich Magda Kaffee holen, während Gerry kopfschüttelnd in seinem Büro verschwand.

Ich war tatsächlich in letzter Zeit selten zu spät gekommen, erkannte ich jetzt. Am Sonntag hatte ich meine Großeltern noch vor der *Tagesschau* angerufen und an den Wochenenden schaffte ich meinen Wohnungsputz mittlerweile noch vor dem Mittag. Weshalb ich da eins und eins bisher noch nicht zusammengezählt hatte? Jedenfalls schien es mir noch ein Grund mehr, nicht aufzugeben.

Magda kam mit zwei Tassen Kaffee zurück, schob mir meine nachdenklich herüber und setzte sich wieder neben mich.

»Sag mal.« Sie tippte sich mit einem Finger an die Lippen. »Wenn wir hier einen handfesten Skandal in der Stadt haben, Betrug beim Gutachten, Schwarzarbeit beim Bau und wahrscheinlich noch diverse andere korrupte Dinge …« Sie legte eine kurze Pause ein, in der sie sich mit der Zunge über die Lippen fuhr. »Meinst du, beim Verkauf eures Gartens könnte auch was nicht ganz mit rechten Dingen zugegangen sein?«, fragte sie dann vorsichtig.

Ich stutzte. »Nein.« Ich schüttelte den Kopf, erst langsam, dann schneller und wiederholte noch einmal etwas fester: »Nein.« Das konnte ich mir nicht vorstellen. Marco würde so etwas niemals tun. Auch wenn er die Größe der »Firma seines Vaters« ein wenig heruntergespielt hatte, war er sonst immer hochanständig gewesen. »Dr. Umländer hat sich die Papiere durchgelesen und keine Unregelmäßigkeiten gefunden. Nein, nein, da ist alles mit rechten Dingen zugegangen«, ergänzte ich schließlich.

»Hm.« Magda nahm einen großen Schluck Kaffee. »Der ist echt richtig gut«, sagte sie und seufzte glücklich.

Ich seufzte unglücklich.

»Man könnte ja mal unverbindlich …«, begann sie.

»Vor allem könnten wir jetzt die Blaulichtmeldungen erledigen«, unterbrach ich sie. »Aber …« Ich rieb mir die Stirn. »Ich werde mit Marco sprechen.« Früher oder später würden wir miteinander reden müssen, ich konnte seine Anrufe nicht ewig ignorieren – ich *wollte* seine Anrufe nicht ewig ignorieren. Ich vermisste ihn. Ihn und seine Küsse.

Wir machten uns an die Arbeit, die mich ablenkte, und kamen gut voran. Als wir sogar die Feinarbeit schon vor dem Nachmittag erledigt hatten, stand ich auf.

»Ich mach heute früher Feierabend«, verabschiedete ich mich.

»Die Vorteile des Freiberufler-Daseins.« Magda wirkte nicht ganz so fröhlich. »Ich muss später noch mit Frank zu dieser Lesung.« Richtig. Da hätte ich auch keine Lust drauf. Nicht auf die Lesung, ich hatte keine Ahnung, worum es da gehen sollte, aber Frank war ein furchtbarer Pedant.

»Ich muss Zucchini-Brownies backen«, sagte ich entschuldigend. »Solange es noch geht«, fügte ich finster hinzu.

Und jetzt wirkte Magda noch unglücklicher. Ich nahm mir vor, ihr morgen zum Trost welche mitzubringen. Bevor ich ging, flüsterte ich ihr noch zu: »Susanne hat heute einen Termin bei einem Empfang in der VHS. Für eine Lesung reicht doch eine Person, aber dieser Empfang … Da sind auch ein paar Gemeinderatsmitglieder. Frag dich mal durch nach Sven Posener. Der mag junge Frauen mit Locken. Vielleicht kriegst du was aus ihm raus.«

Dann verabschiedete ich mich endgültig für heute aus der Redaktion und von einer schon deutlich fröhlicher wirkenden Magda.

***

Die beste Erfindung der Menschheit nach Kaffee war das Internet. Ich hätte nicht gewusst, wie ich meinen Job machen sollte ohne Google, und auch in der Küche waren all die Seiten voller Hausfrauenrezepte Gold wert. Es gab an die zwanzig verschiedene Rezepte für Zucchini-Brownies, von vegan bis nussig, und ich entschied mich für eines, bei dem das Wort »legendär« im Titel stand. Die Umsetzung war denkbar einfach und schon eine knappe Stunde später stand das dampfende Blech vor mir auf der Arbeitsplatte.

Nach den ersten Bissen stellte ich fest: Die Bezeichnung war nicht gelogen. Die Brownies waren himmlisch, super saftig und schokoladig, von den Zucchini sah und schmeckte man nichts mehr. Ich war begeistert, aß einen zweiten, einen dritten und beschloss, später noch einmal im Supermarkt vorbeizufahren, um mehr Mehl zu kaufen, sonst würde Magda morgen keine Brownies bekommen.

Dann arrangierte ich vier Stück auf einem Teller, wickelte Folie drumherum und stellte sie Nils vor die Tür. »Danke für gestern Abend« schrieb ich auf einen kleinen Zettel, den ich danebenlegte.

Den Rest der Brownies packte ich in eine Tupperdose und machte mich auf den Weg zu meinen Eltern.

Schon immer war meine Familie meine erste Anlaufstelle, wenn ich nicht mehr weiterwusste. Auch mit über dreißig waren Mama und Papa für mich doch immer noch die Besten, wenn es um Probleme ging. Außerdem musste ich noch meine Geschenke abholen!

Ich kam gerade rechtzeitig, es roch nach Linsen und selbst gemachten Spätzle. Onkel Harald und Lucy waren auch da, schwanzwedelnd sprang die Hündin mir entgegen.

»Ich habe ein Problem«, informierte ich alle drei sofort, als ich in die Küche kam, und überreichte meiner Mutter die Tupperdose.

»Mmmmhh.« Sie schnupperte genüsslich. »Setz dich und nimm dir einen Teller«, sagte sie und schob mich zur Küchenbank. »Mit vollem Magen lösen sich Probleme besser.«

Da hatte sie wahrscheinlich recht. Also schaufelte ich mir meinen Teller voll. Wie üblich schmeckten die Linsen hervorragend, mit genau einem Schuss Essig. Für sich selbst hatte meine Mutter noch ein kleines Kännchen mit Essig zusätzlich auf den Tisch gestellt, von dem sie sich großzügig bediente. Mir tränten die Augen allein schon vom Zusehen.

Lucy bettelte um ein Stück von meiner Saitenwurst, das ich ihr heimlich unter dem Tisch hinwarf. Sie hatte leichtes Übergewicht und war auf Diät, aber vor ihren Augen Saitenwürstle zu essen, ohne ihr etwas abzugeben, erschien mir ziemlich grausam.

Harald blickte mich misstrauisch an, als er laute Fressgeräusche hörte und ich meine Hand unter dem Tisch hervorzog. Das Spiel hatte er mit mir auch getrieben, also schaute ich nur unschuldig zurück.

Schließlich waren alle satt, und ich legte Messer und Gabel neben meinem Teller ab.

»Zurück zu meinem Problem.«

»Willst du nicht erst einmal deine Geschenke auspacken?«, fragte meine Mutter.

Also räumten wir das Geschirr ab, Onkel Harald stellte

sich an den Herd, um in einer kleinen Mokka-Kanne Kaffee für uns alle aufzubrühen, ich arrangierte meine Brownies auf einem Teller, und meine Mutter verschwand für einen Augenblick, um anschließend mit einem Bäumchen in den Armen zurückzukommen.

»Walnuss. Für deinen Garten«, sagte sie stolz.

Ich hatte in letzter Zeit wohl etwas zu nah am Wasser gebaut, aber die Tatsache, dass meine Eltern nach ihrem anfänglichen Geschimpfe nun voll hinter mir und Annis Garten standen und gespürt hatten, was er mir inzwischen bedeutete, trieb mir erneut die Tränen in die Augen, und während ich meine Mutter umarmte, fing ich vollends an zu weinen.

»Na na«, sagte mein Vater etwas hilflos, Lucy rieb sich an meinen Beinen und begann aufgeregt zu bellen.

»Ist schon gut.« Ich versuchte zu lachen und streichelte ihren Kopf, während Mama über meinen strich. »Herrje, tut mir leid.« Nun erzählte ich endlich, weshalb ich gekommen war.

»Die ganze Anlage soll verkauft werden?« Harald war entsetzt. Akustisch verstand ich ihn nicht ganz, er nuschelte ziemlich, weil er zu viel Brownie im Mund hatte, aber seine Gesten waren eindeutig.

»Das können die doch nicht machen«, empörte sich auch mein Vater kopfschüttelnd und langte nun ebenfalls bei den Brownies zu.

Eben. Und dann auch noch für eine blöde Hotelanlage. Massentourismus! Das machte doch den ganzen Seeblick kaputt!

»Zahlen die euch denn eine ordentliche Entschädigung?«, wollte meine Mutter wissen.

Empört schaute ich sie an. »Nein, und das wäre auch völlig egal, das Blutgeld würde ich nicht annehmen!«

»Ich mein ja nur. Du könntest schon ein neues Auto gebrauchen. Und Papa wollte doch unbedingt nach Sardinien.«

»Vergiss es!«, nuschelte Harald und drückte ihr einen Brownie in die Hand. Meine Mutter nahm einen Bissen, ihre Augenbrauen wanderten bis an den Haaransatz, und als sie schließlich runtergeschluckt hatte, sagte sie: »Du könntest Zauneidechsen aussetzen. Umweltschutz, leider nichts zu machen.«

»Juchtenkäfer«, ergänzte Harald.

»Dann hättet ihr auch gute Chancen vor Gericht.« Mein Vater nickte weise. »Und Sardinien, na ja, da kann ich auch ein andermal hin.«

»Außerdem ist unser Garten eh schöner als Sardinien«, grummelte ich. »Am Wasser liegen kannst du da auch.« Und wie! »Gutes Essen gibt's im Vereinsheim sowieso.« Okay, das war glatt gelogen. Aber Heinz brauchte ohnehin neue Pächter, vielleicht könnte man ja einen italienischen Koch suchen, der köstliche Pizza und Pasta anbot. Die Riviera des Bodensees. »Moment mal!« Eine Idee formte sich in meinem Kopf. Wir hatten die Aussicht, wir hatten die Cocktails – und offenbar himmlische Brownies. Wieso vermarkteten wir uns nicht? Das Vereinsheim öffnen, ein Vermögen verdienen und Dr. Umländer bezahlen!

»Ich muss los!«, sagte ich und stand auf. Meinen verdutzten Eltern überließ ich den Rest der Brownies, ich musste die Rettung unseres Gartens organisieren.

***

»Ich habe eine Idee!«, rief ich aufgeregt, als ich Heinz' Strohhut über den Gartenzaun hinweg wippen sah. »Sigrid!«, schrie ich dann nach meiner Nachbarin. »Marie!«

Ich trommelte sie alle zusammen, auch Lothar und Helmut, Sybille, die heute ihren Sohn dabeihatte, einen zehnjährigen Zappelphilipp, und selbst Sandra, die Sportlerin, kam vorbei.

Ich räusperte mich, Lothar schlug an sein Glas, und dann erklärte ich mein Vorhaben: »Wir werden zum Naherholungsgebiet und verdienen Geld. Wenn wir es richtig anstellen, können wir uns vermarkten. Das Vereinsheim wird ein zauberhaftes Café, mit Terrasse mit Seeblick.« Bis zum September hatten wir Zeit, noch knappe acht Wochen. Zunächst würden wir mindestens ein bis zwei Wochen zur Vorbereitung einplanen müssen, dann mussten wir aber so schnell loslegen, wie es uns möglich war.

»Von dem Erlös können wir dann eine Rechtsberatung engagieren und unsere Gärten retten«, erklärte ich weiter mein Vorhaben. »Und stellt euch den Gerichtsprozess vor: Wir werden die Erin Brokovich vom Bodensee sein.«

»Wer?«, fragte Helmut.

»Der Underdog gegen den Favoriten. Spielvereinigung Lindau gegen den ersten FC Bayern München«, versuchte ich es mit einer Fußballmetapher und Lothar nickte verstehend.

»Weißt du, was ein Naherholungsgebiet ist?«, fragte Heinz skeptisch.

»Lass uns jetzt keine Haare spalten«, winkte Marie ab. »Ich finde die Idee super. Unser Garten wird zur grünen Oase für alle.«

»Das könnte funktionieren«, überlegte Sigrid. »Und wir schlagen zwei Fliegen mit einer Klappe: Wir können Dr. Umländer bezahlen, und wenn die Kommune merkt, wie wertvoll wir und unser Garten für die Allgemeinheit sind, kann der Verkauf vielleicht noch gestoppt werden.«

Oder rückabgewickelt. Wie auch immer.

»Eben«, bekräftigte ich. »Gutes, gesundes Essen, köstliche Kuchen – stellt euch vor, ich habe gestern Zucchinibrownies ausprobiert, und sie sind der Wahnsinn –, dazu Sigrids weltbesten Kaffee, bei Sonnenschein und Bodenseewellenrauschen. Sozusagen Zucchinisuppe für die Seele.«

Heinz blickte uns immer noch misstrauisch an.

»Dr. Umländer hat gesagt, er hilft uns. Wir brauchen nur das Geld!«

Immer noch zögerte unser Vorsitzender, und ein bisschen konnte ich ihn verstehen: Wenn man erst einmal anfing, Hoffnung zu schöpfen, war die Enttäuschung umso größer, falls es dann doch nicht klappte.

»Nun komm schon.« Lothar stupste ihn an. »Einen Versuch ist es wert.«

»Wir bringen das Bier«, ergänzte Helmut.

Ich wusste nicht, ob das so eine gute Idee war, aber ich wollte niemanden demotivieren. Das hier war eine Gruppenarbeit, Erfolg würden wir nur gemeinsam haben. Und ich nahm alles gern an, was dabei half, Heinz zu überreden.

Schließlich nickte er langsam und vorsichtig. »Hilft's nix, schadet's auch nicht«, sagte er. »Ich kümmere mich um die Konzession fürs Vereinsheim. Und vielleicht Pizza.«

»Wunderbar.« Ich rieb mir die Hände. »Dann lasst uns loslegen.«

***

Und wie wir loslegten: Sigrid, die Organisierte, schrieb eine Liste. Marie bastelte derweil eine Filzfähnchengirlande – für die Eingangstür des Vereinsheims. Darüber würden wir noch reden müssen. Heinz sah eher nach »nur über meine Leiche« aus. Aber auch sehr, sehr entschlossen. Wie wir alle.

Und dann begannen wir mit einer wilden Putzaktion. Wir fegten und wischten durch das Vereinsheim. Wir putzten die Fenster, die eine solche Behandlung vermutlich schon seit Jahren nicht mehr genossen hatten, brachten Spülbecken und Zapfhahn auf Hochglanz und sichteten die Geschirrbestände. In einem Schrank fanden wir hübsche karierte Tischdecken, und ich stiftete einige von Annis Einmachgläsern, in denen wir bunte Wiesenblumen arrangierten und diese drinnen und draußen auf den Tischen verteilten. Die funzligen alten Lampen konnten wir natürlich nicht mal eben schnell ersetzen, aber ich entschied, dass wir das mit Lichterketten ausgleichen würden, die wir zusammen mit Maries Filzgirlanden – deren Potenzial ich deutlich unterschätzt hatte – kreuz und quer unter der Decke anbringen würden.

Außerdem genossen wir gerade einen herrlichen Sommer, wer bei dem Wetter drinnen sitzen wollte, war selbst schuld, entschied ich. Dafür verkündete Sybille, dass sie noch etliche Meter unterschiedlichster Stoffe übrig hatte, aus denen sie den alten und mit einigen Stockflecken verunstalteten Kissen im Handumdrehen ein neues Gewand nähen würde, und so konnten wir den Gartenstühlen einen frischen und modernen Look geben.

In den nächsten Tagen kochten, backten und mixten wir, was das Zeug hielt: Karottensuppe und Kartoffelauflauf, Träubleskuchen und natürlich meine Zucchinibrownies. Jeder suchte seine Vorräte an Selbstgemachtem, Eingekochtem und selbst Geerntetem zusammen. Marie brachte bündelweise Minze, die sich in ihren Beeten ohnehin ungehemmt ausbreitete. Daraus konnten wir frisch aufgebrühten Minztee zubereiten. Als Sigrid dann auch noch etliche Flaschen selbst angesetzten Holundersirup hervorzauberte, war klar, dass wir Hugo anbieten würden. So frisch und natürlich würden unsere Gäste dieses Sommergetränk noch nie genossen haben.

»Köstlich«, sagte Magda und legte ihren Löffel neben den Teller. »Aber jetzt geht wirklich nichts mehr rein.« Natürlich brauchten wir eine Vorkosterin. Magda hatte alles probiert, von Vor- bis Nachspeise, und währenddessen von der Vereinsheimterrasse die Aussicht genossen. »Ich vergebe zehn von zehn möglichen Punkten«, sagte sie mit Nachdruck.

Ich setzte mich neben sie, streckte meine Beine aus, und während ich ein kleines weißes Segelboot beobachtete, das in einiger Entfernung im leichten Wellengang des Sees auf- und abhüpfte, dachte ich, allein der Ausblick hatte schon neun davon verdient.

»Ich fand den Bodensee immer total spießig.« Magda schüttelte den Kopf, dass ihre Locken flogen. »Das Urlaubsziel unserer Großeltern.«

»Unser Lehrer in der Zehnten hat den See als Ziel für die Klassenfahrt vorgeschlagen. So uncool«, sagte ich.

»Und jetzt?« Magda blickte sich um, dann lehnte sie sich zufrieden zurück. »Jetzt bin ich absolut begeistert.«

»Berge, Garten und Wasser. Die Spießer wussten halt schon immer, was schön ist.« Auch ich sah mich glücklich um. »Kein Wunder, dass sie hier ein Hotel hinbauen wollen«, ergänzte ich dann grummelig. »Diese Schönheit wollen eben auch andere erleben.«

»Aber ist es dann wirklich noch so schön?«, fragte Magda. Es klang sehr ernst. »Ich meine, so ein großer Komplex direkt am Seeufer. Jetzt ist es hier grün und bunt, mit Blumen und Bäumen und Blättern und Blüten.«

»Und dann ist alles nur noch grau. Beton und Zement und wahrscheinlich sogar ein asphaltierter Parkplatz«, ergänzte ich und lachte etwas bitter. Galgenhumor.

»Das hier muss erhalten bleiben«, sagte Magda leise, während sie mit dem Blick den Wellen folgte. »Hast du dich mit deinem Freund eigentlich wieder versöhnt?«, fragte sie nach einer Weile.

»Marco?« Ich seufzte. Das war der einzige Wermutstropfen im Augenblick. »Bisher habe ich noch nicht wieder mit ihm gesprochen.«

»Ach. Wolltest du ihn nicht …?«

»Ja, wollte ich.« Ich verzog den Mund. »Aber ich hatte einfach zu viel zu tun!« Auf ihren skeptischen Blick hin gab ich zu: »Und ich weiß einfach nicht, was ich sagen soll.«

»Und er? Hat er nichts gesagt?«

»In den ersten Tagen hat er mal versucht anzurufen.« Auch eine Nachricht, dass er mit mir reden wollte, war eingegangen. Geantwortet hatte ich nicht und seitdem ein schlechtes Gewissen.

»Da hätte er ruhig mal einen Blumenstrauß springen lassen können«, sagte Magda. »Mindestens.«

»Weißt du, Job ist Job«, sagte ich. »Das werfe ich ihm nicht einmal vor.« Na gut, ein bisschen schon. »Aber dass er sich überhaupt nicht für meine Seite interessiert … Er wollte nicht mal meinen Garten sehen. Blödes Geld.« Ich seufzte. Immer drehte sich alles nur darum. Okay, klar, ich war keine Idealistin, ich verstand schon, dass man Geld verdienen musste, das wollte ich ja auch. Weshalb schrieb ich schließlich meine Reportagen und Blaulichtmeldungen und half hier und dort aus? »Aber kann man nicht ein bisschen Rücksicht nehmen? Auf Kleingärtner zum Beispiel?«

Magda knabberte auf ihrer Unterlippe. Irgendetwas schien sie noch zu beschäftigen. »Immobilienfirma«, sagte sie irgendwann, und ich wusste, dass sie an unsere Reportage dachte.

***

Ich stand in der Küche und summte vor mich hin. Das Nudelwasser war aufgesetzt, die Pastasauce köchelte schon. Ein Rezept von Marie: Mangold mit Tomatensahne und ein bisschen Wein. Es duftete herrlich. Von dem Rotwein hatte ich mir gleich noch ein Glas eingeschenkt. Im Radio liefen ein paar Popsongs, und meine Laune war wieder bestens. Wir Gärtner hatten einen Plan, und das fühlte sich gut an.

Die letzte Stunde hatte ich damit verbracht, meinen Verteiler nach geeigneten Kollegen zu durchforsten, denen ich von unserer neuen Wohlfühloase berichten wollte. Radiosender, Zeitungen und lokale Fernsehstationen. Was war besser geeignet für nette Nachrichten vom See als das Sommerloch? Nachdem ich meine personalisierten Rundmails abgeschickt hatte, hatte ich das Gefühl, einen Schritt weiter zu sein.

Ein anderer Punkt stand noch auf meiner To-do-Liste. Mittlerweile hatte ich mir mit meinem Kochwein aber schon beinahe genug Mut angetrunken für das, was ich später vorhatte. Mein Smartphone lag griffbereit neben mir. Es war nur noch eine Frage von Minuten, wann ich Marco anrufen würde. Wir würden uns aussprechen, vielleicht würde er spontan auf eine Portion Mangoldnudeln vorbeikommen, und dann … ja, was dann?

Meine Gedanken wurden von der Türklingel unterbrochen, vermutlich Miriam von oben, die nach ihrer Schicht zum Quatschen vorbeikommen wollte. Das hatten wir schon ewig nicht mehr gemacht, auf dem Balkon gesessen und geredet, und ich öffnete gut gelaunt die Tür.

»Hi.« Draußen stand Nils. Seine Lederjacke über die Schulter geworfen, schien er gerade aus dem Büro zu kommen. »Ich war auf dem Heimweg, und weil du gerade zu Hause bist, dachte ich, bedanke ich mich persönlich für die Brownies. Ooh, das riecht ja toll, was kochst du denn da Leckeres?« Er lugte an mir vorbei in die Wohnung.

»Ähm.« Den Kochlöffel noch in der Hand, starrte ich ihn für einen Moment an. Ich wusste immer noch nicht, wie wir nun eigentlich zueinander standen – feindschaftlich, freundschaftlich, Waffenstillstand? Ach was soll's, dachte ich und trat einen Schritt zur Seite. »Komm doch rein, ist genug für zwei.« Marco konnte ich auch später noch anrufen.

Sein Gesicht leuchtete auf, und ich fragte mich, ob mein Vorurteil möglicherweise stimmte – ich hatte ihn mir tatsächlich so vorgestellt wie einen Yuppie aus der nächstbesten Hollywood-Serie, morgens mit Pappbecher Kaffee ins Büro, abends asiatisch zum Mitnehmen.

»Wow, Mangold«, sagte er, als er die restlichen Blätter sah, die frisch geerntet noch neben meiner Spüle lagen. »Bekommt man auch viel zu selten.«

»Muss man eben selbst anbauen«, sagte ich und schenkte ihm auch ein Glas Wein ein.

Er nahm es entgegen und lehnte sich an den Kühlschrank. Gut sah er aus, wie er da stand. Groß und schlank, und wie es unter dem Hemd aussah, das wusste ich mittlerweile ja auch. Schnell wandte ich den Blick ab.

»Nett hast du's hier.« Während er sich ein bisschen umsah, gab ich zwei Portionen Nudeln ins kochende Wasser. Tagliatelle, hatte Marie befohlen, und als ich ihr gesagt hatte, dass ich nur Spaghetti oder Maccheroni im Haus hatte, hatte sie mich völlig konsterniert angesehen. Also war ich noch mal los, um Tagliatelle zu kaufen, und nun gab ich die kleinen Nester in den Topf und sah ihnen beim Sprudeln zu.

»Hier, du kannst mir helfen, den Tisch zu decken.« Ich reichte Nils Teller und Besteck, und er trug alles rüber ins Wohnzimmer, wo mein Esstisch stand.

Als ich das Pasta-Saucen-Gemisch in einer großen Schüssel hinüberbrachte, hatte er Streichhölzer gefunden und eine Kerze angezündet. Es wirkte beinahe romantisch, dachte ich abwesend.

Nils schenkte mir Wein nach, dann langte er kräftig beim Essen zu. Und er war begeistert.

»Wow, das ist fantastisch«, sagte er immer wieder zwischen zwei Bissen und nahm sich noch zweimal nach.

Ich konnte nur amüsiert zuschauen. Musste aber selbst zugeben, dass Maries Rezept hervorragend war.

»Und der Mangold schmeckt toll. Richtig intensiv.«

»Bio-Qualität«, informierte ich ihn stolz. »Du bist herzlich eingeladen, dir meinen Garten mal anzugucken«, sagte ich dann spontan. »Kannst auch gern Mangold ernten, hab genug.«

»Wirklich gern!«

Ich war selbst überrascht, wie sehr mich das freute, und nagelte ihn gleich auf einen Termin fürs Wochenende fest. Wir unterhielten uns prächtig zwischen den Nudelbissen, und als sich Nils eine knappe Stunde später zögerlich verabschiedete, weil er für einen Termin morgen noch etwas vorbereiten musste, schloss ich mit einem breiten Grinsen auf dem Gesicht die Tür hinter ihm.

Vielleicht war es doch gar nicht so schlimm, dass Nils hier eingezogen war, dachte ich. Rein nachbarschaftlich gesehen.

***

Um Marco anzurufen, war es am Vorabend zu spät geworden, also hatte ich entschieden, den Anruf erneut zu verschieben. Ich merkte, obwohl ich ihn vermisste, dass ich unser Gespräch hinauszögerte: Ich befürchtete, unsere unbeschwerte Verliebtheit würde nach dem Problemgespräch nicht wiederkommen, und deshalb steckte ich wohl lieber den Kopf in den Sand.

Ablenkung hatte ich jedenfalls genug. Denn es war Zeit für die »große Eröffnung«. Heinz hatte uns eine Konzession besorgt, und zum ersten Abend sollte es ein großes Grillfest geben. Eine richtige Feier eben.

Wir hatten uns darauf geeinigt, dass wir keine festen Preise fürs Essen festlegen wollten: »Jeder isst, soviel er kann, und zahlt, soviel er will«, hatte Lothar gesagt. Helmut hatte es korrigiert in: »Jeder isst, soviel er will, und zahlt, soviel er kann.«

Mir sollte es recht sein, ich mochte das Konzept flexibler Preise, es passte wunderbar in unsere Wohlfühloase.

»Alles bereit für den großen Start?«, fragte Heinz, die Grillzange in der Hand. Er hatte eine Schürze um seinen Bauch gebunden, grün mit bunten Blumen und einer Sonne obendrüber. Sie sah sehr niedlich und sehr selbst gezeichnet aus.

»Wie gefällt dir mein Motiv?«, fragte Marie stolz, als sie sich neben Heinz stellte.

»Toll!«, sagte ich nicht ganz ehrlich.

Marie strahlte. »Ich hab auch eine für dich.«

Und dann ging es los: Die ersten neugierigen Gäste betraten die Anlage. Marie hatte Schilder gemalt und sie überall aufgehängt, der Weg zu uns war also nicht zu verfehlen.

»Ach, ist das hübsch hier!«, rief unser erster Gast, eine Frau um die fünfzig, der Sigrid einen Gratis-Cappuccino spendierte.

»Auf die erste Besucherin der Wohlfühloase!«

Und so eine positive noch dazu, dachte ich. Ich zeigte ihr unser Cafégelände, und als sie fragte, ob sie sich später auch die Kleingärten einmal ansehen durfte, sagte ich spontan zu. Um die ging es im Grunde ja, deshalb waren wir hier, die Kleingärten sollten gerettet werden, da konnten wir ruhig einmal die Türen öffnen und ein wenig mit unseren Kleinoden angeben.

Es folgten weitere Gäste, Paare und Kleingruppen, schließlich schien eine ganze Fußballmannschaft anzurücken.

Heinz wendete grinsend die Würstchen auf dem Grill, während die Gäste Geld in unser Sparschwein warfen.

Sigrid schnitt Brötchen auf, und ich mixte die Getränke. Lothar und Helmut schenkten Bier aus, vor allem die Herren der Fußballmannschaft waren ihnen dafür dankbar.

Unsere Gäste saßen am Ufer, streckten die Füße ins Wasser, holten sich ein neues Getränk, eine zweite Wurst, und immer klingelte das Sparschwein, immer bekamen wir ein Lächeln und einen aufmunternden Spruch.

Die Leute waren wirklich ganz auf unserer Seite.

»Eine Rede, eine Rede!«, rief Marie plötzlich und stupste Heinz an.

»Was?« Erschrocken blickte unser Grillmeister auf.

»Die Leute wollen doch wissen, weshalb sie heute hier sind«, sprach Marie ihm Mut zu und schob ihn sanft nach vorn.

»Also …« Heinz blickte sich verwirrt um, aber unsere Gäste waren schon aufmerksam geworden. Neugierig sahen sie unseren Vorsitzenden an, die Gespräche wurden leiser oder verebbten ganz.

»Nun denn …« Heinz räusperte sich, schaute hilfesuchend zu Sigrid, Lothar und mir.

»David gegen Goliath«, flüsterte ich. »Erzähl einfach von unserem Garten.«

Er nickte. Die ersten Sätze noch unsicher, berichtete er von unserer Gemeinschaft, wie viel Liebe in unseren Gärten steckte, in der Pflege der Pflanzen, und Marie und Sigrid nickten eifrig. Die nächsten Sätze kamen schon nachdrücklicher, und schließlich, als Heinz von der Hotelanlage sprach, die gebaut werden sollte, legte er richtig Feuer in seine Worte. So kannte ich ihn gar nicht, unseren guten Heinz, aber er gefiel mir.

»Wir lassen uns nicht unterkriegen!«, rief er zum Schluss und erntete dafür Applaus von allen Seiten.

Zurück in der Realität, färbten sich seine Wangen rot, und er verschwand schnell wieder hinter seinem Grill.

»Gut gemacht«, sagte Sigrid und klopfte ihm auf die Schulter.

Einzelne Gäste standen auf, um erneut Geld in unser Sparschwein zu stecken, auch ohne dass sie etwas dafür bestellten.

»Können wir noch irgendetwas anderes tun?«, fragte eine resolut aussehende Dame mit modischem Kurzhaarschnitt. »Wir könnten Briefe an die Gemeindeverwaltung schreiben.«

»An die Zeitung!«, rief eine andere.

Jeder überlegte sich, ob er irgendetwas gegen das Hotelprojekt unternehmen konnte.

»Eure Kleingartenanlage muss bleiben« – da schienen sich alle einig zu sein.

Als wir später am Abend zusammensaßen, wir Kleingärtner unter uns, waren wir einhellig der Meinung, dass unsere Eröffnung ein voller Erfolg gewesen war.

***

Als ich am nächsten Abend bei Jasmin auf dem Balkon saß und meine Beine in ihrem Liegestuhl ausstreckte, fiel mir wieder einmal auf, wie viel angenehmer die Hitze am See war als hier in der Stadt.

»Da kühlt es abends ab. Und es geht ein leichter Wind«, schwärmte ich. Ganz abgesehen davon, dass man sogar kurz ins Wasser springen konnte, um sich zu erfrischen. Dann fiel mir wieder ein, dass ich diesen Luxus wahrscheinlich nur noch wenige Wochen genießen konnte, und ich seufzte laut auf. Bevor ich jedoch wieder in Selbstmitleid versank, brachte ich Jasmin auf den neuesten Stand bei meiner und Magdas nächster Reportage.

»Offensichtlich haben sie sich das Gutachten tatsächlich erschwindelt«, erzählte ich. »Dr. Dr. Tabeling stand schon länger auf ihrer Gehaltsliste, anscheinend rechnete er in regelmäßigen Abständen irgendwelche erfundenen Seminare ab. Die Staatsanwaltschaft vermutet, dass Tabelings Gutachten für die Habitaria AG allesamt gekauft waren.«

»Wow.« Sie stellte ihren Hugo auf dem kleinen Tisch zwischen uns ab. Als es um frische Minze für ihre Drinks ging, war mein Garten wieder einmal der Hit gewesen. »Das ist ja ein ganz schön großes Ding.«

»Oh ja. Der erste Bericht ist ziemlich eingeschlagen. Gerry schwärmt schon von Sonderbeilagen mit diversen Hintergrundreportagen. Als Nächstes überlege ich mir, das Thema Mietwucher aufzugreifen. Klar, in Ulm können wir im Grunde noch von Glück reden, verglichen mit München, Stuttgart oder Berlin. Aber trotzdem:

Überleg dir mal, was wir an Miete blechen, und was unsere Eltern früher gezahlt haben. Das steht in keinem Verhältnis mehr.«

»Teilweise bis zu vierzig Prozent vom Gehalt«, zitierte Jasmin einen Artikel, den ich ihr neulich geschickt hatte. »Wie viel kostet denn eigentlich so ein Garten?«

»Da darf man nicht wohnen.« Auch wenn Heinz das über den Sommer tat, besaß er doch offiziell eine Wohnung in Konstanz.

»Ach schade, ich dachte, du kannst dir vielleicht ein Tiny House neben deinen Apfelbaum stellen.«

»Ich wohne schon in einer tiny Wohnung«, erinnerte ich sie.

»Apropos: Wie läuft's da mit dem Nachbarn?«, fragte Jasmin neugierig.

Tja, und was sollte man dazu sagen? Ich spürte, wie meine Wangen warm wurden, und um Zeit zu gewinnen, nahm ich einen großen Schluck von meinem Drink. »Okay«, sagte ich dann.

»Oho.«

»Wir haben unser Kriegsbeil begraben«, verteidigte ich mich, wobei ich gar nicht wusste, weshalb ich das Gefühl hatte, mich für irgendetwas verteidigen zu müssen. »Er kommt morgen mit an den See.«

»Oho!«

»Das hat nichts zu bedeuten. Wir haben nur darüber gesprochen, er interessiert sich für meinen Mangold, nicht für mich.«

»Für deinen Mangold.« Ich hätte nie gedacht, dass man

ein Gemüse so anzüglich klingen lassen konnte, und meine Wangen waren mittlerweile sicher knallrot.

»Glaub mir, wir haben das mit dem Dating schon probiert, da herrscht beiderseits großes Desinteresse.«

»Er fährt dich morgen in deinem Garten besuchen«, sagte Jasmin. »Das schreit förmlich nach Desinteresse.«

»Oder nach einem Gratisaufenthalt am See.«

»Weil er sich keine Cola in einem der zahlreichen Cafés leisten kann.«

»Vielleicht spart er ja auf eine neue Lederjacke.«

Grinsend schüttelte Jasmin den Kopf. »Sag mal …«, initiierte sie dann einen Themenwechsel, bevor sie lautstark den Rest ihres Getränks durch den Strohhalm schlürfte.

»Ich bin so froh, dass wir heute nicht in einer Bar sitzen«, kommentierte ich ihre Manieren.

»Das wahre Talent ist es, das Benehmen an die jeweiligen Gegebenheiten anzupassen«, antwortete sie hoheitsvoll. »Lenk jetzt nicht ab, es geht um euren Garten«, erklärte sie dann ihren Themenwechsel. »Dieser Dr. Umländer … meinte er nicht, wenn etwas von Interesse für das Allgemeinwohl wäre, dann dürfte die Stadt das Grundstück nicht verkaufen?«

»So etwas wie das Rathaus. Oder eine Bibliothek, ja.«

»Und was ist mit Schwimmbädern?«

»Die werden doch überall reihenweise geschlossen.«

»Hm.« Sie schenkte sich nach und zupfte ein Blatt von dem Büschel Minze ab, das neben uns auf dem Tisch lag. »Aber so ein … Naherholungsgebiet, was ihr da mit eurem

Garten habt. Sollte das nicht auch von öffentlichem Interesse sein?«

»Quatsch, wir …«, begann ich lachend, hielt dann jedoch inne. Wir waren öffentlich zugänglich. Wir waren die Wohlfühloase am See, wir … »Wow«, sagte ich beeindruckt. »Das müssen wir unbedingt der Stadt vorlegen.«

Zufrieden lehnte Jasmin sich zurück. Schlürfte. Und glücklich ließ ich sie machen.

11. Kapitel

Am Samstag trudelte ich gegen neun im Garten ein, wo Sigrid gerade die Blumen auffrischte. Mit Getöse betätigte sie dann ihre Kaffeemaschine, die Helmut und Lothar von ihrer Laube ins Vereinsheim getragen hatten.

»Wo ist denn deine Arbeitskleidung?«, fragte sie, als sie mit zwei Tassen Cappuccino wieder herauskam, von denen sie mir eine in die Hand drückte.

»Herrje, müssen wir die etwa jedes Mal tragen?«, flüsterte ich.

Sigrid grinste und nickte in Richtung des Gartentors, durch das Marie gerade gestürmt kam, Schürzen im Arm. Ganz offensichtlich mussten wir sie jedes Mal tragen, und angesichts Maries purer Begeisterung ergab ich mich in mein Schicksal.

Mit meinem Cappuccino setzte ich mich für einen Moment an den Tisch neben dem Eingang des Vereinsheims, ein Messingschild mit dem Schriftzug »Stammtisch« stand darauf. Heinz hatte also schon sein Revier markiert.

»Ist das hier die Wohlfühloase?«, fragte eine neugierige Stimme hinter mir, und ich stand schnell auf. Als ich mich umdrehte, blickte ich in die Gesichter von … Drillingen? Drei Frauen etwa in meinem Alter, alle mit dem gleichen blonden Bob und großen runden Brillen auf den Nasen, standen vor mir.

»Willkommen im Paradies!« Ich breitete meine Arme aus. »Dort vorn ist der See, hier entlang geht's zum Kaffee.«

Die drei blickten sich um, sahen einander an, schließlich nickten sie und setzten sich auf die Gartenstühle an dem Tisch, der dem Ufer am nächsten stand.

»Herrlich.« Die größte Drillingsfrau zog ihre Schuhe aus und bewegte die nackten Zehen im Gras auf und ab.

Ich nahm ihre Bestellungen auf, und weil Jasmin immer von Marktforschung sprach und Kundenakquise und Werbung, fragte ich gleich noch: »Wie haben Sie von uns erfahren?«

»Na, aus dem Radio!«

Meine Marketingkampagne schien zu fruchten.

»Also, ich hab es von meiner Mutter«, sagte die kleinste Drillingsfrau, die bunte Armreife trug. »Ihre Friseurin war vorgestern Abend bei der Eröffnung und hat ihr gestern während des gesamten Lockendrehens davon vorgeschwärmt.«

Mund-zu-Mund-Propaganda, großartig.

Ich verschwand für wenige Augenblicke, um dann mit Sigrids Kaffee wieder an den Tisch zu schweben. »Empfehlen Sie uns gerne weiter«, flötete ich, nachdem Drilling Nummer zwei, die schweigsamste bisher, einen Schluck Kaffee genommen und über das ganze Gesicht gestrahlt hatte. Sigrid war einfach unschlagbar.

Nach und nach kamen weitere Gäste, Paare, Gruppen und auch Einzelpersonen, die Marie nach jeweiliger kurzer Betrachtung in diversen Konstellationen an die Tische setzte.

»Sie beide passen zusammen«, entschied sie, nachdem sie eine junge und eine ältere Frau eingehend betrachtet hatte, »und Sie und Sie und Sie.« Marie sortierte und teilte ein, und für einige Minuten hatte ich die Befürchtung, dass ihr Experiment, die »Aura« unserer Gäste zu lesen, ganz furchtbar schiefging. Aber dann lachte die junge Frau laut auf über einen Witz, den die ältere gemacht hatte, und mir wurde klar: Maries Konstellationen gingen auf.

»Solange sie nicht die Bestellungen nach Aura verteilt«, flüsterte Sigrid mir zu, als sie mit einem Tablett an mir vorbeihastete.

»Bring sie nicht auf Ideen«, flüsterte ich zurück, denn Marie stand schon verdächtig lange vor unserer handgeschriebenen Tafel mit der Speisekarte. Wir hatten uns dazu entschieden, Kleinigkeiten wie Kuchen und Suppen anzubieten, das konnte man auf Vorrat kochen, und niemand musste den ganzen Tag in der Küche stehen.

»Die Suppe ist aus!«, verkündete Sigrid zwei Stunden später. Es ging hoch her, wir waren bis auf den letzten Platz belegt. Lothar und Helmut hatten schon nach einer Stunde weitere Stühle bringen müssen, mittlerweile platzten wir aus allen Nähten. Ein paar junge Leute hatten sogar kurzerhand Picknickdecken ins Gras am Ufer gelegt, auf denen sie ebenfalls von uns bedient wurden.

»Suppe.« Ich blickte mich hektisch um. »Können wir schnell neue kochen?«

»Die Leute wollen sie jetzt!« Sigrids Stimme kiekste.

Es war kurz nach eins. Ich drehte mich einmal um mich selbst, doch, es gab einige hungrige Gäste, und es würden sicher noch mehr kommen.

»Halt sie hin!«, flüsterte ich, dann schnappte ich mir einen Korb und stürmte in meinen Garten. Was reifte gerade? Die Rote Bete war zwar noch sehr klein, aber die konnte ich durchaus ernten. Möhren ebenso und ein paar Tomaten.

»Paprika!«, rief ich. Ich brauchte Paprika, dann konnte ich eine Rote-Bete-Suppe zaubern, wenn mir jemand beim Schneiden half, war sie in einer halben Stunde fertig. Ich hörte draußen jemanden auf dem Gehweg – schnelle Schritte, das war sicher Sandra.

»Halt!« Ich stürmte zum Gartentor. Tatsächlich, Sandra kam mir entgegen, Laufhose, Laufschuhe, T-Shirt und Kopfhörer in den Ohren.

»Es gibt was zu tun.« Ich deutete auf meinen Korb.

Neugierig kam Lothar näher, er hatte wohl meine Rufe gehört. Ich erklärte schnell unser Problem.

»Paprika hab ich«, sagte Sandra, sprintete los und brachte mir keine Minute später drei herrlich rote Früchte.

»Ihr könnt mit Messern umgehen, richtig?«, wandte ich mich an Lothar, der etwas zögerlich nickte.

»Ich brauch alles, was ihr an Gemüse noch finden könnt: Möhren, Rote Bete, Paprika, Tomaten und Zwiebeln.«

Er nickte schon etwas fester.

»Treffpunkt in der Küche, so schnell wie möglich! Und los!«

Sandra, Lothar, unterwegs lasen wir noch Helmut auf. Hände gewaschen, alle mit Schürzen ausgestattet und dann an die Arbeit.

»Hier!«, hielt ich Sigrid auf, die ein bisschen kopflos mit einem leeren Tablett an mir vorbeisauste. In einem der Schränke des Vereinsheims hatte ich eine Packung Grissini gefunden, die noch nicht abgelaufen war, und in Gläsern arrangiert. Aus einem Becher Crème fraîche, einigen frischen Kräutern und etwas Salz und Pfeffer rührte ich einen Dip zusammen, den ich in kleine Schüsselchen umfüllte. Alles packte ich nun auf ihr Tablett und wies sie an: »Stell das auf die Tische, bis wir fertig sind. Ein kleiner Gruß des Hauses. So wird niemand merken, dass es etwas länger dauert. In zwanzig Minuten steht die Suppe auf dem Tisch.«

Wenig später hatte ich völlig neuen Respekt für alle Köche dieser Welt: Bei fast 30 Grad im Schatten in einer Küche zu stehen und für mindestens zwanzig Personen Suppe zu kochen – so musste sich das Fegefeuer anfühlen. Während meine frisch engagierten Handlanger fleißig schnippelten, dünstete ich Stück für Stück das Gemüse an. Löschte es schließlich mit reichlich Brühe ab und beaufsichtigte es dabei, wie es vor sich hin köchelte und garte. Zu guter Letzt wurde alles mit reichlich Sahne abgerundet und schließlich abgeschmeckt. Da ich beinahe minütlich auf die Uhr sah, kam es mir vor wie eine Ewigkeit, bis die Suppe schließlich servierfertig war.

Als Nächstes griff ich Sigrid beim Kellnern unter die Arme und stellte fest, dass unsere Verzögerung niemandem aufgefallen war. Zum Glück hatten wir »Gartensuppe« auf die Tafel geschrieben, so mussten wir noch nicht einmal erklären, warum nun statt Zucchinisuppe Querbeet-Suppe serviert wurde. Geschafft! Ich war stolz auf uns, als ich mir einen Moment Ruhe gönnte und mich umsah. Nun schienen alle Gäste glücklich, und ich ließ mich erschöpft auf eine Bank fallen. Meine Beine zitterten leicht, was mich daran erinnerte, dass ich selbst seit dem Frühstück nichts mehr gegessen hatte.

»Das war fantastisch!« Von einem Ohr zum anderen grinsend setzte Sigrid sich neben mich. Wenn ich von ihrem hochroten Kopf auch nur annähernd auf mich schließen konnte, dann musste ich fürchterlich aussehen. Ich brauchte dringend eine Dusche.

Marie klatschte in die Hände. »Die Wachablösung ist da!«

Ich grinste schwach, als Heinz und Sybille aus dem Vereinsheim nach draußen traten.

»Ich werde keine Schürze tragen.« Heinz funkelte Marie an. »Und in eine Weißweinschorle gehört *keine* Zitrone!«

Marie verdrehte die Augen. »Der Kunde ist König, was soll ich tun?«

»Nicht, wenn er Zitronen im Wein haben will.«

»Wären dir Schnecken lieber?«, fragte ich vorwitzig dazwischen, erntete aber nur einen vernichtenden Blick von Heinz.

»Das heißt, wir haben Feierabend?«, fragte Sigrid. »Himmlisch!« Sie streckte alle viere von sich. »Sobald ich meine Gliedmaßen wieder so weit unter Kontrolle habe, dass ich aufstehen kann, werde ich es mir draußen in einem Liegestuhl bequem machen.« Sie seufzte und sah zu mir. »Was hast du vor?«

Darauf fieberte ich schon seit mindestens einer Stunde hin. »Ich werde ins Wasser springen. Eine Runde im See schwimmen, mich erfrischen. Und dann lege ich mich in einen Liegestuhl und bestelle bei Heinz eine Weißweinschorle.« Ich drehte mich zu unserem Vorsitzenden um. »Mit Zitrone.«

***

Ich fühlte mich wie neugeboren. Das kalte Wasser des Bodensees hatte meine verspannten Muskeln massiert, mich erfrischt und meine Lebensgeister geweckt – um Welten besser als eine schnöde Dusche! Nun lag ich tatsächlich in einem ergatterten Liegestuhl neben Sigrid und ließ mich von der Sonne trocknen.

»Hey«, hörte ich da plötzlich eine angenehme Stimme neben mir.

Ich öffnete die Augen und versuchte, in der Silhouette im Gegenlicht zu erkennen, wer da vor mir stand. Groß, schlank … Nils!

Als ich mich aufsetzte, fiel mir auf, dass ich immer noch nichts weiter als meinen Bikini trug. Nicht, dass es Nils zu stören schien. Sein Blick wanderte über meinen nackten Bauch zu meinen Beinen, dann zog er sich einen Stuhl heran und setzte sich neben mich. Den Blick richtete er jetzt auf das Wasser.

Schnell suchte ich nach meinem Rock und dem T-Shirt und schlüpfte hinein.

»Schön, dass es geklappt hat«, sagte ich, als ich wieder – einigermaßen – präsentabel aussah.

»Es ist toll hier.« Nun hatte Nils nur noch Augen für den See und unsere Wohlfühloase. »Wahnsinn, was für eine Aussicht.«

Ja, auf die waren wir auch ganz schön stolz. Ich konnte mir ein selbstzufriedenes Grinsen nicht verkneifen.

»Und das soll verkauft werden?« Er drehte sich um. Dann stieß er ein Schnauben aus. »Kein Wunder. Hiermit lässt sich eine Menge Geld machen, jede Wette.«

»Da halte ich nicht dagegen.« Ich seufzte.

»Sooooo, junger Mann, was hätten Sie denn gerne?« Plötzlich stand Marie zwischen uns. »Nein, sagen Sie nichts.« Sie legte einen Zeigefinger an den Mund und blickte Nils prüfend an. Oh nein, sie versuchte es doch. Aura-Bestellungen. »Ein Cappuccino«, sagte sie dann triumphierend.

Nils nickte, und er hätte ihr wohl keine größere Freude machen können, auch wenn er es versucht hätte.

»Damit mache ich nichts falsch, oder?«, flüsterte er mir zu, nachdem sie verschwunden war, um die Bestellung bei Heinz aufzugeben. »Sie sah so glücklich aus. Da habe ich es nicht übers Herz gebracht, eine Cola zu verlangen.«

Ich musste glucksen. »Der Kaffee hier ist gut«, beruhigte ich ihn dann.

Marie brachte den Cappuccino, und ich erzählte Nils

von unseren Bestrebungen und der sehr erfolgreichen Eröffnung der Wohlfühloase.

»Ich sehe es«, kommentierte er anerkennend. »Die Leute kommen und gehen und jeder ist begeistert.«

»Die Presse wollte auch noch vorbeischauen.« Zumindest hoffte ich, dass ich in den nächsten Tagen noch einen Kollegen oder eine Kollegin herbeilocken konnte.

Eine Weile genossen wir einfach das Plätschern des Wassers am Ufer.

»Ihr könntet auch überlegen, ob man vielleicht eine einstweilige Verfügung beantragen kann, um den Bau erst einmal zu stoppen«, sagte er plötzlich.

»Das geht?«

»Na ja.« Er nahm einen Schluck von seinem Cappuccino. »Es gewinnt euch nicht euren Garten zurück. Wenn der Verkauf rechtmäßig ist, könnt ihr letztlich nichts tun. Aber ihr gewinnt etwas Zeit, in der ihr versuchen könnt, die Stadtverwaltung dazu zu bringen, ihre Meinung noch einmal zu ändern.«

Zeit gewinnen. Ich überlegte. Das konnten wir im Moment eigentlich ganz gut gebrauchen, wer wusste schon, wann wir das Geld für Dr. Umländer zusammenhatten.

Nils zögerte. »Wenn du möchtest, kann ich mich in den nächsten Tagen mal schlaumachen«, sagte er dann.

Ich strahlte ihn an. »Meinst du das ernst? Das wäre ja fantastisch!«

»Klar, ich meine, du musst natürlich dafür bezahlen«, kam prompt seine Antwort, und beinahe hätte ich ihm eine Ladung Wasser ins Gesicht gekippt, als er fortfuhr: »Mangold ist in Anwaltskreisen ein sehr beliebtes Zahlungsmittel.« Er grinste schelmisch, und auch ich musste unwillkürlich lachen. »Was ist, zeigst du mir jetzt deinen Garten?«, fragte er, nachdem er seinen Cappuccino ausgetrunken hatte, und dieser Bitte kam ich nur zu gern nach – wofür war er schließlich gekommen?

Er hatte sogar einen Jutebeutel und ein kleines Messer für den versprochenen Mangold dabei. Ich genoss es, mit welcher Begeisterung Nils sich meinen Beeten widmete. Allein beim Zusehen machte es Spaß.

Als ich ihm ein Einmachglas unter die Nase hielt, blickte er mich etwas ungläubig an, bot mir dann aber heroisch seine Hilfe bei der Verhaftung meiner schleimigen Feinde an. Nach dem ersten Zögern stürzte er sich mit Feuereifer in die Schneckenjagd.

»Oh verflixtes Mistvieh!«, schalt er, als ihm eine der Schnecken entglitt. Wie er in den Beeten hin und her sprang, seine Arbeit kommentierte und schließlich siegreich die Arme in die Höhe hielt – ich musste so laut lachen, dass ich befürchtete, jede Minute würden Heinz und sein Strohhut über dem Gartenzaun auftauchen und um Ruhe bitten.

Irgendwann lagen wir beide nach Luft schnappend im Gras.

»Wie lange ist das jetzt her, unser verunglücktes Date?«, fragte er plötzlich.

»Eine ganze Weile«, sinnierte ich. »Ich konnte dich echt nicht leiden.«

Er lachte laut auf. »Bist du eigentlich auch zum Termin mit Dr. Umländer zu spät gekommen?«, wollte er dann neugierig wissen.

»Natürlich nicht.«

»Weil du sonst ja immer pünktlich bist«, zog er mich auf. Er drehte sich auf die Seite, zu mir, und stützte den Kopf auf den angewinkelten Arm. »Ich habe mich nur einfach gewundert, warum eine erfolgreiche, junge hübsche Frau wie du es einfach nicht schafft, pünktlich irgendwohin zu kommen.«

»Ich war in den letzten Wochen so was von pünktlich«, gab ich zurück. »Nicht einen wichtigen Termin habe ich verpasst.« Gerry hatte mich explizit gelobt. Moment. Es dauerte etwas, bis ich den Rest seiner Worte registrierte. Hatte er gerade erfolgreich gesagt? Und vor allem … hübsch? Ich drehte mich zu ihm um. Er sah selbst auch ziemlich gut aus, aber das hatte ich schon – widerwillig – bei unserem missglückten ersten Date festgestellt. Ich mochte sein kantiges Kinn, die gerade Nase und die leichten, ganz leichten Bartstoppeln.

»Es hatte an sich ja schon einen Grund, dass es bei uns ein Match gab. Also ursprünglich«, sagte er jetzt.

»Ich war nicht diejenige, die beleidigt abgerauscht ist«, wies ich ihn auf das Offensichtliche hin.

»Ich bin nicht beleidigt abgerauscht, ich hatte eine … Ach, lass uns mit diesen alten Geschichten vielleicht besser aufhören.«

Wir mussten beide lachen, und mir wurde bewusst, wie vertraut wir schon miteinander umgingen. Wie vertraut

Nils mir war. Den Duft seines Aftershaves konnte ich mittlerweile blind erkennen – kurz fragte ich mich, wieso eigentlich Aftershave, wenn ich doch gerade noch seine Bartstoppeln erkennen konnte?

»Huhu, Marlene!«, schrie es da von meinem Gartenzaun aus. Erschrocken sprang ich auf. »Du hast Besuch.« Marie stand freudestrahlend vor mir. »Jemand von der Zeitung hat nach dir gefragt. Sie wollen ein Interview!«

***

Ich wusste, ich sollte froh sein, dass unsere kleine »Oase des Glücks« einen eigenen Zeitungsartikel bekommen würde, aber ich konnte nicht anders, es wurmte mich, dass ich den Nachmittag mit Nils so abrupt hatte beenden müssen. Es würde ein neuer Nachmittag kommen, sagte ich mir, natürlich. Dennoch: Ingo Maler von der *Lindauer Zeitung* hatte nur eine halb gut gelaunte Marlene vor sich gehabt.

Nils hatte sich verlegen verabschiedet, um mich mit Ingo allein zu lassen. Am gestrigen Sonntag hatte ich von ihm weder etwas gehört noch etwas gesehen. Dafür hatte Ingo mir heute schon seinen Artikel geschickt, und während ich noch mit einem halben Auge bei den Blaulichtmeldungen war, überflog ich schon seinen Bericht über unseren Garten.

»Der Witwer Heinz Ostkamp.« »Die alleinerziehende Mutter Sybille Weyand.«

Ich bemerkte erst, dass ich auf einem Bleistift kaute, als Magda ihn mir aus den Händen zog.

»Entschuldige, ich hatte nur gerade eine Idee«, murmelte ich. Ich massierte mit beiden Händen meine Schläfen, bis sich das, was nur eine leise Ahnung gewesen war, zu einem ausformulierten Plan entwickelt hatte. »Die Leute lieben David gegen Goliath.« Das hatte auch Dr. Umländer gesagt. »Dann geben wir ihnen auch David gegen Goliath.«

»Was hast du vor?«

»Eine millionenschwere Immobilienfirma nicht gegen Erin Brokovich, sondern gegen Heinz Ostkamp. Ich erstelle Porträts. Beschreibe die Menschen, die hinter unserem Gartenprojekt stehen, gebe ihnen Gesichter, Namen und eine Geschichte. Es ist einfach, irgendeinem Kleingärtnerverein das Grundstück wegzunehmen. Es ist nicht ganz so einfach, den Witwer Heinz rauszuschmeißen, der seinen Kleingarten im Gedenken an seine verstorbene Frau Rita pflegt, weil er ihr dort am nächsten ist.«

»Du willst auf die Tränendrüse drücken.« Magda nickte verstehend.

»Und ob ich das will!«

»Das könnte funktionieren.« Magda grinste. »Oh Mist, ich muss los!«

Erstaunt hob ich die Augenbrauen.

»Ich treffe mich mit jemandem vom Ordnungsamt. Es geht um das Thema Schwarzarbeit auf dem Bau. Und was hat mich mal eine erfahrene Journalistin gelehrt: Kontakte, Kontakte, Kontakte. Das Wichtigste in unserem Berufszweig.« Sie zwinkerte mir zu und rauschte ab.

»Ach, Marlene«, hörte ich Gerry hinter mir seufzen.

Was war denn jetzt schon wieder? Entnervt drehte ich mich um.

»Wenn du dich mal auf eine Sache konzentrierst, dann machst du sie richtig gut.«

Wie bitte?

»Dein Fokus. Er ist besser geworden.« Und mit diesen kryptischen Worten verschwand auch Gerry. Ich ließ sie kurz auf mich wirken und tippte dann erst meinen Blaulichtreport fertig, bevor ich mich wieder meiner frisch entworfenen Idee widmete.

Ich legte eine Exceltabelle mit mehreren Spalten an – Jasmin wäre stolz auf mich –, in der ich erste Stichpunkte zu jedem Gartenbesitzer sammelte.

Anschließend rief ich bei der *Lindauer Zeitung* an und erfuhr, dass schon Reaktionen auf den ersten Artikel zu unserer Wohlfühloase eingegangen waren: Besucher, die am Wochenende bei uns gewesen waren, hatten nun entsetzt registriert, dass sie nur noch wenige Wochen unsere Aussicht würden genießen können. Mein Anruf bei der Zeitung kam also gerade recht, und das Glück war mir hold: Dem Redaktionsleiter war vor Kurzem seine Wohnung gekündigt worden, er fühlte sich unserer Lage also verbunden.

»Ein Porträt der Kleingärtner ist genau das, was wir jetzt brauchen«, bestätigte er mir. »Ein emotionales Stimmungsbild der Situation. Schaffen Sie das schon für die nächste Wochenendbeilage?« Ich sagte zu. Damit würde ich mich morgen beschäftigen, denn heute warteten noch eine Masterarbeit und die Dissertation Dr. Dr. Tabelings mit dem gleichen Titel auf mich.

»Eins nach dem anderen«, sagte ich atemlos zu mir selbst. »Heute Abend die Plagiatsforschung. Morgen Abend das Interview mit den Kleingärtnern.«

Beschwingt machte ich mich auf den Weg nach Hause, doch als ich mein Auto auf einem Parkplatz gegenüber meiner Wohnung abgestellt hatte und gerade die Straße überqueren wollte, hielt ein Wagen neben mir. Nils kurbelte das Fenster runter: »Steig ein! Heute Abend ist großes Inselfest auf der Mainau! Barbecue und Blumen!«

Ich überlegte keine Sekunde. Aus dem Rechercheabend würde heute also nichts werden, aber das kriegte ich schon geregelt. Ich würde morgen umso schneller in die Tasten hauen.

Erst als ich schon bei Nils im Auto saß, fiel mir auf, dass ich noch meine Arbeitsklamotten trug. »Ich hätte mich noch umziehen sollen.«

»Ach was, du siehst toll aus.« Er setzte den Blinker Richtung Autobahn und gab Gas.

»Ich hatte heute Abend übrigens was vor«, informierte ich ihn.

»Scheint ja nicht so wichtig gewesen zu sein.« Vor zwei Wochen hätte ich sein selbstgefälliges Grinsen noch unmöglich gefunden, jetzt musste ich lachen.

»Ich wollte eine Dissertation zum Thema Fundamentlegung in Wohnanlagen lesen.«

»Oh wow.« Nils warf mir einen schnellen Blick zu. »Bist du sicher, dass du mit nach Mainau willst? Blumen, Feuerwerk und Steaks vom Grill gegen 300 Seiten Zementrechnungen? Das würde ich mir wirklich gut überlegen.«

Erneut musste ich lachen. »Es ist für meine Reportage.« Ich erzählte ihm von dem Skandal im Gemeinderathaus, von dem er natürlich längst gehört hatte. Er war beeindruckt von dem, was Magda und ich bisher herausgefunden hatten. Richtig, er war ja Rechtsanwalt. Ich fragte ihn nach seiner fachlichen Einschätzung der Lage, und für den Rest der Fahrt nach Mainau nahmen wir den Fall auseinander.

»Jetzt aber Schluss mit Korruption und Betrug«, sagte Nils, als er auf die Schnellstraße um den Bodensee einbog.

»Jetzt nur noch Blumen«, ergänzte ich glücklich.

Wir parkten auf dem großen offiziellen Parkplatz vor der Insel und liefen über die kleine Holzbrücke hinüber. Das Schloss und die Anlegestelle für Ausflugsschiffe befanden sich ganz am anderen Ende der Mainau. Wir begannen also mit der eindrucksvollen Metasequoia-Allee. Die mächtigen Mammutbäume überspannten die Straße mit ihren ausladenden grünen Kronen. Seit siebzig Jahren standen einundfünfzig Riesen hier, gezogen aus einem einzelnen aus Großbritannien importierten Mutterbaum, und fühlten sich im Bodenseeklima sichtlich wohl.

Und das war erst der Anfang. Hortensien, über und über in voller Blüte, säumten die Wege. Die ausladenden Köpfe in allen Pastelltönen weckten die Sehnsucht nach dem Süden in mir, am Lago Maggiore waren mir überall Hortensien begegnet.

Es folgte der Staudengarten mit seinen prächtigen Pflanzen: Die rot-orange leuchtenden Taglilien blühten manchmal tatsächlich nur einen einzigen Tag. Die schwarze Stockrose, deren Blüte samtig-schwarz schimmerte, fiel mir besonders ins Auge.

»Wow«, sagte auch Nils. »Wie aus einem Fantasy-Film.«

Wo man hinsah, erstreckten sich neue Farbtupfer und Blütenmeere.

Wir spazierten zwischen den Beeten hindurch, saugten die kräftigen Farben und Düfte in uns auf, fachsimpelten darüber, welche Pflanzen in welcher Kombination unbedingt in meinen Garten einziehen mussten und was ich dort noch verändern könnte.

»Einen Rosenbogen fände ich toll«, sagte ich. »Über dem Gartentor. Dann weiß man schon beim Eintreten: Hier wartet das Glück.«

»Weiße oder rote Rosen?«

Was für eine Frage. »Natürlich beides. Danke für diesen tollen Ausflug!«, rief ich spontan, griff nach Nils' Hand und drückte sie. Ich hatte überhaupt nicht darüber nachgedacht und merkte jetzt, dass sich das absolut richtig anfühlte. Auch Nils schien dieser Meinung zu sein, denn ohne weiter darauf einzugehen, umschloss er meine Hand mit seiner und ließ sie nicht wieder los.

»Wie wär's jetzt mit einer Stärkung?«, fragte er stattdessen lächelnd.

Es dämmerte bereits, bald würde das Feuerwerk starten, auf das ich mich sehr freute. Ich konnte mir zwar kaum vorstellen, dass es mit der Blumenpracht konkurrieren konnte, doch es war einfach etwas Besonderes. Ein Feuerwerk auf der Mainau, das gab es sonst nicht.

Mit einem Wein und einem Teller voll duftendem Fleisch vom Barbecue suchten wir uns einen Platz am See, von wo aus ein leichter Wind um meine nackten Beine strich.

»Fast so schön wie in meinem Garten«, stellte ich fest.

Nils lachte und stieß seine Schulter leicht gegen meine.

Wir machten uns über unsere Steaks her, und irgendwann saßen wir mit unserem Wein so eng nebeneinander auf der Bank, dass unsere Arme und Beine sich bei der kleinsten Bewegung berührten. Kleine Schmetterlinge meldeten sich, die in meinem Bauch herumflatterten.

»Es geht los«, sagte Nils, als die erste Rakete in den Himmel stieg.

Es war wunderschön. Blüten aus Funken stiegen in den Himmel auf, Sterne, die ihrer Spiegelung im tiefschwarzen Wasser entgegenfielen. Lichtregen in allen Farben.

Schon als Kind hatte ich Feuerwerk geliebt: Nicht das Knallen, nicht die Böller, aber die explodierenden Farben in der Dunkelheit. Ich wusste noch, wie ich damals an der Hand meines Vaters staunend und mit leuchtenden Augen in den Nachthimmel geblickt hatte.

Auch Nils war fasziniert von dem Schauspiel, und während der nächsten zehn, fünfzehn Minuten sahen wir einfach nur schweigend zu. Es wurde Musik gespielt, und im Rhythmus der Klänge von Mozart entfaltete sich der Farbenreigen.

Noch lange, nachdem die letzten Töne verstummt waren, saßen wir still da und blickten hinaus auf den See. Ich wusste nicht, wie es gekommen war, dass ich meinen Kopf an seine Schulter gelehnt hatte. Sein Arm lag auf der Banklehne hinter mir, und er streichelte sanft über meinen Oberarm. Für einige Minuten genoss ich einfach nur seine Nähe. Die Schmetterlinge, die immer stärker in meinem Bauch herumflatterten, versuchte ich zu ignorieren.

Irgendwann drehte ich meinen Kopf und sah zu ihm auf. Sanft strich er mir mit seiner freien Hand eine Haarsträhne aus der Stirn. Selbst wenn ich in diesem Moment etwas hätte sagen wollen, wäre es nicht gegangen. Mein verräterisches Herz klopfte laut, Nils' Hand lag nun warm und weich an meiner Wange. Jetzt zog er mich näher zu sich heran und …

Ein Handyklingeln ließ uns zusammenfahren. Bis ich realisierte, dass es mein Telefon war, das da so schrillte, war der intime Augenblick vorbei. Ich fischte mein Smartphone aus der Handtasche und blickte aufs Display. Marco.

»Ich bring die Teller zurück.« Ohne mich anzusehen, stand Nils auf, sammelte unser Geschirr ein und verschwand in Richtung Grillrestaurant.

Ich starrte auf das Display und konnte mich nicht entscheiden, ob ich den Anruf annehmen wollte, zögerte zu lang, bis Marco schließlich auflegte.

***

»Nils?« Jasmin grinste mich mit einem selbstzufriedenen Lächeln an, mit dem sie mich auf die Palme bringen konnte. »Dein Spießer-Nachbar, den du nicht leiden kannst?«

»Im Moment kann ich *dich* nicht leiden«, gab ich zurück.

Ihr Grinsen wurde noch breiter. »Ich wollte nur sichergehen, dass ich alles richtig verstanden habe. Du meinst also den Nils, dem du keine zweite Chance geben wolltest, obwohl ich es dir empfohlen habe, ja?«

»Ich suche mir eine neue beste Freundin. Magda ist eine super Arbeitskollegin, sie versteht das Problem, das man bei der Pflege von lockigen Haaren hat. Sigrid ist ebenfalls Favorit, aktuell auf einem knappen zweiten Platz.«

Jasmin lachte hell auf. »Du liebst mich.«

Ja, das tat ich, auch wenn sie mich manchmal zur Verzweiflung brachte. Das beruhte allerdings durchaus auf Gegenseitigkeit, so viel Größe hatte ich, um das zuzugeben.

Jasmin war zum Frühstück vorbeigekommen, wir genossen die Morgensonne auf meinem Balkon, und ich hatte ihr von meinem spontanen Ausflug mit Nils erzählt. Der Balkon war etwas kleiner als Jasmins, genau genommen sehr viel kleiner, wir mussten die Beine anziehen. Aber es war ein Balkon, mit Stühlen und einem kleinen Tisch, um unsere Getränke abzustellen. Klar, wir konnten nur nebeneinandersitzen, aber dafür durften wir so beide die Aussicht genießen – auf die gegenüberliegenden grauen Häuser.

»Ich vermisse meinen Garten jetzt schon«, sagte ich seufzend. Wenn ich daran dachte, dass diese Aussicht möglicherweise alles wäre, was ich ab dem Herbst genießen konnte …

»Lenk nicht vom Thema ab.« Jasmin war heute knallhart. »Marco hat dir also dazwischengefunkt. Wie stehst du denn zu ihm?«

Ich zupfte an meinem Rocksaum herum, der vielleicht ein bisschen zu kurz war. »Ich weiß es nicht«, sagte ich schließlich. »Ich meine, ich war schon echt verliebt. Und eigentlich macht er ja auch nur seinen Job …« Seufzend trank ich noch einen Schluck von meinem Kaffee. »Aber ich bin nicht drangegangen und habe seit zwei Wochen nicht mit ihm gesprochen.«

»Willst du ihn zurückrufen?«

Wir mussten uns endlich aussprechen, schließlich waren wir erwachsen, und es war albern, dem Gespräch aus dem Weg zu gehen. Also nickte ich.

»Und Nils?«

»Was ist mit Nils?«

»Willst du dich mit ihm auch aussprechen?«

Ich zuckte mit den Schultern. »Klar, ich meine, er wohnt nebenan. Früher oder später werden wir uns sowieso wieder über den Weg laufen. Und unser Abend war wirklich schön.«

»Schön. Mmhh.«

Ich beschloss, Jasmins Grinsen zu ignorieren und mich stattdessen dem Croissant zu widmen, das sie mitgebracht hatte, bis ich losmusste. Jasmin hatte frei, aber ich hatte einen arbeitsreichen Tag im Garten vor mir. Deshalb würde es auch erst einmal nichts werden mit nachbarschaftlichen Treffen mit Nils. Neben der üblichen Schneckenjagd, etwas Unkrautzupfen und ein bisschen Blumengießen wollte ich vor allem das Porträt unserer Gartenbesitzer vorbereiten. Also führte ich Gespräche.

Natürlich musste ich erst einmal allen erklären, was ich vorhatte, und mir ihre Genehmigung einholen, über sie schreiben zu dürfen. Obwohl es ja um unseren Garten ging, war ich dennoch überrascht, wie selbstverständlich es für alle war, über ihre Beziehung zum Garten zu sprechen.

Lothar und Helmut waren meine ersten Gesprächspartner. Ihren Garten kannte ich noch nicht und war erstaunt über die Ordnung, die hier herrschte: Die Beete waren quadratisch angeordnet, Buchsbäume, die die Wege säumten, ebenfalls zu kleinen Vierecken zurechtgestutzt.

»Ihr scheint ja große Geometrie-Fans zu sein.« Mir wollte das Bild eines akkurat abgezirkelten Beetes nicht so recht zu einer Bierbrauerei in der Waschmaschine passen. Aber Lothar zuckte verlegen mit den Schultern und sagte: »Ich mag's gern aufgeräumt.«

Dann setzten wir uns gemeinsam an ihren Gartentisch, und sie erzählten.

»Zu Anfang waren wir ziemlich nervös«, sagte Helmut. »Es waren die Achtziger, Aids war in aller Munde, und Kleingärtner sind nicht gerade für ihre Offenheit bekannt.«

Reflexartig wollte ich protestieren, aber dann erinnerte ich mich daran, was ich zu Beginn gedacht hatte.

»Ja, und natürlich gab es den ein oder anderen zu neugierigen Nachbarn, das ein oder andere Getratsche, aber dann hat Bernhard, unser alter Vorsitzender, eine Party gegeben. Wir waren eingeladen und ab da akzeptiert. 1985 war das.« Helmut nickte.

1985, da war ich noch nicht einmal geboren. »Dann seid ihr diejenigen, die am längsten hier im Garten sind?«

Stolz nickten sie beide.

»Aber wie kommt man mit gerade einmal dreißig auf die Idee, Kleingärtner zu werden?« Sie hatten ihren Garten wohl kaum ebenso geerbt wie ich.

»Ach weißt du …« Jetzt war es Helmut, der verlegen mit den Schultern zuckte. »Irgendwie haben wir nirgendwo so recht hingepasst. Und die Pflanzen, die strahlen so eine Ruhe aus, da haben wir uns einfach gleich heimisch gefühlt.«

Gleich heimisch gefühlt, ja, das kannte ich.

»Und mittlerweile sind wir schon richtig viele«, ergänzte Lothar grinsend. »Wir haben Sigrid, und Alice ganz hinten aus der Nummer siebzehn, die kennst du wahrscheinlich nicht, hat auch eine Regenbogenflagge an ihrer Laube wehen.«

Ich grinste zurück, dann wurden wir unterbrochen von Marie, die am Gartenzaun nach mir winkte.

»Jungs, mein nächstes Interview wartet.« Ich dankte ihnen beiden für ihre Offenheit, versprach ihnen, dass sie alles vorher zum Lesen bekommen würden, und verabschiedete mich.

Mit Marie sprach ich über das Biogärtnern, über Permakultur und darüber, wie der Mensch sich besser in die Natur einfügen müsste und nicht umgekehrt. Wir gerieten in eine Diskussion über den Klimawandel und Veganertum, und mit einem weiteren Glas Marmelade, dieses Mal Himbeere, verließ ich Marie, um mit Sigrid zu sprechen.

»Wie war das eigentlich mit deinen alten Sorten?«, wollte ich von meiner Gartennachbarin wissen. Jeder Kleingärtner hatte einen eigenen Schwerpunkt, war mir aufgefallen, und ganz besonders spannend fand ich Sigrids Hobby.

»Schau!« Sie führte mich an die Seite ihrer Gartenlaube, wo sie unter einem kleinen Dach Tomaten angepflanzt hatte. Ich hatte mich in diesem Jahr nicht an Tomaten gewagt, zu intensiv war mir ihre Pflege erschienen, und jetzt hoffte ich nur, dass ich die Gelegenheit noch bekam, es im nächsten Jahr auszuprobieren.

Nun stand ich staunend vor Sigrids Beet: Lila Tomaten rankten neben hell- und dunkelgrün melierten.

»Die sind schon reif«, erklärte Sigrid. Und dann erzählte sie mir, wie sie und andere Hobbygärtner dafür sorgten, dass altes Saatgut nicht ausstarb oder sogar wiedergefunden wurde.

»Wir brauchen wieder mehr Vielfalt«, sagte sie, und ich musste an die großen Firmen denken, die Saatgut vertrieben. Fast alles in einer Hand, fast alles einheitlich, um den größtmöglichen Profit zu erzielen. Die Hobbygärtner bewahrten anderes Saatgut, privates, sie züchteten und tauschten, suchten nach alten Sorten und belebten sie wieder.

»Eine schöne Beschäftigung«, sagte ich und streichelte ein Tomatenblatt.

»Warst du mal im Museum?«, fragte Sigrid.

Ich runzelte die Stirn, der Themenwechsel erschien mir doch etwas sehr abrupt.

»Wenn du das nächste Mal in eine Gemäldegalerie gehst, dann schau dir mal Stillleben aus der Renaissance oder noch früher an: Da siehst du manchmal Früchte, wie sie heute nicht mehr aussehen. Wassermelonen mit weißen Trennwänden oder Bananen mit Kernen.«

»Die Ursprünge unserer heutigen Sorten.« Ich nickte.

»Wusstest du, dass Mais ursprünglich ganz bunt war? Mit nur wenigen Körnern an einem Halm.«

Davon hatte ich mal gehört. »Bunter Mais«, murmelte ich. »Der kommt nächstes Jahr ins Milpa-Beet.«

Sigrid grinste mich verschwörerisch an.

Ich war beeindruckt, wie vielseitig die Geschichten waren, die unsere Kleingärtner erzählten. Ich sprach mit Sandra, huschte noch einmal zu Marie hinüber, und schließlich setzte ich mich mit Heinz und Sybille zusammen. Heinz, derjenige, dessen Erinnerungen mich überhaupt auf die Idee zu diesem Porträt gebracht hatten.

Zunächst ließ ich mir erneut seine Lebensgeschichte erzählen, dieses Mal ausführlich. Rita war die Liebe seines Lebens gewesen, mit der er so gern Kinder gehabt hätte und die beinahe daran zerbrochen wäre, keine bekommen zu können.

»Weißt du, dass sie Sybille quasi zum Garten überredet hat?« Ein Lächeln huschte über sein Gesicht, als er Sybilles Hand drückte.

»Rita und ich waren Arbeitskolleginnen, das ist schon

länger her. Ich war gerade schwanger mit Lukas und … und …«

»Und ihr Mann war bei einem Autounfall gestorben«, führte Heinz ihren Satz sanft fort. Das hatte ich nicht gewusst. Mein Herz zog sich zusammen.

»Das war eine schwere Zeit«, sagte Sybille leise.

»Rita hat sie oft zu uns eingeladen, ist häufig zu ihr gefahren, hat sie nach der Geburt unterstützt, wo sie nur konnte. Ja, und dann hat sie sie und das Baby im Sommer mit in den Garten genommen.« Heinz lächelte wehmütig in Erinnerung an Sommernachmittage mit seiner ganzen erweiterten Familie im Schrebergarten. Verstohlen wischte ich mir eine Träne aus dem Augenwinkel und drückte seine Hand.

»Rita war wirklich ein Licht in der Dunkelheit für uns«, murmelte Sybille. »Ich weiß nicht, was ich ohne sie getan hätte.«

»Und du warst ein Licht für Rita«, sagte Heinz. »Für sie war es das größte Glück, dass sie dir helfen und diesem kleinen, fröhlichen Jungen, der Lukas von Anfang an war, die beste Gartenoma der Welt sein durfte.«

Sybille nickte, auch in ihren Augen schimmerten Tränen.

»Ich hätte sie gern kennengelernt«, sagte ich leise.

»Das wäre schön gewesen«, antwortete Heinz traurig. »Sie hätte dich sehr gemocht.«

»Und kampflustig an deiner Seite gestanden«, ergänzte Sybille und lachte leise.

Still hörten wir dem Plätschern des Wassers zu, alle drei in Gedanken versunken. Heinz, wieder tief in Erinnerungen verstrickt, wirkte wehmütig und gleichzeitig von tiefem Glück erfüllt.

***

Gedanklich noch immer bei den Geschichten meiner Kleingarten-Freunde, kam ich spät am Abend zu Hause an.

Ich würde dem Artikel keine Fotos anfügen und die Namen natürlich ändern. Die Informationen waren zu persönlich, zu intim, um sie nicht anonymisiert in einer Zeitung zu teilen. Ich hatte einfach nur auf die Tränendrüse drücken wollen, doch das, was ich heute erfahren hatte, waren keine kitschigen, aufgebauschten Storys, sondern echte Lebensgeschichten voller Tiefe und Gefühl. Manche wie die von Heinz und Sybille, hatten traurige Momente, andere waren lustig. Ob anonymisiert oder nicht, die Geschichten würden Emotionen wecken. Niemand, der ein Herz hatte, würde wollen, dass unser Garten verkauft und damit eine Gemeinschaft und viel Glück zerstört wurde. Ich war zuversichtlich, dass mein Plan aufgehen würde.

So geistesabwesend war ich, dass ich die Blondine, die mir entgegenkam, gar nicht bemerkte. Erst als sie gleichzeitig mit mir vor meiner Haustür stand, sah ich auf. Sie kam mir bekannt vor.

»Schließt du eh auf?«, fragte sie mit Blick auf den Schlüssel in meiner Hand.

Ich ließ sie hinter mir ins Haus, stieg die Treppen hinauf und wusste, weshalb sie mir bekannt vorgekommen war, als sie an der gegenüberliegenden Wohnungstür klingelte.

Nils bekam Besuch von seinem Blondinendate? Nach unserem Abend auf der Mainau?

»Oh, hey, was machst du denn hier?«, fragte er überrascht, nachdem er geöffnet hatte. Dann fiel sein Blick auf mich. »Marlene.« Er wirkte, als wollte er auf mich zukommen. Ich sah wahrscheinlich ziemlich dämlich aus, wie ich da im Hausflur stand und mich nicht zwischen wütenden und verwirrten Blicken entscheiden konnte, die ich der Blondine hinterherschickte, die sich schon an Nils vorbei in seine Wohnung gedrängt hatte. Er sah von mir zu ihr und wieder zu mir, fuhr sich mit der Zungenspitze über die Lippen.

»Schönen Abend dir«, sagte ich, schloss hastig meine eigene Wohnungstür auf und knallte sie etwas lauter zu, als nötig gewesen wäre. Eifersüchtig? Ich doch nicht. Nils war ein freier Mann, er konnte tun und lassen, was er wollte. Es war nichts passiert zwischen uns. Und so, wie es aussah, würde es das auch nicht mehr.

Wütend schmiss ich meinen Schlüssel auf die Ablage, und wieso war ich überhaupt wütend? Vielleicht sollte ich es noch einmal mit Meditation probieren. Aber dann bildete ich mir ein, Lachen aus der Nachbarwohnung zu hören, und pfefferte meine Kopfhörer in die Ecke. Wie sollte man sich da noch konzentrieren? So viel zum »schönen Abend«, den Nils hatte, ich aber ganz sicher nicht.

***

Was half gegen schlechte Gefühle? Gegen Wut, Trauer, Liebeskummer und Stress? Am nächsten Morgen beschloss ich, dass ich heute im Garten arbeiten würde. Bei Gerry hatte ich ohnehin einen freien Tag beantragt, weil ich an meinem Artikel für die *Lindauer Zeitung* arbeiten wollte. Und statt trübselig in meiner Wohnung zu sitzen, die dummerweise genau gegenüber von einer gewissen anderen Wohnung lag, würde ich einfach einen Ausflug machen!

Ich packte meinen Laptop, das Ladekabel und ein paar Snacks ein. Kaffee bekam ich bei Sigrid, Kuchen im Vereinsheim und wollte schon nach meinem Autoschlüssel greifen, da fiel mir die günstige Zugverbindung ein: Wie praktisch, da konnte ich sogar die Fahrtzeit nutzen, um eine erste Outline meines Artikels zu schreiben.

Im Garten stellte ich meinen Laptop auf den Tisch und ignorierte ihn für die erste Stunde. Ach, wie gut das tat, meine Hände tief in die Erde zu graben, über die knackigen Blätter des Mangolds zu streichen und mit Freude dem Chaos auf dem Milpa-Beet zuzusehen.

»Kein Wunder, dass die unseren Garten abreißen wollen, bei so einem Gestrüpp«, war Heinz' Kommentar gewesen, aber dann hatte er sich doch interessiert Sigrids Ausführungen über die Symbiose der drei Pflanzen angehört und schließlich wohlwollend genickt. »Solange es der Natur dient …«

Die Bohnen waren reif, also holte ich eine Schüssel aus Annis Laube, um eine große Portion abzuernten. Daraus würde ich am Abend eine bunte Pfanne mit Kartoffeln und Zwiebeln machen, Lothars Rezept. Gut gelaunt wusch ich mir die Hände, putzte die Bohnen, tupperte sie ein und straffte mich für meinen Arbeitstag. Er hatte deutlich später angefangen als geplant, aber ich war deutlich besser gelaunt als erhofft. Regelrecht glücklich. Ob mit Nils oder ohne, der Garten brachte mir doch immer Freude.

Der Artikel floss mir beinahe aus den Fingern in die Tasten, und ich schrieb hochkonzentriert. Ich stellte fest, dass das Arbeiten an der frischen Luft herrlich war. Zugegeben, es war auch umständlich, weil der Bildschirm meines Laptops in der Sonne schlecht zu sehen war, und wenn der Akku zur Neige ging, musste ich das Notebook erst in der Laube aufladen. Dennoch war ich so produktiv wie lange nicht mehr.

Und so saß ich vier Stunden später noch immer an meinem Gartentischchen und verfolgte den Flug eines Schmetterlings. Ein Kohlweißling, eigentlich ein Schädling, dessen Larven sich an Kohlpflanzen gütlich taten, aber er sah so hübsch aus mit seinen weißen Flügeln und den kleinen schwarzen Punkten darauf, dass ich ihm nicht böse sein konnte.

Der Laptop stand aufgeklappt vor mir. Ich mochte meinen Text, er war emotional, aber nicht pathetisch, gefühlvoll, aber nicht kitschig. Ein Porträt echter Menschen, echter Schicksale. Ja, der Artikel würde uns Aufmerksamkeit schenken.

Zufrieden klickte ich auf »Senden«, als Sigrid mir über den Zaun hin zuwinkte. Das hatte sie den Tag über schon häufiger getan, Heinz hatte sich ebenfalls blicken lassen, und Sybilles Sohn Lukas hatte einen Ball in meinen Apfelbaum geschossen.

»Aus denen wird sowieso nur Most gemacht«, hatte ich gesagt, als er zerknirscht um Entschuldigung bat.

»Na, warst du fleißig?«, fragte Sigrid jetzt und stützte die Arme auf dem Zaun ab, der ihr Grundstück von meinem trennte. »Hast du uns auch gut dargestellt?« Ich las ihr die besten Sätze vor.

»Toll«, kommentierte sie begeistert.

»Ich bin auch nicht ganz unzufrieden«, sagte ich lachend.

Leise Musik erklang von irgendwo, ich meinte, Roland Kaiser zu erkennen, Marie war also auch da.

»Ich fand deinen Freund übrigens total nett«, wechselte Sigrid dann das Thema und zog ihre Gartenhandschuhe aus. »Der passt wirklich super zu dir«, sagte sie. »Sogar Heinz hat sich mit ihm verstanden.«

»Meinen Freund?« Verwirrt runzelte ich die Stirn. »Moment mal, redest du etwa von …«

»Von Nils natürlich!«

»Das ist mein Nachbar von gegenüber!« Ich schnaubte. »Der ist ein totaler Frauenheld.«

»Was, echt? So hat er gar nicht gewirkt!«

»Ständig eine andere.« Ich nickte bekräftigend, auch wenn es mir einen schmerzhaften Stich versetzte. »Die von gestern Abend war blond. Letzte Woche brünett, und ich glaube, ich hab ihn vor zwei Wochen mit einer Rothaarigen gesehen.«

»Oh nein, was für ein Idiot.« Sigrid war sichtlich unzufrieden. Dann legte sie den Kopf schräg. »Und mit deinem Freund …?«, begann sie, aber ich schnitt ihr schnell das Wort ab. Ob ich Marco überhaupt noch meinen Freund nennen konnte? Es überhaupt noch wollte?

»Da gibt es leider nichts zu erzählen«, sagte ich. Ich wollte auch gar nicht darüber nachdenken. Meine Gefühlswelt war ein Chaos, aber wir hatten wichtigere Probleme. Über Männer konnte ich wieder nachdenken, wenn unser Garten gerettet war. Und so sagte ich das auch Sigrid, die etwas skeptisch nickte. Da sie aber noch dringend ihre Geranien gießen musste, war unser Gespräch zum Glück beendet und ich wieder allein mit dem Kohlweißling, den Bienen und Roland Kaiser im Hintergrund.

Ich ertappte mich dabei, »Manchmal möcht ich schon mit dir« mitzusummen, als plötzlich jemand an mein Gartentor klopfte. Das Tor war niedrig und aus sprödem Holz, das Klopfen war gar nicht so einfach, und deshalb wurde es von einem gesprochenen »Klopf, klopf« begleitet. Eine tiefe, warme Stimme … Ich blickte auf.

»Marco!« Wenn man vom Teufel spricht, dachte ich und warf einen schnellen Blick in Richtung Sigrids Garten.

»Hey.« Da stand er, in all seiner Größe. Etwas linkisch kratzte er sich am Hinterkopf, bevor er sich einmal um die eigene Achse drehte. Es kostete ihn offensichtlich etwas Überwindung, aber dann sagte er trotzdem: »Schön hast du's hier.«

Und wie, dachte ich, war aber zu verwirrt von seinem plötzlichen Auftauchen, um überhaupt etwas sagen zu können. Er kam auf mich zu, zog mich von meinem Stuhl hoch und an sich und gab mir einen Kuss. Leider war ich immer noch zu durcheinander, um irgendwie reagieren zu können.

»Aber … was machst du hier?«, fragte ich endlich, nachdem er mich losgelassen hatte. »Und …« Ja, was und? Wir hatten fast vier Wochen nicht mehr miteinander gesprochen, unser letztes Telefonat war alles andere als freundlich verlaufen, und nun tauchte er hier im Garten auf und knutschte mich ab? Nicht, dass er nicht gut roch … Ich lehnte mich ein bisschen in seinen Arm, der immer noch um meine Schulter lag.

»Ach, Marlene.« Er drückte mich an sich. »Es tut mir echt leid, wie alles gelaufen ist.«

Das war schön zu hören, auch wenn ich mir diese Worte vor einigen Wochen gewünscht hätte. Außerdem … »Wie es gelaufen ist oder dass ihr uns den Garten wegnehmen wollt?« Ich löste mich von ihm und blickte ihn misstrauisch an.

»Na ja …« Er lächelte vorsichtig. »Wir sind ein bisschen wie Romeo und Julia. Wie Tony und Maria aus der West Side Story.«

Ich zog die Nase kraus und hoffte, dass wir in unserer Lovestory ohne Tote auskommen würden. Außerdem waren es hier nicht unsere Familien, die uns unsere Beziehung verboten, sondern seine beruflichen Ambitionen, die einen Keil zwischen uns trieben.

»Schau.« Er blickte mir in die Augen. »Können wir nicht trotz unserer Differenzen zusammen sein?« Ich seufzte, und er fuhr fort: »Du findest einen anderen Garten. Hast du den nicht ohnehin erst kürzlich geerbt? So lange bist du doch noch gar nicht hier. Und dann liegt der neue Garten vielleicht in Ulm, dann hast du es nicht so weit und kannst noch mehr Zeit dort verbringen!«

»Der Bodensee würde mir fehlen.«

»Dann nimmst du das Geld aus dem Verkauf und machst einen zweiwöchigen Urlaub komplett mit 4-Sterne-Hotel und Luxus am Meer.«

Ich wollte keinen Luxus und kein Meer, ich wollte meinen Garten und den See – und meine Gärtnerkollegen.

»Marlene.« Marco nahm meine Hand und führte sie zu seiner Brust, legte sie auf sein Herz. Ich konnte die Wärme und den Herzschlag spüren. »Die Zeit mit dir war etwas Besonderes. *Du* warst etwas Besonderes für mich. Ich möchte das nicht wegen eines Missverständnisses aufgeben.«

Er klang aufrichtig, blickte mich zärtlich an.

Für einige Augenblick zögerte ich. Alles in mir wirbelte durcheinander: Marco und unsere gemeinsame Zeit, unsere Verliebtheit, seine Küsse. Nils. Der Nachbar, den ich eigentlich nicht leiden konnte, der mir in den letzten Tagen aber so viele Schmetterlinge beschert hatte. Der gestrige Abend, an dem er sich wieder mit seiner Freundin getroffen hatte … Und Marco hatte recht, unsere Nachmittage und Abende miteinander *waren* etwas Besonderes gewesen. Aber es war kein Missverständnis gewesen, was zwischen uns stand, sondern seine Lüge, seine Profitgier.

Ich seufzte erneut. »Lass mir etwas Zeit«, sagte ich dann. Ich konnte mich jetzt zu keiner Entscheidung durchringen. Trotzdem nahm ich sein Angebot an, mich nach Hause zu bringen, statt mit dem Zug zurückzufahren.

Zuerst war es mir etwas unangenehm, ich wäre lieber allein gewesen, um mich zu sortieren, unser Gespräch zu überdenken und einzuordnen. Aber dann war ich doch froh, dass wir noch ein wenig Zeit miteinander hatten. Schnell wich die seltsame Stimmung, die entstanden war, als Marco mich im Garten überrumpelt hatte. Er scherzte und lachte während der Fahrt, und überhaupt ging er mit mir um, als hätte es keine wochenlange Trennung zwischen uns gegeben.

Als er vor meinem Haus hielt, war ich überrascht, dass wir schon da waren.

»Danke«, sagte ich.

»Dafür, dass ich dich nach Hause gebracht habe?«

»Auch.« Ich lächelte. »Und dafür, dass du mich im Garten besucht hast.« Ich drückte seine Hand, und bevor er noch auf dumme Gedanken kam, stieg ich schnell aus dem Auto. Ich war noch nicht so weit, ihn wieder zu küssen.

Als ich mich an der Haustür noch einmal umdrehte, um ihm beim Davonfahren zuzuwinken, warf er mir eine Kusshand zu. Ich musste lachen und sah seinem Auto hinterher, bis es um die Ecke verschwand. Als ich mich wieder zur Tür wandte, wäre ich beinahe mit jemandem zusammengestoßen.

»Nils!« Widerstreitende Gefühle wallten in mir auf.

»Hey.« Er nickte mir zu, keine Spur von Wärme oder Freundlichkeit, nur pure Höflichkeit.

»Alles in Ordnung?« Ich runzelte die Stirn.

»Klar. Ich bin verabredet.«

Mit der Blondine von gestern? Oder der Brünetten, die du zwischendurch mal gedatet hast? Vielleicht jemand ganz anderes? Ich verkniff mir einen Kommentar, ich wusste ja selbst, dass ich keine Ansprüche an ihn stellen durfte. Wir hatten uns nicht einmal geküsst, der Tag im Garten hatte mir geholfen, alles wieder ins rechte Licht zu rücken.

»Einen schönen Abend dir«, sagte er steif und wandte sich zum Gehen.

Ich blickte ihm für einen Moment hinterher, irgendetwas nagte an mir.

Die einstweilige Verfügung, fiel mir wieder ein.

»Warte kurz!«, rief ich und sprintete ihm hinterher.

Überrascht drehte er sich um.

»Hast du schon was erreichen können?«, fragte ich etwas atemlos, als ich ihn eingeholt hatte.

»Erreichen?«

»Wegen unseres Gartens. Du wolltest nachsehen, ob …«

»Ach so«, unterbrach er mich. »Ja. Ja, das ist … kompliziert.« Er schien mich abwimmeln zu wollen.

»Du meintest, es sollte kein Problem sein«, sagte ich irritiert. »Dass man quasi immer …«

»Ja«, unterbrach er mich erneut. »Aber nicht in dieser Sache. Tut mir leid. Ich glaube nicht, dass man da was machen kann.« Er zuckte mit den Schultern, es wirkte nicht einmal entschuldigend, dann ging er schnellen Schrittes davon.

Ich blickte ihm fassungslos hinterher. Was war das denn jetzt? Dass er es sich mit uns anders überlegt hatte, hatte mich gestern schon etwas verletzt. Und ja, zugegeben, wütend war ich auch gewesen. Aber dass er mich jetzt nicht einmal mehr als eine Freundin sehen konnte, das traf noch mehr.

Keine Ansprüche, murmelte ich mir selbst zu, als ich mich auf den Weg zurück zum Haus machte. Ich konnte keine Ansprüche an ihn stellen, wir waren nur Nachbarn. Aber vielleicht würde ich ihm doch ein paar Schnecken auf die Fußmatte setzen.

12. Kapitel

»Was für eine Laus ist dir denn über die Leber gelaufen?«, fragte Magda, als ich am nächsten Tag missgelaunt am Schreibtisch saß. »Und vor allem warum?« Perplex sah sie mich an und hielt mir eine Ausgabe der *Lindauer Zeitung* unter die Nase. »Du bist Redaktionsgespräch, Marlene Wissmann. Herzlichen Glückwunsch, dein Porträt ist super. Und es hat Gerry beinahe zu Tränen gerührt.«

Ich musste wider Willen lachen. »Lass dich von ihm nicht täuschen, er weint bei Disney-Filmen.«

»Hey, die sind auch traurig«, protestierte Magda. »Aber mal im Ernst: Was ist los?«

»Außer der Tatsache, dass ich meinen Garten verliere?«

Sie nickte nachdrücklich. »Die Marlene, die ihren Garten verliert, habe ich schon einige Tage um mich gehabt. Die ist anders als die heute. Außerdem ist das hier«, sie hielt die *Lindauer Zeitung* in die Höhe, »ein Gamechanger. Wenn euer Cafébetrieb das nicht ohnehin schon war.«

Ich nickte nachdenklich. Ein Gamechanger. Ja, vielleicht hatte sie recht. Ich hatte eine E-Mail in meinem Postfach vom Redaktionsleiter der *Lindauer Zeitung*, die ich noch nicht gelesen hatte. Aber in der Betreffzeile allein fanden sich schon mindestens drei Superlative. Natürlich war das schmeichelhaft, und natürlich sollte ich glücklich sein, aber …

»Ich glaub, ich habe mich in meinen doofen Nachbarn verknallt«, sagte ich und ließ meinen Kopf auf meine Arme auf dem Schreibtisch sinken.

»Oha.«

Sie ließ sich von meinem Dilemma erzählen, und während ich in Selbstmitleid badete, da besagter Nachbar sich nicht für mich interessierte, ich aber auch nicht wusste, ob ich für Marco nicht doch noch Gefühle hatte, knabberte Magda auf ihrer Unterlippe.

»Diesen Nils konntest du doch überhaupt nicht leiden«, sagte sie schließlich. »Woher der Sinneswandel?«

Ja, woher? »Er ist überhaupt nicht so spießig, wie ich dachte. Seine Ansichten über die Welt und wie man sie besser machen kann, decken sich zum Großteil mit meinen, ich mag seinen Humor, seine gelassene Art, er wirkt nicht wie jemand, den man leicht aus der Ruhe bringen kann, nein, er ist der Typ ›Fels in der Brandung‹ und …«

»Wow, okay, ich seh schon, dich hat's echt ganz schön erwischt.« Ich war wohl etwas zu sehr ins Schwärmen geraten. »Marlene, ich sag's nur ungern, aber vor gerade einmal vier Wochen warst du noch auf Wolke sieben mit einem anderen.«

»Richtig. Das zweite Problem.«

Sie zog die Augenbrauen hoch, und ich erzählte ihr also nun von Marco, der einen Neuanfang wollte.

»Okay, und wieso ist das jetzt ein Problem?«, fragte sie irritiert. »Triff dich halt mit ihm und find heraus, ob da noch was ist. Und dann …« Sie schürzte die Lippen. »Na ja, wenn ihm das Ganze leidtut, vielleicht kann er bei seinem Vater ja ein gutes Wort einlegen für euren Garten, und das Bauprojekt wird nicht realisiert?«

Hmm, da sagte sie was. Vielleicht hatte sie ja recht. Während des restlichen Arbeitstages ließ ich mir Magdas Vorschlag durch den Kopf gehen.

Nach der Arbeit machte ich einen Abstecher in den Supermarkt und rief anschließend Jasmin an, während ich den Rest des Heimwegs antrat.

»Auf jeden Fall«, pflichtete auch Jasmin meiner Arbeitskollegin bei, nachdem ich ihr ebenfalls alles erzählt hatte. »Sex für Garten.«

»Wie bitte? Ich glaub, du spinnst. Ich gehe doch nicht mit ihm ins Bett, damit er meinen Garten rettet.«

Jasmin wurde wieder ernst. »Es gilt doch herauszufinden, ob du noch Gefühle für ihn hast«, sagte sie.

»Richtig.«

»Also musst du ihn treffen.« Das stimmte. Wie sollte ich herausfinden, ob ich immer noch in Marco verknallt war, wenn ich ihn nicht sah, keine Zeit mit ihm verbrachte?

»Du hast recht«, sagte ich, und etwas entschlossener fügte ich hinzu: »Ich muss ihn treffen«, als ich mit Einkaufstüte und Handtasche schwer beladen auf meine Haustür zusteuerte. Ich konnte gerade noch sehen, wie jemand im Hausflur verschwinden wollte.

»Entschuldigung, könnten Sie mir bitte die Tür aufhalten?«, rief ich und beeilte mich – so schnell es mit meinen Siebensachen eben ging –, zum Eingang zu kommen.

Gerade hatte ich ihn erreicht, da knallte mir die Tür vor der Nase zu.

»Verdammt«, murmelte ich. Welcher Blödmann benahm sich da wie der letzte Egoist? Bevor ich erst umständlich nach meinem Schlüssel suchte, stieß ich meinen Ellenbogen gegen die Tür.

Sie wurde geöffnet, und wer stand mir da gegenüber? Ich hätte es wissen müssen.

»Oh. Hi«, brachte ich heraus.

»Brauchst du immer einen persönlichen Butler?«, fragte er, doch was eine nette Neckerei hätte sein können, wirkte abweisend.

»Bist du immer so egoistisch?«, schoss ich also zurück. Es klang ebenfalls deutlich feindseliger, als ich gewollt hatte. Aber er konnte doch sehen, dass ich schwer bepackt war. »Außerdem habe ich gerufen. Sogar mit ›bitte‹«, fügte ich etwas versöhnlicher hinzu und verkniff mir den Kommentar, dass man sich in unserer Hausgemeinschaft gegenseitig half.

»Na dann.« Er lächelte nicht einmal halbherzig über meinen Kommentar.

»Na dann.« Wenn er so blöd war, war ich eben auch blöd. Hocherhobenen Hauptes und ohne ihn noch eines weiteren Blickes zu würdigen, rauschte ich an ihm vorbei in meine Wohnung. Und dort textete ich Marco, ob er nicht Lust hätte, am nächsten Abend mit mir etwas trinken zu gehen.

***

»Gerry!« Ich hatte die Redaktion um halb neun kaum betreten, da erschien er schon vor meinem Schreibtisch. Ob ich ihn bitte in sein Büro begleiten würde. Oha. Was das nun wieder bedeuten sollte? Ich durchforstete mein Gehirn nach irgendwelchen Terminen, bei denen er auf mich gezählt hatte und zu denen ich nicht erschienen war. Aber mir fiel nichts ein. Magda und ich hatten uns die Arbeit an der Reportage so aufgeteilt, dass wir unsere restlichen Termine ohne Probleme wahrnehmen konnten.

Gut, die Hauptarbeit hatte ich gemacht, aber Magda hatte viel recherchiert, und ich glaubte, auch viel gelernt.

In seinem Büro schloss er die Tür – es war also ernst – und setzte sich hinter seinen Schreibtisch.

»Magda hat mir gestern Abend euer Dokument geschickt, die Hintergrundreportage zum Immobilienmarkt in Ulm.«

Vorsichtig nahm ich ihm gegenüber Platz. Stimmte etwas nicht?

»Marlene, weißt du noch, wo du damals die Nummer des *Spiegel*-Redakteurs herhattest?«, fragte er.

Was hatte das nun mit der Reportage zu tun? Verwirrt blickte ich ihn an. »Ähm …«

»Ich glaube, ich habe sie dir gegeben.« Oh richtig. Doch worauf wollte er hinaus? »Weißt du, warum ich das getan habe?«

»Weil du keine Verwendung für meine Reportage hattest.«

»Richtig. Und warum?«

Meine Güte, was für ein Ratespiel war das hier? »Weil das *Ulmer Tagblatt* kein Ressort für Reportagen hat.«

Er seufzte und fuhr sich über die Stirn. »Marlene«, sagte er dann erneut, und er klang leicht frustriert. »Hat der *Spiegel* die Reportage genommen?«

Das wusste er doch selbst. »Ja, hat er.«

»Und warum?«

»Weil der *Spiegel* ein Ressort für Reportagen hat«, murmelte ich.

Jetzt wirkte Gerry beinahe wütend. »Nein«, sagte er laut und legte beide Hände ausgebreitet auf den Schreibtisch. »Weil die Reportage verdammt gut war. Die gehörte nicht in eine Lokalzeitung, die musste überregional gelesen werden.« Er holte tief Luft und deutete auf seinen Computerbildschirm, auf dem unser Dokument geöffnet war. »Das hier ist noch viel besser. Es ist verdammt gut recherchiert, hervorragend geschrieben und sollte einer breiten Öffentlichkeit bekannt werden. Es geht um Dynamiken auf dem Immobilienmarkt, die sich so oder so ähnlich in jeder deutschen Großstadt wiederholen, potenziert in Ballungszentren wie München oder Berlin. Marlene, das ist eine verdammt gute Reportage, die ein besseres und breiteres Publikum als unsere Leser verdient hat.«

»Unsere Abonnenten sind großartig«, verteidigte ich sie. Aber meine Wangen brannten von dem ganzen Lob, und ich konnte Gerry nicht so recht in die Augen sehen.

»Weißt du, warum ich wollte, dass du dich um Magda kümmerst?«

Unser Frage-und-Antwort-Spiel war offensichtlich noch nicht zu Ende. »Weil Susanne und Frank nicht immer Zeit haben?«

»Nein! Weil du die beste Journalistin bist, die in meiner Redaktion arbeitet.« Als wäre das eine Tatsache, die uns beiden längst bekannt wäre.

Meine Wangen wurden noch eine Spur heißer. »Ich … also …«, stammelte ich.

»Es geht mir nicht um Lob«, unterbrach Gerry mich. »Es geht um die Frage, was du jetzt machen willst.«

»Was ich jetzt …«

»Ja. Willst du zum *Spiegel*, oder willst du hierbleiben? Dann sollten wir darüber sprechen, was ich dir hier bieten kann.«

»Ich …« Himmel, das war ja hinterhältig. Um die Uhrzeit musste ich schwerwiegende Entscheidungen treffen? »Moment: Was du mir anbieten kannst?«

»Du warst immer eine gute Journalistin.« Jetzt lehnte er sich in seinem Chefsessel zurück und verschränkte die Arme hinter dem Kopf. Es sah nicht halb so lässig aus, wie er es gern gehabt hätte. »Aber du hast dich verzettelt. Immer zu viele Projekte, immer auf dem Sprung, deshalb blieb die Hälfte liegen. Das, was du abgeliefert hast, war trotzdem gut, aber es hat mich maßlos geärgert, dass du dein Potenzial selbst nicht erkennst und so sehr verschwendest.« Er schüttelte den Kopf. »Deshalb auch Magda.«

»Ich dachte, weil ich deine beste Journalistin bin.«

»Die beste Journalistin in der Theorie«, korrigierte

Gerry. »In der Praxis warst du hektisch, chaotisch und desorganisiert.«

»Kein besonders gutes Vorbild für Magda.« Ich kniff die Augen zusammen.

»Ich hatte gehofft, du würdest dich zusammenreißen, wenn du eine Vorbildfunktion einnehmen müsstest. Und was soll ich sagen: Es hat funktioniert.« Triumphierend entschränkte er seine Arme und hielt nun den rechten Zeigefinger in die Höhe. »Seit drei Monaten bist du pünktlich, koordiniert und verlässlich. Du bist nicht nur talentiert, du kannst deine Fähigkeiten auch umsetzen. Es macht Spaß, mit dir zu arbeiten. Und das war jetzt tatsächlich ein Lob.« Er lächelte. »Also, was kann ich dir anbieten?« Er machte eine dramatische Pause, in der ich ihn erwartungsvoll ansah. Weil Gerry Gerry war, reichte ihm das noch nicht, und ich rutschte aufgeregt zwei Zentimeter auf meinem Stuhl nach vorn. Zufrieden mit meiner gezeigten Neugier sprach er weiter: »Was hältst du von einer regelmäßigen Reportage in der Wochenendausgabe? Wir bauen unsere Beilage aus und fügen ein neues Ressort hinzu: Der Hintergrundreport, geleitet von Marlene Wissmann.«

»Geleitet von …« Mir blieb der Mund offen stehen.

»Wir bringen alles, was politisch relevant sein könnte, Kommunalpolitik, auf Landes- oder Bundesebene, wie du willst. Nutze deine Spürnase und finde die sensiblen Themen. Natürlich kannst du das nicht alles allein bewältigen, aber ich denke, eine erste Mitarbeiterin hast du schon. Da du sie selbst eingearbeitet hast, sollte eure Zusammenarbeit reibungslos verlaufen.«

»Gerry.« Ich wusste nicht, was ich sagen wollte. Zum ersten Mal in unserem gemeinsamen Arbeitsleben hatte er mich komplett sprachlos gemacht.

»Überleg's dir«, sagte er. »Ich will deine Antwort nicht heute hören und könnte gut verstehen, wenn du mehr willst als ein Tageblatt. Den *Spiegel* gibt es ja auch noch. Trotzdem: Hier hättest du dein eigenes Ressort und kannst größtenteils selbst entscheiden, was du tust. Dass du diese Möglichkeit bei einem großen Blatt wie dem *Spiegel* auch geboten bekommst, kann dir sicherlich niemand versprechen.« Selbstzufrieden lehnte er sich wieder in seinem Stuhl zurück. »Die Immobilienreportage ist natürlich gekauft. Erscheint nächsten Samstag.«

Und damit war ich entlassen.

***

Immer noch wie auf Wolken schwebte ich zu meinem Date mit Marco. Gerry hielt nicht nur große Stücke auf mich, er war regelrecht verliebt in meine Arbeit. War es immer gewesen und nur von meinem Chaos frustriert. Das hätte ich mir vor wenigen Monaten auch nicht träumen lassen. Wäre unser Problem mit dem Kleingarten nicht, würde ich wahrscheinlich tanzen. Doch der September und damit das Datum unseres Rauswurfs rückte näher, und so war meine Freude ein wenig verhalten – Glück im Beruf, Pech beim Gärtnern. Ob das ein fairer Tausch war? Ich war ja inzwischen überzeugt, dass meine Kreativität und meine Produktivität während der letzten

Wochen nur zu einem kleinen Teil Magda zuzurechnen waren. Vor allem der Garten hatte mir die nötige Ruhe gegeben, die ich brauchte, um mich selbst zu ordnen.

Aber heute Abend wartete nun erst einmal Marco, und vielleicht hatte er ja auch Neuigkeiten für mich. Er wollte einen Neuanfang starten, war es da total irrwitzig zu glauben, dass er möglicherweise wirklich mit seinem Vater sprechen wollte? Die Holanka und Söhne GmbH verwaltete so viele Immobilien, die brauchten doch nicht noch ein Hotel.

»Na, du Süße!«, hörte ich Marcos Stimme hinter mir, bevor seine Hände sich auf meine Augen legten.

»Marco«, sagte ich. Eindeutig erkannt, obwohl das Café, in dem wir uns treffen wollten, noch ein paar Meter entfernt lag.

Er wirbelte mich herum und zog mich in seine Arme.

»Hey, ähm.« Vorsichtig befreite ich mich aus seinem Griff. »Ich möchte es gern langsam angehen. Ist das okay?«

»Na klar.« Seine gute Laune war ungebrochen, als er meine Hand fasste. Es waren nur ein paar Meter bis zum Café, und Händchenhalten konnte man schon noch unter »langsam angehen« zählen, entschied ich.

Wir hatten Glück: Es gab draußen noch freie Plätze. Marco rückte seinen Stuhl nah an mich heran, wir bestellten unsere Getränke – ein Bier für ihn, einen Hugo für mich –, und dann suchten wir krampfhaft nach neutralen Themen.

»Oh, mein Chef hat mir heute eine tolle Position angeboten! Aufgrund meiner Recherchen zur Korruption in der Bau…« Ich schluckte das letzte Wort herunter.

»Ja, bei mir auf der Arbeit …« Er brach ab und blickte zur Seite.

Der Kellner stellte die Getränke auf den Tisch, und wir nutzten die willkommene Ablenkung. Vielleicht sollte ich den Hugo einfach auf Ex trinken, dachte ich. Vielleicht kam dann auch der Funke wieder, das Knistern, das Kribbeln, das auf unseren früheren Dates geherrscht hatte und weshalb wir unsere Finger kaum voneinander lassen konnten.

Heute war unser Treffen einfach nur steif. Steif und lustlos.

Hilfe, textete ich Jasmin, als Marco sich kurz darauf entschuldigte, um auf die Toilette zu gehen. Meine beste Freundin war nicht sehr hilfreich. *Knutsch ihn!*, schrieb sie zurück.

Ich wollte es langsam angehen, konterte ich.

Scheint ja gut zu funktionieren, kam prompt ihre sarkastische Antwort.

Marco kam zurück, und ich steckte mein Handy weg. Was ich jetzt machen sollte, wusste ich trotzdem nicht.

Ich räusperte mich. »Hey, ich war übrigens auf der Mainau«, erzählte ich. »Es gab ein Feuerwerk, das war absolut fantastisch. Und die Blumenausstellung …« Ich geriet ins Schwärmen, bis er irgendwann fragte: »Mit wem warst du denn da?«

Ich griff zu meinem Hugo. »Mit Nachbarn.« So ganz gelogen war das ja nicht. Nur aus der Einzahl die Mehrzahl gemacht.

»Ah ja. Ich hatte dich nämlich versucht anzurufen.«

»Ja, das hab ich gesehen, aber …« Aber da war ich gerade im Begriff gewesen, Nils zu küssen. »Oh Mann, Marco, es tut mir leid.« Ich fuhr mir mit der Hand durchs Gesicht.

»Was?«

»Ich kann das nicht. Dieser Neuanfang zwischen uns …«, ich gestikulierte zwischen uns, »... der wird nicht funktionieren.«

»Aber wieso?«

»Ich glaube …« Ja, was? Ich glaube, ich habe mich in meinen Nachbarn verliebt? Auch wenn er das alte Kriegsbeil wieder ausgegraben hat? »Ich glaube, wir passen einfach nicht zusammen. Merkst du denn nicht, wie verkrampft das hier ist? Wir finden noch nicht einmal Gesprächsthemen.«

Für einige Augenblicke sagte er gar nichts. Dann fuhr er sich mit der Zungenspitze über die Lippen und nickte langsam. »Es ist nicht mehr so wie vorher«, gab er dann zu. »Irgendwas ist … weg.«

Also hatte er den Funken auch gespürt, das Knistern und Kribbeln, das jetzt fehlte. Schade eigentlich, dachte ich, als ich ihn von der Seite anblickte. Er sah wirklich gut aus.

Eine Weile saßen wir noch schweigend nebeneinander, schließlich rief er den Kellner, zahlte, und wir verabschiedeten uns.

»Das mit deinem Garten tut mir wirklich leid«, sagte er plötzlich. »Ich weiß, wie wichtig er für dich ist.«

»Danke«, antwortete ich überrascht. »Das ist nett.«

»Du ahnst nicht, was du alles verpasst.« Er zwinkerte mir zu, umarmte mich kurz, und dann stand ich allein da und wusste nicht, was ich fühlen sollte.

***

Zwei Tage später war ich wieder im vollen Einsatz in unserer Wohlfühloase. Es tat gut, aktiv zu sein, da blieb keine Zeit, um über Nachbarn oder Liebeskummer nachzudenken. Es war wieder einmal ein wunderschöner Tag, wie so viele diesen Sommer hier am See. Maries Schürze umgebunden, flitzte ich hierhin und dorthin, um unsere Gäste zu bedienen. Es wurden täglich mehr, und die meisten von ihnen wussten von den Hotelplänen. Ausnahmslos alle waren entsetzt und wollten unsere Wohlfühloase und die Kleingärten behalten.

»Ey, ihr bereichert so was von die Community«, sagte ein Mittzwanziger mit Dreadlocks. »Kann man bei euch noch einsteigen?«

»Ich weiß gar nicht, ob Cannabis unter die fünfzig Prozent kleingärtnerische Nutzung fällt«, flüsterte ich Sybille zu. Marie würde das sicher wissen.

»Ich finde das so toll, endlich mal jemand, der gegen diese Konzerne aufbegehrt«, sagte eine junge Frau mit Kopftuch.

»Behalten Sie das *Ulmer Tagblatt* im Auge«, antwortete ich und zwinkerte ihr zu. »Da werden bald so einige unlautere Machenschaften im Immobiliengewerbe aufgedeckt. Wochenendbeilage«, fügte ich flüsternd hinzu.

»Wir hatten immer einen Garten«, erzählte mir ein Ehepaar, das stramm auf die neunzig zuging. »Heute schaffen wir die Arbeit nicht mehr und haben unser Haus verkauft. Aber für euch junge Leute muss die Möglichkeit unbedingt erhalten bleiben. Auch im Sinne der Selbstversorgung. Wir haben stets nur unser eigenes Gemüse gegessen. Da musste nichts aus Spanien hierhergeflogen werden.«

Die ältere Dame gab mir noch zwei Tipps zum Marmelade-Einkochen.

»Die sind alle auf unserer Seite«, raunte Sigrid mir glücklich zu, als sie mit einem Tablett voller Getränke an mir vorbeikam.

»Keine Chance, dass die das Hotel hier bauen«, antwortete ich zuversichtlich. »Bei dem Widerstand. Die müssten sich auf Proteste und Behinderungen der Baumaßnahmen einstellen.« Vandalismus der Baustelle, wenn es nach mir ginge.

Heinz grinste mit blitzenden Augen. Seit einigen Tagen hatte unser Vorstandsvorsitzender wieder bessere Laune. Aber zum ersten Mal, seitdem wir die niederschmetternde Nachricht vom Verkauf des Gartens bekommen hatten, konnte ich wirklich Hoffnung in seinen Augen sehen. »Ich glaube wirklich, wir bewegen hier was«, sagte er. Er atmete tief ein, verschränkte die Arme vor der Brust und schaute einmal rundherum. Ein kleiner dicker König in seinem Reich, dachte ich amüsiert.

»Was ist das denn?«, fragte er plötzlich.

Lärm war von der Straße zu hören, Motorengeräusche und laute Stimmen. Und dann marschierten sie ein:

Bauarbeiter, in ihren Latzhosen, Sicherheitsstiefeln und mit Helmen auf dem Kopf. Und jetzt konnte ich auch den Motorenlärm besser einordnen: Lkw. Lkw und Bagger und was sie sonst noch alles brauchten, um unsere Wohlfühloase dem Erdboden gleichzumachen.

»Was machen Sie hier?«, fragte der Erste von ihnen, ein breiter Mann mit Backenbart.

»Was machen *Sie* hier?«, war meine Gegenfrage.

»Wir haben einen Auftrag.« Er hielt mir ein Blatt Papier vor die Nase, zog es jedoch wieder zurück und faltete es zusammen, bevor ich alles hatte lesen können. Nur einige Sätze und Wortfetzen hatte ich erfasst. Irgendetwas mit Expressauftrag und Fundamentlegung.

»Sie sind hier falsch«, sagte ich.

»Nein, ich glaube, wir sind genau richtig.« Jetzt baute er sich vor mir auf, verschränkte die Arme vor der Brust und straffte die Schultern. »Hier wird ein Hotel gebaut, gute Frau.«

»Sie sind hier falsch«, wiederholte ich.

Die beiden Bauarbeiter, die einige Schritte hinter dem Bärtigen gestanden hatten, traten zu uns heran. »Was ist denn los?«, wollten sie wissen. Aus den übrigen Gefährten stiegen weitere Männer in Warnwesten.

Meine Kleingärtner hatten nun wohl auch mitbekommen, dass etwas im Gange war. Marie, Sybille, Sigrid und Heinz eilten heran, um mich zu unterstützen.

Und so standen wir uns nun gegenüber: zehn Bauarbeiter und fünf Kleingärtner, Letztere zu allem entschlossen.

»Sie sollten jetzt gehen«, drohte ich. »Wir haben noch bis September das Nutzungsrecht für dieses Grundstück. Und ob man dem Projekt bis dahin nicht seine Genehmigung entzogen hat, das sehen wir dann. Hier und heute wird jedenfalls nichts gebaut.«

Der Bärtige drehte sich zu seinen Kollegen um, offenbar kommunizierte er mit ihnen mimisch, er nickte mit dem Kopf nach links, nach rechts, dann drehte er sich erneut zu mir. »Sie sollten aus der Gefahrenzone verschwinden, bevor ich die Polizei rufe.«

»Die Polizei rufen? *Ich* werde gleich die Polizei rufen!« Langsam regte mich der Typ doch auf. »Sie dürfen hier überhaupt noch nicht mit dem Hotelbau anfangen!«

Zungenschnalzend hielt er mir erneut seinen Brief hin. »Hier steht's. Sondergenehmigung, vertraglich geregelte Ausnahmebedingung, Baubeginn heute. Sie sind informiert worden.«

»Wir sind *nicht* informiert worden!«, rief ich empört und wollte zum Gegenangriff übergehen.

»Ähm«, räusperte sich Heinz hinter mir leise.

Ich wirbelte herum.

»Vielleicht …« Er kratzte sich am Kopf. »Vielleicht sind wir doch informiert worden.« Er zog ein zerknittertes Blatt Papier aus seiner Hosentasche. »Ich habe nicht gedacht, dass sie es tatsächlich wahr machen«, sagte er zerknirscht. »Diese Sondergenehmigung. Und ich wollte dich nicht damit belästigen, weil du so viel zu tun hattest mit dem Café, mit deinem Zeitungsartikel …«

»Aber …« Entsetzt starrte ich auf das Schreiben, in dem mit fetten Zahlen das heutige Datum als Baubeginn angekündigt wurde.

Sigrid sog hörbar die Luft ein, Sybille griff nach meiner Hand. Nur Marie wollte nicht aufgeben.

»Es ist noch nicht September! Ziviler Ungehorsam!«, schrie sie und warf eine Tomate gegen einen der Lkw, die mit einem satten »Platsch« an der Fahrerscheibe explodierte.

»Jetzt reicht's aber!«, explodierte auch der Bärtige. Er machte zwei bedrohliche Schritte auf Marie zu, ich hob beschwichtigend die Hände und trat dazwischen.

»Wir können doch über alles reden«, flehte ich ihn an. »Sie führen doch nur einen Job aus. Wie groß ist Ihr Interesse an diesem Hotel? Vielleicht können wir ja einen … Deal aushandeln?« Meine ganze Recherche zu Korruption in der Baubranche brachte mich offensichtlich selbst auf den Gedanken, korrupt zu werden. Moment mal. Was hatte Magda noch tun wollen? Zum Thema Schwarzarbeit?

»Wenn das Ordnungsamt hier gleich alle Unterlagen prüft, dann haben Sie eine saubere Weste, ja?«, fragte ich. »Niemand illegal angemeldet, keine Steuern werden umgangen?«

»Natürlich hat hier alles seine Richtigkeit«, schnauzte mein Kontrahent. Mist.

Auf den Deal wollte er auch nicht eingehen, aber was hatten wir ihm auch schon zu bieten?

»Das ist ein Millionenauftrag, wenn Sie mich da abwerben könnten, würden Sie nicht in so einer Kleingartenanlage hocken.«

Es musste doch irgendetwas geben, womit wir sie aufhalten konnten?

Aber wir waren in der Unterzahl. Unsere Gäste, die vorhin noch so glücklich im Café gesessen hatten, verließen einer nach dem anderen mit betretener Miene die unangenehme Situation.

Unglücklich blickte ich ihnen hinterher. Gab es denn gar nichts, was wir hier tun konnten?

Ich drehte mich zu meinen Kleingärtnern um. Marie schlug vor, sich an die Bäume zu ketten. Aber Heinz schüttelte den Kopf. »Das war's«, sagte er fest. »Ich werde es nicht verantworten, dass ihr hier eine Schlägerei mit einer Gruppe Bauarbeiter anzettelt.«

Schade eigentlich, das wäre eine prima Schlagzeile. Aber Heinz hatte recht. Uns blieb nichts anderes übrig, als aufzugeben. Es war vorbei. Unsere Lauben würden noch so lange stehen bleiben, bis wir unsere persönlichen Sachen geholt hatten, und bis dahin wäre das Vereinsheim schon dem Erdboden gleichgemacht.

Widerwillig traten wir zur Seite, als der erste Lkw zur Seite fuhr und den Weg freigab für das schwere Gerät. Ich schluckte, als ich die Bulldozer und Bagger sah. Sie würden das Gras zerstören, die Bäume, die Blumen und das Gemüse. Keine Heimat mehr für die Vögel und Grillen, die Bienen und Hummeln. Ich kämpfte gegen die Tränen an. Sigrid nahm meine Hand, und Marie lehnte sich schluchzend an mich.

Ohne Rücksicht auf das Gartentor neben unserem Vereinsheim fuhren die Bauarbeiter ein. Maries Dekoschild

»Willkommen in der Wohlfühloase« wurde abgerissen und fiel zu Boden. Die Räder rollten darüber, und ich presste meine Lippen zusammen.

»Was ist denn hier los?« Ein Pkw hatte angehalten, den ich kaum registriert hatte.

»Nils?« Was machte er denn hier? Als ob der heutige Tag nicht schon verwirrend genug für meine Gefühle war.

Nils blickte von mir zu den Bauarbeitern, hatte sofort den Bärtigen im Visier. »Moment!«, rief er und war mit ein paar Schritten seiner langen Beine bei dem Bärtigen. Er baute sich vor ihm auf und suchte etwas in seiner Aktentasche. Wieso trug er eine Aktentasche bei sich?

Wie benebelt folgte ich ihm, mein Gehirn wollte nicht so recht, ich musste gestehen, dass ich hier gerade gar nichts verstand. Marco war doch die Immobilienfirma, Marco würde mit den Bauarbeitern sprechen. Was hatte Nils …?

»… einstweilige Verfügung, tut mir leid«, hörte ich dann seine Worte. Er zeigte dem Bärtigen ein Dokument, das der skeptisch in seine behandschuhten Hände nahm.

Einstweilige Verfügung?

»Aber ich dachte, du konntest nichts für uns tun?«

»Ich weiß.« Jetzt wandte Nils sich an mich. Er zuckte bedauernd und beinahe resigniert mit den Schultern, dann sagte er ernst: »Es tut mir leid. Ich hätte nicht … Lass uns gleich darüber reden.«

»Okay.« Mein Verstand arbeitete gerade wirklich nicht auf Hochtouren, zu viel passierte hier gleichzeitig. Also beschloss ich, einfach abzuwarten.

»Sieht echt aus«, sagte der Bärtige jetzt. Dann gab er Nils das Dokument zurück und zuckte lapidar mit den Schultern. Mit zwei Fingern im Mund pfiff er ohrenbetäubend. Seine gesamte Mannschaft drehte sich augenblicklich zu ihm um. »Hat sich erledigt, Jungs. Rückzug.«

»Was?« Das war's? So einfach? Ich konnte es nicht fassen.

»Was war das für ein Zauberdokument?«, flüsterte Sigrid ehrfürchtig.

Nils holte Luft. »Eine einstweilige Verfügung. Das kann in dringlichen Fällen erwirkt werden, wenn man beispielsweise von einem unrechtmäßigen Verkauf ausgeht. Das Gericht kann den Bau stoppen, bis geklärt ist, ob alles seine Richtigkeit hat und die Baumaßnahmen fortgesetzt werden dürfen.«

»Das heißt, wir haben bloß ein paar Tage Aufschub?«

»Nein.« Jetzt lächelte Nils, und bei seinen nächsten Worten sah er mich direkt an. »Ich habe mit einem Vertreter der Stadt gesprochen, sie bereuen ihre Vereinbarung mit der Holanka GmbH. Die Presse, die ihr bekommen habt mit eurer Wohlfühloase, ist einfach zu gut, die Menschen sind aufgebracht. Was kommt als Nächstes? Man ist empört, der Gemeinderat hat Angst um Wählerstimmen, und das ganze Verkaufskonzept soll rückabgewickelt werden.«

»Das geht so einfach?«

»So einfach nicht. Aber die Firma Holanka und Söhne ist durchaus bereit, unbürokratisch zuzustimmen. Eine Journalistin hat ein bisschen herumgestochert und das Ordnungsamt aktiviert, und sagen wir mal so: Die Holanka GmbH wäre nicht unglücklich darüber, aus der Schusslinie gewisser Untersuchungen zum Thema Schwarzarbeit zu kommen.«

Eine Journalistin? Schwarzarbeit? Wieso, wer hatte denn … »Magda?!« Oh ja, das wurde noch einmal eine richtig gute Reporterin.

»Ja, und ansonsten steht und fällt natürlich alles mit einem guten Anwalt.« Er zwinkerte mir zu, und am liebsten wäre ich ihm um den Hals gefallen, doch ich zögerte. Was war denn nur los gewesen in den letzten Tagen? »Ich würde sagen: Ihr könnt schon mal anstoßen. Der Garten gehört wieder euch.«

Während rings um uns Jubel ausbrach und Sigrid alle mit dem Schlachtruf »Eine Runde Schnaps für alle!« ins Vereinsheim holte, blieb ich mit Nils etwas abseits unter einem kleinen Apfelbaum stehen, dessen Früchte langsam Farbe annahmen.

»Wieso hast du mir gesagt, du könntest nichts ausrichten?«, fragte ich ihn, als er keine Anstalten machte, das Gespräch zu beginnen. Ich konnte mir immer noch keinen Reim auf sein Verhalten machen.

»Weißt du …« Unsicher fuhr er sich durch die Haare. »Nach unserem Start, dieses verkorkste erste Date, du liebe Zeit, ich fand dich echt anstrengend.« Er lachte verlegen auf. »Aber als wir uns dann in den letzten Wochen besser kennengelernt haben … Die gemeinsamen Abende, der Nachmittag hier bei dir im Garten und dann unser Ausflug auf die Mainau …« Er holte Luft. »Vielleicht habe ich angefangen, Gefühle für dich zu entwickeln.«

»Gefühle?« Mein Herz setzte für eine Millisekunde aus.

»Na ja, und dann war die Tatsache, dass du mit deinem Ex wieder zusammengekommen bist, wie eine kalte Dusche, und ich war … sauer. Und das tut mir leid.«

»Das tut dir leid?« Hatte ich mich vorher schon benebelt gefühlt, war ich nun völlig sprachlos, während mein Gehirn versuchte, die Puzzleteile so zusammenzusetzen, dass sie ein Bild ergaben. Es gelang mir nicht.

»Ja, aufrichtig.« Jetzt sah er mir in die Augen. »Ich hätte aus verletztem Stolz die Arbeit an der Rettung deines Gartens nicht aufgeben dürfen. Das war falsch. Dummerweise musste mich erst Lisa darauf bringen.« Er lächelte erneut etwas verlegen. »Ich habe sie gestern zufällig in der Stadt getroffen, und … sie war nett zu mir.« Er stieß hörbar Luft aus und endete schließlich mit dem Satz: »Da habe ich eingesehen, dass mein Verhalten kindisch war und dass wir doch einfach Freunde sein können.«

Ich kniff meine Augen zusammen. Ich war mir sicher, dass es nicht nur an meinem umwölkten Verstand lag, sondern dass das, was er mir da gerade erzählte, auch für niemand anderen einen Sinn ergeben würde. »Wer ist Lisa?«

»Meine Ex. Du hast sie neulich im Treppenhaus gesehen. Blonde Haare, etwas …«

»Das ist deine Ex?« Vielleicht war meine Stimme etwas zu laut.

»Ja, wieso, was hat das mit meiner Geschichte zu tun?«, fragte er verwirrt.

Ganz langsam jetzt, Marlene, redete ich mir gut zu. Ganz ruhig und ein Schritt nach dem anderen. »Lisa ist deine Ex und du hast Gefühle für *mich*«, wiederholte ich.

Nun blickte er mich beinahe genervt an.

»Ich brauche nur ... die Fakten«, erklärte ich. »Eine gute Journalistin bildet sich keine Meinung, bevor sie nicht alle Fakten kennt.«

»Okay?« Meine Verwirrtheit schien auf ihn übergegangen zu sein.

»Mein Ex ist übrigens auch genau das. Mein Ex.«

Er sah nicht so aus, als würde er begreifen, was ich ihm sagen wollte.

»Weißt du, die Sache mit dem Garten, dass es seine Firma war, die ihn kaufen und zerstören wollte, das hat unsere Trennung bewirkt. Aber während dieser Trennung ... da habe ich gemerkt, dass Marco vielleicht gar nicht so gut zu mir passt, wie ich anfangs dachte. Dass jemand anders, den ich für einen totalen Spießer gehalten hatte ...« Ich brach ab und schaute ihn vorsichtig an. Die Schmetterlinge in meinem Bauch flogen Saltos, und mein Herz schlug mir bis zum Hals. Aber auch ohne meinen Satz zu beenden, schien Nils verstanden zu haben, was ich ihm sagen wollte.

»Oh«, war seine erstaunte Antwort. Dann lächelte er mich an, streckte seine Hand aus, um nach meiner zu fassen, und zog mich zu sich heran. Sein Aftershave roch gut, gut und vertraut, und als er mir über die Wange strich, murmelte er: »Das will ich schon seit Ewigkeiten machen.«

Und dann küsste er mich – endlich.

Zwei Wochen später

»Hiermit eröffne ich feierlich die Kleingartenanlage am Seeufer!«, rief Marie und durchschnitt das rote Band, das vor unserem neuen Gartentor hing.

Sigrid hatte es vor zwei Minuten noch schnell an einem Ende festgeknotet, das andere löste sich auch schon bedrohlich.

»Wir geloben, uns gegenseitig zu unterstützen und zu helfen«, fuhr Marie fort.

»… in guten wie in Schnecken-Zeiten«, kicherte Sigrid neben mir.

»Und versprechen einen Kleingartenanteil von fünfzig Prozent«, sagte ich ernst.

Heinz schüttelte den Kopf über uns, aber ich konnte sehen, wie er sich ein Grinsen verkneifen musste.

»Auf unseren Garten!« Lothar und Helmut hoben Gläser in die Höhe. »Es gibt Freibier!«

Nicht nur die Kleingärtner, auch unsere zahlreichen Gäste, die der Neueröffnung der Wohlfühloase unbedingt hatten beiwohnen wollen, applaudierten.

»So lob ich mir das«, murmelte Nils in mein Ohr. Ein kleiner Schauer durchfuhr mich, und ich schmiegte mich in den Arm, den er um meine Hüfte gelegt hatte.

»Wenn du feiern willst, geh zu den Kleingärtnern«, wiederholte ich die Lebensweisheit, die ich in den letzten Monaten gelernt hatte.

»Hier hast du also deinen Rosenbogen«, sagte er und trat einen Schritt zurück, um unser Tor zu bewundern.

»Wir brauchten ja ein neues, nachdem die Lkws von Holanka unser altes Gartentor zerstört haben.« Wir hatten die ersten Erlöse der Wohlfühloase darin investiert – und es war ein wunderschöner Bogen geworden, mit weißen und gelben und rosa Kletterrosen –, alte Sorten, die Sigrid ausgesucht und Marie und ich gepflanzt hatten. Sie mussten jetzt nur noch weiterwachsen und den Bogen überwuchern.

»Dank dir war das alles möglich«, sagte ich und lächelte ihn an.

Er lächelte zurück und nahm meine Hand. »Komm, wir schauen mal nach, ob es für uns noch was zu trinken gibt.«

Hand in Hand spazierten wir über den kleinen Weg, der zum Vereinsheim führte. Nils in meiner Nähe zu spüren ließ mein Herz immer noch schneller klopfen.

In der Wohlfühloase tummelten sich schon jede Menge Gäste, aber ich hatte heute »frei«: Marie und Sigrid wollten mir mein Date mit Nils nicht verderben, ich durfte also wie alle anderen »ganz normalen« Gäste auch in der Sonne sitzen und den Tag genießen.

»Was meinst du? Wird das jetzt was Regelmäßiges?«, fragte Nils.

Bitte was? Erschrocken drehte ich mich zu ihm um.

»Jeden Donnerstag ein Date in der Wohlfühloase?«

Ach das meinte er! Erleichtert lachte ich auf. »Sonntags muss ich allerdings Unkraut jäten.«